茶余酒后
之梨花香漫

来银玲 —— 著

哈尔滨出版社
HARBIN PUBLISHING HOUSE

图书在版编目（CIP）数据

茶余酒后之梨花香漫 / 来银玲著 . — 哈尔滨：哈尔滨出版社，2021.7
ISBN 978-7-5484-5831-9

Ⅰ.①茶… Ⅱ.①来… Ⅲ.①随笔－作品集－中国－当代 Ⅳ.① I267.1

中国版本图书馆 CIP 数据核字（2021）第 017509 号

书　　名：茶余酒后之梨花香漫
CHAYU-JIUHOU ZHI LIHUA XIANGMAN

作　　者：来银玲　著
责任编辑：赵宏佳　尉晓敏
责任审校：李　战
特约编辑：李　路　吴修丽
装帧设计：秦　强

出版发行：哈尔滨出版社（Harbin Publishing House）
社　　址：哈尔滨市香坊区泰山路 82-9 号　邮编：150090
经　　销：全国新华书店
印　　刷：北京东君印刷有限公司
网　　址：www.hrbcbs.com　　www.mifengniao.com
E - m a i l：hrbcbs@yeah.net
编辑版权热线：（0451）87900271　87900272
销售热线：（0451）87900202　87900203

开　　本：880mm×1230mm　1/32　印张：7.25　字数：160 千字
版　　次：2021 年 7 月第 1 版
印　　次：2021 年 7 月第 1 次印刷
书　　号：ISBN 978-7-5484-5831-9
定　　价：69.80 元

凡购本社图书发现印装错误，请与本社印制部联系调换。
服务热线：（0451）87900278

目录 Contents

第一章	戒日面东	001
第二章	龟兹狮舞	015
第三章	健舞拂林	025
第四章	天竺杂技	033
第五章	春莺啭啼	045
第六章	金城远嫁	052
第七章	藤原遣唐	073
第八章	马球联谊	105
第九章	大秦景教	118
第十章	拔河比赛	126
第十一章	渤海入朝	136
第十二章	土袋开绽	146
第十三章	弁正还俗	154
第十四章	康老子戒	167
第十五章	石国胡腾	177
第十六章	康段斗乐	184

第十七章	骠国进乐	193
第十八章	象犀拜舞	204
第十九章	万国朝唐	208
后记	中华梨园梦	221

第一章　戒日面东

大凡史上的英雄人物，历来总是被人们津津乐道，并不断演绎成为千古传奇。大唐帝国的开国功臣李世民，就是以一位传奇的英雄形象出现在人们的视野里。千年后的今天，李世民仍是妇孺皆知的历史传奇。

《唐书·礼乐志》记载，隋朝末年，由于军阀势力的割据，致使经济衰败，人民生活极端困苦。各地百姓怨声载道，纷纷举兵反隋，这种反隋势力很快就形成了声势浩大的全国性战争。然而，战争毕竟给人民带来了灾难，人心厌乱思定，天下统一成为历史发展的必然趋势。

大业七年（611），隋炀帝杨广为了出兵征讨高句丽，以河东的涿郡和山东的东莱为军事基地，在全国调兵征粮，致使"耕稼失时，田畴多荒""谷价踊贵……米斗直数百钱"，民不聊生。再加上水旱等自然灾害，各地人民相继起义反抗隋朝统治。如：

山东邹平人王薄聚众起义；

瓦岗寨（今河南滑县南）翟让起义；

……

还有河间景城（今河北交河东北），迁居马邑（今山西朔州）的刘武周也率兵举起了讨伐隋朝的义旗。这个刘武周啊，野心还是比较大的，甚至还想在中原称帝。当然，这和他依附北方的突厥有关，因为当时突厥的势力非常强大，刘武周就想借助突厥这股力量"率军南向以争天下"。很快，刘武周就占据了充足食粮和库绢的晋阳，接着又攻陷河东大部地区，进逼关中。眼看着皇帝美梦就要成功了。谁知却出了状况，因为这个刘武周，他是以虏掠百姓的财富为目的，你想想，就这点儿觉悟，哪能有百姓支持啊？因此，刘武周在山西并汾一带并没有取得当地地主阶级和人民群众的支持，他的统治基础并不牢固，反抗者众多。其中，有一个叫李世民的就是他的克星。

620年，素有文才武略的秦王李世民打败了叛军刘武周，巩固了刚刚建立的大唐政权。军民同欢，百姓相拥，河东士庶歌舞于道，军中之人用旧曲填新词，即"秦王破阵"之曲。为了表现破阵士兵的酣畅淋漓，歌咏君臣齐心的丰功伟绩，李世民还专门请人绘制破阵乐图，并请当时精通音乐的起居郎吕才加工编制音乐。

吕才这个人，博州清平（今山东聊城）人氏，出身寒门，是一位自学成才的思想家和学者。他上知天文，下知地理，尤其擅长乐律。他不但能作曲会编舞，而且擅长弹琴。因为有一技之长，所以他在公卿中间比较有名气，当时人称他是"聪明多能，眼所未见，耳所未闻，一闻一见，皆达其妙，尤长于声乐。"当吕才奉命制作《秦王破阵乐》曲子时，为了表达秦王破阵时的雄壮场面，他就特意在原有的曲调中糅进了龟兹的音调，从而使得乐曲变得婉转而动听、高昂而极具号召力。

当吕才把《秦王破阵乐》曲子谱出来送给李世民时，李世民非常满意，随即又皱起了眉头，为什么呢？原来啊，吕才呈现给李世民的只有曲子没有填词，这哪能行啊？怎么也得填上鼓舞人心的曲词吧？李世民把填词的任务交给了大唐的朝中大员。魏徵、虞世南、褚亮、李百药等这些具有文学奇才的官员自然都参与其中,他们竭尽奇思妙想,可谓引经据典,最后达成一致意见:取《左传》中禁暴、戢兵、保大、定功、安民、和众及丰财的意思,阐述艺文雅音之政教抱负。当这些朝中官员把最终的定稿呈给李世民时,李世民高兴地说:"太好了!立意高深,意境深远啊!干脆把《秦王破阵乐》就叫《七德舞》得了。"

就这样,《秦王破阵乐》成了《七德舞》,并且很快进入排练阶段。然而,由于《七德舞》气势宏大,皇家乐队人手不够,不足以表现该曲的精妙绝伦。李世民一声令下:从全国有名的乐坊选拔演员。于是,全国的乐坊开始忙活了,经过了严格的层层筛选,终于,一百二十名男乐工闪亮登场。

627年,也就是贞观元年,正月初三,玄武门外,凝重大气的皇家舞台上,大型的宫廷乐队拉开了热闹欢庆的序幕。那雷鸣般的击鼓声敲出了新年的喜气洋洋,那金戈铁马的雄浑气势感天动地:

> 受律辞元首,相将讨叛臣。
> 咸歌破阵乐,共赏太平人。
> 四海皇风被,千年德水清;
> 戎衣更不著,今日告功成。
> 主圣开昌历,臣忠奉大猷;
> 君看偃革后,便是太平秋。

一百二十名青年乐工,身穿铠甲,手执方戟,随着器乐的磅礴气势,英姿飒爽地行进在皇家大舞台之上,那来来往往、忽急忽慢的队列变换,演绎着将士征战万里的风采,那排山倒海、倾浪千里的震撼阵势,把完美的音符凝固在舞台之上。他们在做奔跑之象，像千军万马追逐劲敌；他们在做击剑之象，似威猛勇士刺透敌人的胸膛；他们在做搏击之象，如野兽的利爪撕扯对方的衣襟……他们是一群身经百战的将士，怀抱着自豪与自信，挥洒着阳刚与力量，绽放着进取与勇猛，抒写着希冀与神往……

好一曲气吞万里山河的舞曲啊！这不仅是唐朝的歌舞大曲，而且更是唐朝的军歌舞曲，"其旋律铿锵有力，其场面恢弘博大，这舞曲简直就是浑然天成。磅礴之中不乏温润，大气之下不失高雅，平淡之中方见精妙奇绝，可谓舞乐绝品。"（引自《中国音乐简史与欣赏》）

好一曲气吞万里山河的舞曲啊！舞出了大唐的军歌嘹亮，舞出了大唐的百废待兴，舞出了大唐的激流勇进，舞出了大唐的蒸蒸日上。真可谓山河为之动容，天地为之变色。主宰天下的新皇李世民激动了，满朝的文武官员振奋了，朝拜的四方酋长惊呆了……

贞观七年（633），大唐皇家乐坊又对《秦王破阵乐》做了一些改进：虽然还是一百二十名乐工身披银甲、手中执戟共舞，但是在布局上，采用左圆右方、交错屈伸的鱼丽鹅鹳战阵，调整了相应的舞蹈。全舞共分三折，每折变化四阵，以击刺往来动作为主，由歌者相和。调整后的《秦王破阵乐》越发地完美，在人们心目中的地位越发恢弘。

每逢唐朝皇宫举行盛大宴会，《秦王破阵乐》成了必奏乐曲，最终都以压轴之舞将欢庆气氛推向高潮。其实，此时的《秦王破阵乐》，已经不是一种单纯的舞蹈，成了蒸蒸日上的大唐进取精神的象征。此后，无论是在长安的庙堂歌坊中，还是在洛阳的街坊里巷里，虽然其规模远不及皇宫乐坊，但亦能表现出《秦王破阵乐》的磅礴之势。

世间美好的东西总会引起人们共鸣，即使不同的民族，对美好的东西都有高度的认同感。《秦王破阵乐》不但得到中国人民的认可，同样得到了世界各国人民的认可。

唐玄奘西天取经这个故事，我们从小就应该知道吧？这个传诵了1000多年的故事已经成为一种文化的象征，但是，我们却很少知道唐玄奘在《秦王破阵乐》国际传播中起了很大的推动作用。

话说贞观元年（627）八月，正是庄稼成熟的季节，谁知一股强大的寒流席卷了京城长安，庄稼遭受了大面积的霜降、冰雹等自然灾害，收成锐减。人们赖以生存的粮食没有了，长安城郊的百姓食不果腹。于是，大量饥民拥进长安城，不管是本国的还是外国的，万一混进了破坏分子怎么办呢？这样一来长安城的安全不是没保证了吗？政权稳定岂不受到影响？皇上李世民一看，得拿个对策啊，于是下令：首都百姓可以"随丰四出"。什么意思呢？就是说，缺粮的百姓可以逃荒，离开京城，随意到粮食丰收的地方要饭吃。

这个政策好啊！城里百姓有迁徙权了，再不会把人困在长安城饿死了。于是，大量百姓离开了长安，寻找可以生存的地方去了。唐玄奘，一位我们并不陌生的高僧，他早已整好行装，随时准备出国求得真经。然而，大唐政府明令规定不许百姓私自出国，各主要道路关隘的稽查很严。由于这场灾荒，才给唐玄奘带来了出国的机遇，他得以夹在外出逃荒的人群中，离开长安，孤身踏上了西行的漫漫求真经的征途。

西天，在佛教徒眼里，那是一个多么令人神往的地方啊！作为一位高僧，唐玄奘要去的这个西天叫天竺（今天的印度）。天竺在哪儿呢？天竺在亚洲南部，也就是说葱岭之南，是佛陀诞生的地方。那里住着佛教的始祖，始祖拥有非凡的智慧，能解救人民于水深火热，可以给百姓带来幸福与安宁。唐玄奘从长安出发一路西行，出玉门关（今甘肃玉门关),到达高昌(今新疆的高昌古城),然后越过海拔6000米左右的葱岭北隅凌山(今天山穆苏尔岭),又经热海之险,过素叶水、呾罗私等城镇,再折而南下,纵贯今天的中亚南部和阿富汗东北部,再向东经今天的巴基斯坦北部到达迦弥罗。最后,沿着印度半岛北部东南行,中途在喜马拉雅山南麓尼泊尔南部,拜谒了佛祖释迦牟尼的故乡和圆寂地。

当时的天竺,还是分为很多小政权的国家,在这些小政权中,有一位叫尸罗逸多的戒日王,也是刚刚统一天竺北半部建立了戒日王朝。这位戒日王,有几个很明显的特点值得提一提:

第一,戒日王只信仰一种天竺教湿婆派的宗教,可是,并不排斥其他宗教。在佛教发展中,戒日王在天竺境内修建了许多佛塔和伽蓝,以此来供养佛教僧众,发展佛教文化。戒日王每五年还要举行一次为期75天的无遮大会,希望各个教派的高士都参加,目的是鼓励各教派进行宗教学术交流。

第二,戒日王非常酷爱文艺。戒日王在宫廷中供养了一批著名文人,经常和他们在一起谈论文学,他还亲自撰写了《龙喜记》《璎珞记》和《钟情记》三部剧本,创作了两部表现佛教情趣的《八大灵塔梵赞》和《野朝赞》作品。

话说642年,天竺首都曲女城,举办了一次盛大的无遮大会。当时,天竺那烂陀寺里有1000位僧侣都参加了无遮大会,近邻的20多位王公和5000多名大小乘佛教、婆罗门教和其他教派的高级学者也都参加了此次无遮大会。这次无遮大会上,还有一位估计大家都想不到的重要人物,那就是来自东土大唐的唐玄奘了。

唐玄奘是夹在参加无遮大会的学者中走进了无遮大会的会场的,

当时，谁也没有注意到他。轮到唐玄奘阐述自己的佛学观点了，他沉着镇定地开始宣讲大乘佛教，由于唐玄奘对佛的透彻领悟，讲着讲着，观众越聚越多，把东土唐玄奘围得里三层外三层。嗬！那叫一个排场啊！唐玄奘一时声名鹊起，得到了许多学者的赞叹，自然成为人们的焦点，戒日王也开始注意他了。无遮大会结束后，依据天竺的传统，凡是在激烈辩论中取胜之人，一定要骑着大象在曲女城中游行一周，供人敬仰。尽管来自东土大唐的唐玄奘再三谦让，终究拗不过戒日王的再三请求。在众高僧和信徒的簇拥下，唐玄奘被迫骑上大象绕曲女城一圈儿。信徒们高呼"菩萨的修行能够脱离生死苦海，通往涅槃彼岸的通道。摩诃至那国（即中国）大师宣讲的大乘佛法好，我们都心服口服"。一时间，天竺掀起了一股"摩诃至那国（即中国）热"的潮流。

在天竺期间，唐玄奘还将凝结了华夏智慧的绝世经典《道德经》翻译成梵文，向天竺百姓介绍佛道同源之说。他娓娓生动地讲述《太子瑞应本起经》里的燃灯佛是燃灯道人，燃灯道人也是燃灯佛的故事，他说：

"当初，释迦牟尼还是善慧童子时，见一位王族女子拿着许多青莲花，他就花了五百钱买来五枝，奉献给燃灯佛。又传说在过去无量劫中，有一天，善慧童子在路上行走，正巧遇到燃灯佛也在路上走着。善慧童子发现地面有一摊污水，心想佛是赤足行走，这污水一定会弄脏了佛的双脚。就顿发大心，亲身扑在地上，还用自己的头发，铺在污水上面，等着燃灯佛从他头发上走过去。当时，燃灯佛看到善慧童子布发掩泥的情景，就授记说：'善男子，汝于来世，当得作佛，号释迦牟尼。'"

这些讲解让天竺学者耳目一新，他们非常喜欢听唐玄奘讲经，并且认真地阅读唐玄奘翻译的著作。听到东土大唐玄奘法师的精彩演讲，戒日王自然对唐玄奘敬重有加，他很想了解东土大唐的情况，尤其是《秦王破阵乐》的来历，就召见唐玄奘问起有关此曲的事项。唐玄奘把《秦王破阵乐》这首曲子的来龙去脉详细地介绍给戒日王。

戒日王问道："你们大唐国在何方？听说路途遥远，离这大概有多远？"唐玄奘回答说："从这往东北几万多里，就是天竺人所说的摩诃至那国（即中国）是也。"戒日王又问道："我尝闻摩诃至那国有秦王天子，少而灵鉴，长而神武，昔先代丧乱，率土分崩，兵戈竞起，群生荼毒，而秦王天子早怀远略，兴大慈悲，拯济含识，平定海内，风教遐被，德泽远洽，殊方异域，慕化称臣，氓庶其亭育，咸歌《秦王破阵乐》。闻其雅颂，于兹久矣。诚有之乎，大唐国者，岂此是耶？"唐玄奘微微一笑，说："然。至那者，前王之国号；大唐者，我君之国称。昔未袭位，谓之秦王；今已承统，称曰天子……"根据《新唐书·天竺传》记载："武德中，国大乱，王尸罗逸多勒矣……会唐浮屠玄奘至其国，王召见，曰：'而国有圣人出，作《秦王破阵乐》，试为我言其为人。'玄奘粗言太宗神武，平祸乱，四夷实服状，王喜曰：'我当东面朝之。'"

《大唐西域记》里的这些文字，详细地记叙了中印之间的文化交往。由此可见，《秦王破阵乐》已经影响到远在葱岭之南的天竺（印度），成为中印文化友好交流的历史见证。

俗话说"天下没有不散的筵席"，曲女城的无遮大会结束后，唐玄奘辞别戒日王要回中国。戒日王及众僧一再挽留，甚至答应唐朝玄奘法师，愿意为他建造100所寺院，只要唐玄奘法师能够留在天竺继续为他们讲道。然而，出门千好万好，终归不如在家的好，家总是自己的好，什么优厚的待遇也不能动摇唐玄奘法师回国的决心。

送君千里，终有一别。戒日王率领众臣百姓，怀着依依不舍的心情，相送十里，最终只能呜咽而别。真所谓高僧难求，现在，好不容易才见大唐高僧，却要别我而去。遗憾啊！他们只能将对唐玄奘的感情深深地藏在整个摩揭陀城中，只能将对大唐的顶礼膜拜长久地留存在自己的内心深处。

当然，这个故事绝对不是我个人杜撰出来的，《大慈恩寺三藏法师传》曾记述此事："王更附乌地王大象一头，金钱三千，银钱一万，供法师行费。别三日，王更与鸠摩罗王、跋吒王等各将轻骑数百复来送别，其殷勤如是。仍遣达官四人，名摩诃怛罗。王以素氎作书红泥封印；使达官奉书送法师所经诸国，令发乘递送终至汉境。"瞧！比我介绍的还详细呢。

弘扬自己文化，得到了别人的认可；吸收外来文化，丰富了自己的思想。这就是大唐人的做事风格。唐玄奘历经艰险，不但从天竺取回了600多部真经，而且还带回了天竺的佛教文化，在中国人的思想领域起到了长久的指导作用。

回国后，唐玄奘不但翻译天竺的佛学经典，而且还口述并由辩机撰写了《大唐西域记》。《大唐西域记》记载了东起新疆、西经伊朗、南达印度半岛南端、北到吉尔吉斯斯坦、东北至孟加拉国这一广阔地区的历史、地理、风土和人情等，对从帕米尔高原到咸海之间广大地区的气候、湖泊、地形、土壤、林木、动物等情况进行最为全面、系统而又综合的地理记述，成了全世界珍贵的历史遗产。今天，《大唐西域记》已经成为研究中世纪印度、尼泊尔、巴基斯坦、斯里兰卡、孟加拉国、阿富汗、乌兹别克斯坦、吉尔吉斯斯坦、克什米尔地区及中国新疆地区最为重要的历史地理文献。

在如今印度的很多教科书中，就有关于唐玄奘的故事，例如印度小学的课文《佛的影子》一文，讲的就是唐玄奘如何感化一伙强盗的故事。可见印度还是非常推崇唐玄奘的，当然，这也是因为唐玄奘对印度历史上的独特贡献。我们知道古代印度人没有留下自己的文字历史，其历史多存在于传说之中。马克思也曾感叹："古代印度尽管创造了人类辉煌的文明，但'印度社会根本没有历史，至少是没有为人所知的历史'。因此在相当长的时间里，印度的历史天空'曾经一片漆黑'，印度人根本不知道佛教发源于自己的国家，也不知道自己国土里掩埋着那么多辉煌的过去。"

而《大唐西域记》，就像是一把火炬，把没有文字记载的印度历史照亮了。千年之后，据说英国考古学者和印度学者还拿着《大唐西域记》，在印度找寻古老的历史文化和佛教遗迹，甚至连那象征印度阿育王柱的柱头，据说也是根据《大唐西域记》史料发掘的。印度历史学家阿里是这样评价唐玄奘的："如果没有玄奘、法显等人的著作，重建印度史是完全不可能的。"因此，"无论怎么样夸大玄奘的历史功绩都不为过。中世纪印度的历史漆黑一片，他是唯一的亮光"。这是英国历史学家史密斯对唐玄奘的评价。对于大唐法师唐玄奘，国外的评价尚且如此，我们作为华夏子民，是不是更该敬重我们的大唐玄奘法师啊？

大凡强强联合，双方会更加强大。大唐是当时的世界强国，戒日王统治时期（606—647）的天竺，也是历史上的光辉时代。为了更好地发展自己，戒日王曾多次派遣使臣与当时的强国——中国唐朝通好；唐太宗李世民也派王玄策等人多次出使天竺，双方谋求共同繁荣。

一桶水的高度不是在箍桶木板的最高处，而是在箍桶木板的最低处。彰显大唐文化的繁荣没有落实在美丽的唐诗上,而是体现在一曲《秦王破阵乐》的音乐里。《秦王破阵乐》的铿锵顿挫,张扬了大唐的辉煌与强盛,不仅促进了中印的友好交流,它还树立了大唐在国际文化上的崇高地位。据说到了武则天执政时期,一位名叫粟田正人的日本遣唐使回国时,将《秦王破阵乐》带到了日本,没想到,《秦王破阵乐》一到日本,竟然在日本风靡一时,成为一种时尚潮流。

然而,在我们中国,《秦王破阵乐》又是怎样的状况呢?唐高宗李治执政时期,《秦王破阵乐》在宫廷中还是常演不衰的舞曲,它依然是唐帝国强盛的象征。只是李治对《秦王破阵乐》做了如下改进:

1. 《秦王破阵乐》改名为《神功破阵乐》;

2. 把原来120人的表演队伍减少到64人的八佾之舞,加强了乐队的伴奏,乐器上添置了箫、笛等乐器;

3. 减少演奏次数,把原来乐曲演奏52遍,改为只演奏两遍;

4. 改变乐曲性质,把表现战斗阵势的场面改成了祭祀仪式的形式。《秦王破阵乐》开始成为唐朝的传统祭祀节目。

唐玄宗时期,皇上李隆基又对《秦王破阵乐》进行了改造:《秦王破阵乐》的规模再次减小,改成了《小破阵乐》。最初收入在九部乐、十部乐中,后又把九部乐、十部乐改为立部伎和坐部伎,《秦王破阵乐》属于立部伎。《旧唐书·音乐志》里云:"破阵乐,玄宗所造也,生于立部伎,破阵乐,舞四人,金甲胄。"后来,李隆基又觉得《破阵乐》的规模太小,不过瘾,又把它扩大到由几百宫女着装演出的庞大乐舞。

《新唐书·吐蕃列传下》里记载:唐穆宗长庆二年(822),也就是在《秦王破阵乐》产生195年后,唐朝与吐蕃结盟。当唐朝的使者到达吐蕃参加结盟仪式时,吐蕃就是用《秦王破阵乐》来设宴款待唐朝的使者，以示仪式之隆重。

元和年间（806—820），诗人白居易看到过《秦王破阵乐》的演出后，在《新乐府·七德舞》一诗中，真实地记载了《秦王破阵乐》演出的盛况。

今天，我们只能从诗人白居易的《七德舞》诗中寻求一些蛛丝马迹了。白氏诗云：

> 七德舞，七德歌，传自武德至元和。
> 元和小臣白居易，观舞听歌知乐意，
> 乐终稽首陈其事。
> 太宗十八举义兵，白旄黄钺定两京。
> 擒充戮窦四海清，二十有四功业成。
> 二十有九即帝位，三十有五致太平。
> 功成理定何神速，速在推心置人腹。
> 亡卒遗骸散帛收，饥人卖子分金赎。
> 魏徵梦见子夜泣，张谨哀闻辰日哭。
> 怨女三千放出宫，死囚四百来归狱。
> 剪须烧药赐功臣，李勣呜咽思杀身。
> 含血吮创抚战士，思摩奋呼乞效死。
> 则知不独善战善乘时，以心感人人心归。
> 尔来一百九十载，天下至今歌舞之。
> 歌七德，舞七德，圣人有作垂无极。
> 岂徒耀神武，岂徒夸圣文。
> 太宗意在陈王业，王业艰难示子孙。

白居易诗里明显地表明：《七德舞》是唐太宗李世民教育子孙，创业艰难啊！除了白居易外，张祜也写过《破阵乐》诗：

秋风四面足风沙，塞外征人暂别家。
千里不辞行路远，时光早晚到天涯。

《破阵乐》从初唐到晚唐，流传了近300多年。《破阵乐》随着唐太宗李世民的威名远扬国外。日本的正仓院里至今还藏有《秦王破阵乐》的表演道具"破阵乐太刀"，这是大唐送给日本的赠品。除此之外，日本还保存有古代传抄的《秦王破阵乐》的琵琶曲谱，《秦王破阵乐》在日本也写作《皇帝破阵乐》。日本有一位宏才博览、兼通佛教、天文的高材生藤原通宪（僧名信西），他编写的《信西古乐图》，详细地记载着咱们中国的古曲《秦王破阵乐图》，并有舞姿图。时至今日，日本还保留有五弦琵琶谱、筝谱、琵琶谱、笙谱、筚篥谱和笛谱等多种《秦王破阵乐》的遗谱。

唐代末期，《秦王破阵乐》已不再是祭礼仪式上用的乐舞，也不再在大型的庆典节日中使用，而成为一种迎宾乐舞。到了五代十国时，此曲随着唐帝国的灭亡而消失。一千多年了，人们再也听不到它的强壮之声，它犹如流星划过夜空，把一个帝国的强盛呓语在千年的梦里。

千年的梦总有醒来、回味及感触的时候，今天，一位搞艺术的画家——何昌林先生，历尽艰辛，才将一个大唐帝国的强盛还原在世人的面前。何昌林先生对日本所存的唐传五弦琵琶谱《秦王破阵乐》进行精确的解译，并将唐凯乐歌辞与乐曲组合成歌曲，萃取了美术和音乐的精髓，还原了大唐文化的真实。终于，1983年，"华夏之声·古谱寻声"音乐会上,《秦王破阵乐》又以自己的独特面目重新屹立于中华文化之巅。

今天,当《秦王破阵乐》以它雄壮威武的风姿再次回到中华舞台上时,那久远的历史文化之声再次涤荡着中华儿女的心扉,震撼着外国宾客的心灵,观众禁不住随着它的节拍手舞足蹈。那象征中华民族鼎盛的《秦王破阵乐》,代表着一个世纪的非凡气势,传播着大唐人民的强盛与自豪。

第二章　龟兹狮舞

在《梨花雨韵》的"皇孙献艺"章节里，我提到两位小公主李华和寿昌对跳了一曲《西凉舞》，令武则天70岁的寿宴熠熠生辉。今天，咱们接着往下讨论：《西凉舞》到底是一种什么样的舞蹈呢？

西凉乐舞是凉州地区的舞蹈，凉州是古代的地名，即今天甘肃省西北部的武威一带。这里地处河西走廊的东端，是霍去病在河西走廊大败匈奴彰显武功军威的地方。武威的地理位置很特殊：第一，这里是中原朝廷通往西北五郡的交通要道，有重兵把守；第二，这里连接中原和西域，又是一个商贸聚集区，非常繁华。北魏文学家温子升在乐府诗《凉州乐歌》里写道："远游武威郡，遥望姑臧城。车马相交错，歌吹日纵横。"最后一句"歌吹日纵横"写的就是凉州是一个舞蹈之乡。

其实，西凉乐舞也不是自生的，它是个舶来品，它来源于龟兹乐舞，龟兹乐舞又是怎样形成的呢？

公元前1世纪，在今天新疆轮台、库车、沙雅、拜城、阿克苏和新和一带的西域三十六国中，有一个"以歌言声、以舞言情"的龟兹国，这个国家是西域三十六国中人口最多、经济实力最强、文化最发达的国家。早在汉朝时，龟兹国就与中原交往频繁。汉宣帝时，龟兹王绛宾携乌孙公主到长安朝贺，汉宣帝还赐给他"车骑旗鼓，歌吹数十人"。

后来，绛宾效仿汉制"治宫室，作徼道周卫，出入传呼，撞钟鼓，如汉家仪"等在本国进行重大改革，这场改革对龟兹乐舞的发展起了很大的推动作用。南北朝时期，由于北方各民族的融合，龟兹文化得到进一步发展，这时的龟兹国已经成为西域的一个乐舞胜地。龟兹乐舞，也开始脱离劳动模拟性和自娱性这种原始自然的乐舞，发展到以表演手段为主以及情节内容取胜的艺术，同时，龟兹乐舞的规模和种类也逐渐扩大，有了"歌曲""解曲"和"舞曲"等几种类型，有了筚篥、琵琶、腰鼓和横笛等乐器伴奏。其中"歌舞戏"如"苏幕遮""大面"和"拔头"等形式开始在西域普遍流行起来。它们有两个共同特点：一是在表演形式上，舞蹈者都头戴面具，然后模拟人物或动物的形象；二是在内容表达上，有了一定的故事情节。这种既有表演形式又有故事情节的"歌舞戏"，应该算是龟兹乐舞最突出的成就，当然，这也许是龟兹乐舞最初级的阶段吧。

我们知道，乐舞的起源大多来源于平时的劳动生活和祭祀活动等，龟兹乐舞在内容表现上，常常与佛教的题材有关。南北朝时期，龟兹国佛教盛行，全国大概有五千多僧徒到百余所伽蓝学习小乘教说，特别是每年的秋分时节，上自国王贵胄、下至黎民百姓，几乎都会去伽蓝等地，进行捐赠、斋戒、受经以及听法的佛事。在长期的佛事活动中，龟兹国出现了不少高僧大德之人，如被称为"龟兹国智慧之子"的鸠摩罗什法师。鸠摩罗什法师，原籍天竺，生于龟兹国，曾游学天竺诸国，访遍了天竺等地区的名师大德之人，对佛法的领悟可谓精深绝伦，最终成了整个西域人人钦佩的大师。据说龟兹国王曾为鸠摩罗什建造铺着锦绣坐褥的金制狮子座，恭请他升座说法，都被鸠摩罗什法师委婉拒绝了。

383年，统一北方的前秦皇帝苻坚，命令"夜有神光之异"的大将吕光西征龟兹国，吕光先攻占了焉耆（今新疆焉耆县），又攻破了龟兹，吓得西域许多小国竞相贡奉归附。吕光得了两万多头骆驼，驮着从西域诸国掠夺的珍宝、大批龟兹乐舞艺人以及被俘的鸠摩罗什法师东归，准备献给苻坚。谁知苻坚这个人命薄，讨伐东晋时，在淝水的战斗中惨败，被姚苌给杀死了。于是，北方各民族纷纷脱离了前秦的统治，先后建立了十多个小国，姚苌也建立了后秦，定都长安。吕光一看前秦大势已去，也就趁乱割据凉州，自立为王，建立了后凉国（也称西凉国）。他从西域掠夺来的珍宝以及大批龟兹乐舞艺人也就留在了凉州，包括鸠摩罗什法师，也留在了西凉国，继续为西凉地区的百姓讲经说道。鸠摩罗什法师在翻译佛教经典时，每每遇到晦涩难懂之处，就用美妙的音乐来解释佛经中难以领悟的问题，这样，乐舞就成了描绘西天美好的外在形式。当那身着世俗装束的舞蹈者以半裸或全裸的方式出现在人们面前时，他们那旋转的舞姿，他们手中飞动的长巾与他们急速旋转的动作，都给人们风驰电掣般的感受，这样，就使虔诚的信徒以为自己有了飞升的能力，从而忘记世间的灾难，向往美好的极乐生活，因此，龟兹乐舞中的许多内容都与佛祖涅槃等题材有关。

这里，我多说一点，鸠摩罗什不但在龟兹乐舞向东发展上贡献较大，在传播佛学文化上也功不可没。后秦姚苌也虚心请求鸠摩罗什莅临，但西凉的吕氏王族害怕鸠摩罗什一旦为姚苌所用，将会不利吕氏凉国，鸠摩罗什东行之路终不能如愿。据说401年三月，姚苌的儿子姚兴即位后，突然发现：在庙庭的逍遥园里青葱竟然变为香芷。这也太神奇了吧！朝中大臣们以为祥瑞，纷纷传说可能有大德智之人将会到达长安。果然不出所料，这年五月，姚兴西伐西凉国吕隆成功，五十八岁的鸠摩罗什终于东行有望，遂应邀抵达长安，后在西明阁和逍遥园翻译佛经。鸠摩罗什法师组织翻译出《摩诃般若》、《法华》、《金刚》等佛经和《中论》、《百论》、《十二门论》及《十诵论》等著作，共七十四部，三百八十四卷。

唐高祖李渊继位后，归附于突厥的龟兹国王苏伐勃驶（也有人称苏伐叠）（姓白）遣使到大唐朝拜。唐太宗贞观八年（634），龟兹、吐蕃、高昌、女国和石国等西域国家遣使到大唐朝贡。贞观十六年（642），唐太宗派遣昆丘道副大总管郭孝恪讨伐龟兹，破都城，迫使龟兹国相那利率众遁逃。后相那利仍率众万余，攻打郭孝恪。郭孝恪身中流矢而死，将军曹继叔收复都城。贞观二十二年（648），唐朝设安西节度使，其治所就在龟兹国城内，它管戍兵二万四千人，统治龟兹、焉耆、于阗和疏勒四国。显庆三年（658），唐朝将安西都护府迁至龟兹都城，下设龟兹、于阗、焉耆和疏勒四镇，龟兹开始成为唐朝统治西域的中心。但是由于吐蕃势力进入西域，唐朝被迫多次放弃龟兹等四镇。直到武则天长寿元年（692），大唐才在西域恢复了四镇，此后大约一百年间，安西都护府得以稳定在龟兹。开元十八年（730），龟兹王孝节又遣其弟王孝义到唐朝朝拜。

综上所述，龟兹与大唐一直友好相处，与大唐文化交流频繁。他们东进到长安的艺人非常之多，这些善歌的凉州人民，在凉州多民族乐舞的基础上，融会了中原汉族乐舞和西域乐舞中的精华，也把异域的舞姿和曲调广泛传播到遥远的中原，从而盛行在京都的舞台上，引领着大唐乐舞的时尚。唐朝皇宫多以表演西凉乐舞为荣，就连皇家四五岁的公主们都会跳《西凉舞》了。

与佛有缘，使得龟兹乐舞增添了平和与凝重，从而自然地走进了唐朝的佛曲里。那些讲唱经文和佛教故事，极大地丰富了龟兹乐舞的内容，很快被唐朝乐府灵活运用，成为表演的舞曲。这些佛曲对唐朝音乐的发展产生了重要影响，从而使唐朝音乐进入了一个辉煌时期。根据陈旸《乐书》里记载，唐代乐府曲调《普光佛曲》《弥勒佛曲》《龟兹佛曲》和《摩尼佛曲》等26曲，基本上都与佛事有关。这些曲子在唐朝的宫廷和民间非常流行。

高僧唐玄奘撰写的《大唐西域记》里，对当时龟兹音乐艺术作了高度的评价，称："屈支国（即龟兹国）……管弦伎乐，特善诸国。"迄今龟兹地区尚存500余佛教石窟和1万多平方米壁画。其中，舞蹈种类约18种，舞蹈姿态数十种。敦煌莫高窟、云冈石窟和龙门石窟等乐舞造型，可以说都与龟兹乐舞有着密切的关系。

我们知道在唐朝的宫廷生活中，有一种热闹的习惯——宴饮。就是每当有宴饮时，有一些歌舞者前来进行乐舞表演，这叫宴乐，有人也称燕乐。其实，燕乐可以分为广义的燕乐和狭义的燕乐。广义上的燕乐，是指汉族俗乐与外来（外国或外族）音乐的总称；狭义上的燕乐，专指唐朝十部乐的第一部，也就是唐太宗李世民时期由音乐家张文收创作的燕乐。《旧唐书》云："十一年，文收表请厘正太乐，上谓侍臣曰：'乐本缘人，人和则乐和。至如隋炀帝末年，天下丧乱，纵令改张音律，知其终不和谐。若使四海无事，百姓安乐，音律自然调和，不藉更改。'竟不依其请。十四年，景云见，河水清，文收采《朱雁天马》之义，制《景云河清》乐，名曰'燕乐'，奏之管弦，为乐之首，今元会第一奏者是也。"

唐代长安燕乐中，有一种乐舞叫做《龟兹伎》，表演时，乐队的阵容庞大，有四个主要配舞者，表演的乐曲多为鼓乐，震撼非常强烈。唐朝十部乐中的龟兹伎部中，比较好看的舞蹈要算五方狮子舞。

五方狮子舞，是唐朝对舞狮子的叫法。我们知道：现实中，中国是没有狮子的，狮子是外来的动物，相传是当年张骞出使西域后，把狮子带回中国的。而在传统的佛教文化中，狮子可是释迦牟尼的化身，有至高无上的地位。据说当年佛教文化传入中国时，少见多怪的中国人，更是将狮子视为"王者"和"万物之主"。这自然和狮子的个大性格猛、有非常大的震慑力有关。中原人当然聪明了，当狮子引进中原后，就有人模仿狮子的外貌、动作等做戏，大概到了三国时期，就有舞狮之说。南北朝时期，舞狮子开始盛行，当然这也是伴随着佛教的兴盛而兴盛的。到了唐朝，舞狮子成为大型宫廷舞蹈表演之一，例如"太平乐"，就是"五方狮子舞"。唐朝段安节《乐府杂寻》中说："戏有五方狮子，高丈余，各衣五色，每一狮子，有十二人，戴红抹额，衣画衣，执红拂子，谓之狮子郎，舞太平乐曲。"如是而已。

那么，五方狮子舞到底是怎么起源的呢？据说曾经有一位龟兹的先王英勇善战，他降服了凶猛的狮子，这在龟兹简直成了一段佳话，并且被代代相传，还愈演愈烈。从此之后，狮子就成为龟兹王室特别崇尚的动物，龟兹王还自称狮子王，并亲自跳起了五方狮子舞。五方狮子舞的场面激烈，舞蹈者兴致勃勃，斗志高昂，声势非常浩大。你想想当时几十只羯鼓同时敲响，一丈多的魁梧男人们分别披着由青、赤、黄、白和黑组成的五色狮子服装，他们像狮子一样在辽阔的天然空场左腾右挪，表演狮子的勇敢与凶猛，每只狮子旁的12位强壮男人，身穿彩色的画衣，头上顶着鲜艳的头巾，手中持着耀眼的红拂，牵引着狮子，一起跟随狮子而舞。那可是相当热闹的啊！还相当有舞蹈的趣味。周围观众给这12位男人起了个非常好听的名字——狮子郎。当场中的狮子郎和狮子威武地从五个方向的天际云间跃出时，当五只青、赤、黄、白、黑的狮子英姿勃勃地向场子中心游动时，当它们戴红抹额，做着各种戏弄的情状时，嗬！那阵阵喝彩声，简直像沸腾的海洋。

震人心魄的五方狮子舞，在龟兹国代代相传，深得龟兹人民的喜爱，也深得前秦将领吕光的喜爱。吕光攻破龟兹后，就带着上万龟兹艺人到了凉州定居，五方狮子舞也在凉州地区生根发芽了，成为凉州的一大特色。后来随着唐朝和凉州地区频繁的交往，五方狮子舞和泼寒胡戏一样，东进来到了长安。当然，唐朝的五方狮子舞，也有起源于《佛说太子瑞应本起经》典故的说法，在《佛说太子瑞应本起经》经书中记载："佛初生时，有五百狮子从雪山来，侍列门侧。"不管怎么起源，总之一句话，五方狮子舞是当时人们的喜爱。

由于舞狮代表五谷丰登，代表吉祥、欢乐、幸福和人们心中的祝福，是生活美好的象征。尤其是上百人集体表演的五方狮子舞简直成了唐朝人民的最爱，无论是村野街巷，还是军队帐下，或者皇宫内苑，都盛行表演舞狮子。表演时由伎人扮演不同颜色的狮子，每头狮子有两个手持绣球逗引狮子的"狮子郎"牵着，在阵阵锣鼓鞭炮声中，他们手持红拂不断逗引狮子，表演前空翻过狮子、后空翻上高桌、云里翻下梅花桩等多种舞蹈动作，而扮演狮子的演员更是抖动全身的狮毛，双耳直摆，着实活泼可爱，给观众带来无限情趣。

大诗人白居易、元稹都在《西凉伎》里描述了舞狮子的情景。白居易在《西凉伎》写道：

西凉伎，西凉伎，假面胡人假狮子。
刻木为头丝作尾，金镀眼睛银帖齿。
奋迅毛衣摆双耳，如从流沙来万里。

白居易在诗中对狮子舞予以盛赞。

据说皇帝李隆基还亲自担任《五方狮子舞》的导演,而他的贵妃——美丽的杨玉环也曾亲自参与到狮子舞的表演行列。李隆基还规定跳五方狮子舞时,黄色狮子必须位居中央,青、赤、白和黑四色狮子只能在周围,五只狮子分别代表全国的东、南、西、北、中。皇帝不在场就不能有黄色狮子演出,也许这谐音了黄色的黄和皇帝的皇。大诗人王维当太乐丞的时候,犯了一个低级的错误,他私下允许了艺人演出黄狮子,导致自己被判罪贬济州(今山东济宁)司库参军。

《旧唐书》和《新唐书》中都有这样的记载:唐太宗贞观九年(635),康居国(西域康国)进贡狮子,唐太宗命浙东籍宠臣虞世南作《狮子赋》一首:"洎至道于区中,被仁风于海外,有绝域之神兽,因重驿而来朝……"宫廷画家阎立本因绘制《狮子图》闻名,导致不少西域雕刻家和画家拥进长安学习狮子画。一时间,西域尉迟乙僧、康居国康萨陀等都画有狮子画,狮子画法还由王玄策出使天竺时传入天竺。唐高宗李治显庆二年(657),吐火罗国又给唐朝送来了狮子。唐玄宗开元七年(719)、开元十年(722)、开元十五年(727)、开元十七年(729),有康居国、波斯国和米国等国家都给唐朝献送狮子。李肇《唐国史补》中说:"开元末年(约741),西国献狮子,至长安西道中,系于驿树,树近井,狮子哮吼,若不自安。俄顷风雷大至,果有龙出井而去。"《唐国史补》表明:古代中国人心目中的狮子具有某种灵性,不同于寻常野兽。因此,西域国家才远途向不产狮子的中国献狮子。

唐朝末年,五方狮子舞的规模更大,气势也更壮观,形式也相当完整。这种狮子舞蹈不但在中国上演,还随着中日两国音乐文化的频繁交往流传到了日本。702年,日本设立"雅乐寮",有乐师专门演奏从唐朝传去的乐曲。唐开元年间，在中国留学17年的日本人吉备真备回国时，带去相传为武则天撰写的《乐书要录》著作和方响及铜律管等器乐。日本的"雅乐寮"至今还保存一种关于唐乐舞、散乐和杂戏的古图录，其中有一幅叫《信西古乐图》的图画，它的全名是《信西入道古乐图》，也称《傩图》《唐傩图》《唐傩绘》，里面就画有古代的日本奏乐舞的场面，这与唐代的奏乐舞非常相似，只是规模小得多。宋代的《东京梦录》记载，有的佛寺在节日开狮子会，僧人坐在狮子上做法事、讲经以招徕游人。明人张岱在《陶庵梦忆》中介绍浙江灯节时，大街小巷，锣鼓声声，处处有人围簇观看狮子舞的盛况。由此可见，狮子舞已经广泛地流传民间了。

舞狮子这么好看，舞狮子的诗词，历代诗人给我们留下的却很少。南宋词人辛弃疾有《青玉案·元夕》一首，其中最有名的诗句："众里寻他千百度，蓦然回首，那人却在，灯火阑珊处。"恐怕没有人不会背诵吧？可是，又有几个人会注意到其中"一夜鱼龙舞"这一句，写的就是元夕舞狮子的热闹情景。

徐世昌《晚晴簃诗汇》中收录了光绪壬辰进士顾瑗《舞狮曲》，《舞狮曲》云：

  鸡娄大鼓声渊渊，南村北里车骈阗。
  神去神来送迎毕，广征戏具娱新年。
  寻橦缘曲走长索，吐火吞刀相继作。
  陡然变出狻猊形，一啸长风振林薄。
  盘旋上下声咆哮，寒光凛凛拳金毛。
  锯牙磨厉地欲裂，铜头瞵视天为高。

一狮倒曳一狮走,郁怒追逃气犹吼。
兴酣直欲吞万牛,目中久已无三狗。
吾闻狮子产大秦,波斯品类尤威神。
国初远略振殊俗,重译贡作天家珍。
如今沧海方腾溢,杀到角端都骇逸。
越南驯象久无闻,何处瑶光呈异质。
春镫闹闹动征轺,逆旅光阴不自聊。
乡中狮子乡中舞,谁辨黄超与白超。

  据说毛泽东八岁时,有一年春节在外婆家看舞狮,不料狮子舞到他跟前,按照当地规矩要吟诗一首,毛泽东随即脱口而出:"狮子眼鼓鼓,擦菜子煮豆腐。酒放热气烧,肉放烂些煮。"这首活泼有趣的《儿歌·应舞狮》顺口溜,是从一个儿童的视角来描写狮子的可爱形象和烧酒煮肉的热闹农村气氛,语言相当朴素,还特别有湖南浓厚的乡土气息。

  今天,当我们再度看到雄伟壮观的狮子舞时,也许会想到它应该是龟兹五方狮子舞的延续吧!

  总之,隋唐时期,由于国力的强盛,龟兹乐舞对中国乃至世界产生了很大影响,成为对外开展文化交流的工具。特别是日本的"遣隋使",在传播大唐文化上功不可没,他们归国时带回的中国乐舞,其中不少就是龟兹乐曲。日本传统器乐中就有龟兹乐中的筝篥、五弦琵琶等。至今,日本还保存着唐代制作的五弦琵琶。

第三章　健舞拂林

唐朝是中国文化史上比较兴盛的阶段，仅就舞蹈而言，那可是货真价实的真金白银。唐朝宫廷乐舞按其风格特色划分为健舞与软舞两大类。健舞，以音乐之繁弦急管、舞姿之刚劲有力见长。健舞是从西域传到中原的一种舞蹈，后演变成一种宫调曲名。健舞里最著名的舞蹈有《胡旋》《胡腾》和《柘枝》等。这些舞蹈矫捷、明快、活泼、俏丽，展现了西域民族豪放、开朗的民族性格，和唐帝国开放向上的时代风貌相吻合，很符合当时人们的欣赏趣味，所以能在宫廷与民间盛行。健舞的代表人物是开元盛世时梨园中最负盛名、舞艺超群的剑舞舞蹈家公孙大娘，她的《西河剑器》《剑器浑脱》等剑器舞，舞姿惊动天下。

其实，健舞，最初并不是西域舞蹈，而是来源于东罗马帝国的舞蹈，如健舞《拂林》。根据崔令钦《教坊记》记载，《拂林》是唐朝教坊流行的乐舞，也是唐朝皇宫贵族经常点名观赏的热辣乐舞。有人考证，它就是从古大秦即东罗马帝国东方属地传来的民族乐舞。

一支来自东罗马的民族乐舞，却能在唐朝教坊流行并且经常被皇室贵族点名观赏，可想而知《拂林》被追捧的程度。

当然，这里面包含了李唐朝廷对于外族文化的宽松怀柔，对于外族文明的兼容并蓄。因为有这样的胸怀,所以大唐的声威才能远及外邦。随着丝绸之路的进一步发展,唐朝的对外贸易已经相当发达了。当时,伊朗地区的波斯深受伊斯兰教势力侵扰,大多数人都来大唐避难,这些波斯人不但到大唐经商,有很多还在大唐朝廷里担任高官显宦。他们把言论自由的大唐比作人间的美好天堂,许多波斯人把侨居长安和洛阳当作自己人生的最高追求。在长安的地盘上,波斯人随处可见,他们可以信奉自己的景教并将其广为传播,一时间,长安的景教徒比比皆是。其实,大家可能还不知道一个事实:唐朝有这么一道特别的明令,出于皇室的安全考虑,唐朝的国家正规军是不允许居住长安城内的。那么长安城里居住的是什么人呢?长安城固定居民的主要构成有皇室成员之家、儒家文官之家以及为之服务的工商户、娼妓和杂耍艺人等,另外,长安城里还有大量的流民。这些流民人群里,自然混杂着许多深目高鼻、留有胡须的波斯人,这些波斯人的娱乐方式当然是喜欢跳自己的民族舞蹈。所以,我们现在就能理解健舞《拂林》在长安城被追捧的原因了。

　　拂林,也写作"拂菻",是中国史书对古代东罗马的称谓。这个名词最早见于《隋书》和《唐书》,是指东罗马帝国及其所属西亚地中海沿岸一带,我们习惯上把君士坦丁堡一带称作大拂林,小亚细亚一带称作小拂林。《旧唐书·西戎传》记载:"拂菻国,一名大秦,在西海之上,东南与波斯接,地方万余里,列城四百,邑居连属……"《新唐书·西域传》上说:"拂菻,古大秦也,居西海上,一曰海西国。去京师四万里,在苫西,北直突厥可萨部,西濒海,有迟散城,东南接波斯。地方万里,城四百,胜兵百万……"

　　按照《新唐书》和《旧唐书》两部书的记载,拂林就是古大秦,通常指东罗马拜占庭帝国，也被统称为古罗马。又据《宋史·拂林传》记载的"拂林"，则是指塞尔柱突厥统治下的小亚细亚一带。《明史》中更是明确表明：

"拂菻，即汉大秦"，汉代的大秦国，也叫犁鞬，在海西，称海西国。那里"地方数千里，有四百余城。小国役属者数十。以石为城郭。列置邮亭，皆垩墍之。有松柏诸木百草。人俗力田作，多种树蚕桑。皆髡头而衣文绣，乘辎軿白盖小车，出入击鼓，建旌旗幡帜。所居城邑，周圜百余里。城中有五宫，相去各十里。宫室皆以水精为柱，食器亦然。其王日游一宫，听事五日而后遍。常使一人持囊随王车，人有言事者，即以书投囊中，王室宫发省，理其枉直。各有官曹文书。置三十六将，皆会议国事。其王无有常人。皆简立贤者。国中灾异及风雨不时，辄废而更立，受放者甘黜不怨。其人民皆长大平正，有类中国，故谓之大秦。"

再根据天主耶稣降生之说，我们知道耶稣降生于今天的巴勒斯坦地区，这里曾经是东罗马帝国的一部分，所以在中国史籍中，西域大秦国就是古罗马帝国，这一结论一直被中外学者所接受。

此外，1623年在陕西发现了《大秦景教流行中国碑》，更使欧洲学者认为大秦就是罗马帝国。

现在，我们总算把拂林国弄清楚了，可以说拂林国是一个非常美丽的国家：那里居住着十万余户百姓，城市南临大海，用叠石堆砌而成。城门上用黄金装饰而成，光辉灿烂。王室的地上铺着黄金，门扇是用象牙做的，屋上的栋梁用的是香木，房顶上以白石为瓦。那里的国王，头上戴着缀满珍珠像鸟抬翅膀一样的王冠，身上穿着前不开襟的着锦绣衣，枕上坐着饭前验毒的绿毛鹅。百姓是男子翦发，披帔而右袒；

妇人不开襟，锦为头巾等等。瞧瞧！这国家多么浪漫啊！简直像天国一样美丽。当一颗小小的芥菜种子完全长大之后，众鸟儿在上面休憩，每当优美的舞曲响起来，那圣洁的、无罪的灵魂在神的世界里飞翔……那是多么令人神往的世界啊！

　　大凡世间美好的东西，总会在包容的大唐帝国发芽、生长，供文明的长安人演绎更美好的故事。随着波斯人的到来，《拂林》这种优美的舞蹈也从遥远的古罗马传到京城长安。像众多的异域舞曲一样，《拂林》乐曲很快就在长安盛行起来，并且开始在唐宫上演。大唐乐师把《拂林》演绎成美丽的舞曲，生出一段美丽的故事，让我们一睹《拂林》的芳容，甚至在梨园内，每当中外艺术家同台献艺时，总会看到《拂林》亮丽的风景。当然，这自然成为东西方文化交流的历史见证。唯一可惜的是记载《拂林》的文字并不多见，我们只能从大唐和拂林的友好交往中来揣摩拂林的艺术。

　　7世纪到9世纪，世界上先后出现了四大帝国，其中的拜占庭帝国，即是东罗马帝国，首都君士坦丁堡（拂林）是当时著名的大城市。当地百姓以蚕桑为业，风俗近似胡俗。

　　那么，拂林和大唐是如何交往的？

　　《旧唐书·拂林传》记载了拜占庭帝国遣使来唐的经过：贞观十七年（643），拂林王波多力也就是当时教皇狄奥多罗斯派了一位使臣，沿着丝绸之路来长安，进献由玻璃制造业生产出来的赤玻璃（红宝石之类的东西）和绿金精（夜明珠之类的东西）等贵重物品，表达与大唐的友好诚意。李世民当然很高兴，"降玺书答慰，赐以绫绮焉"。那么，拂林为什么跑这么远的路到大唐帝国进献宝贝呢？《旧唐书》写道：拂林"乃遣大将军摩栧伐其都城，因约为和好，请每岁输之金帛，遂臣属大食焉。"也就是说拂林用向大食（阿拉伯帝国）缴纳人丁税换取了自己的和平保障。原来是拂林遇到麻烦了，因为拂林旁边出现了一个日渐强盛的大食，大食常常欺凌包括拂林在内的周围其他国家。聪明的拂林不远万里，希望结交大唐帝国，寻求国际援助。

乾封二年（667），拂林派遣使者进献底也伽，底也伽是什么东西呢？底也伽据说是他们国家生产的一种解毒膏药。

大足元年（701）拂林又遣使来唐朝。至于这次献什么，史书没有记载，我也不好猜测。

开元七年（719），不知什么原因，拂林没有亲自派遣自己的使者来大唐，先是通过吐火罗的大首领将两只狮子和两只羚羊的贡物转献给大唐。几个月后，拂林又派大德僧来大唐朝贡。我们知道，唐朝的长安不产狮子，拂林把自己国家走兽中四大珍品中的两头狮子和两只羚羊进献给大唐，足见拂林对大唐的诚意有多重了，当时的唐朝还让画家为拂林使者作画致谢。

景云二年（711）十二月，拂林国献方物。

开元七年（719），拂林还派大德僧（景教徒）入唐通使。（引自《册府元龟》卷九七〇）

天宝元年（742）五月，拂林国遣大德僧来朝。（引自《册府元龟》卷九七一）

综合上述文献记载得知：从贞观十七年（643）到天宝元年（742）的100年间，拂林国向中国遣使入唐总共有七次。至于怎么派遣使者，唐代典籍文字记载得都很简约，我们难窥其详。

20世纪70年代初期，陕西省乾陵东南的章怀太子墓，出土了壁画《礼宾图》，这可是件震惊世界的大事。为什么这么说呢？因为章怀太子是李贤啊，李贤是唐高宗李治的第六个儿子，也是武则天的二儿子，一度被封为太子，瞧瞧人家这身份，正宗的皇室贵胄。你说这件事能不轰动史学界吗？单从墓主人的身份上看，我们就明白《礼宾图》的史料价值和艺术价值该有多高，更别说壁画的内容了。

《礼宾图》里总共有六个人：左边三位是唐朝的鸿胪寺官员，右侧三位是周边民族和邻国出使唐朝的使者。据专家分析，《礼宾图》描绘的是友好国家和边疆少数民族使者等待章怀太子接见的情景。画面上那位头戴"骨苏冠"（尖顶羽毛帽）、身穿衣襟上镶有红边的大红衣领长白袍、腰束白带、双手置于长袖中拱在身前、脚蹬黄靴的使者是哪国的呢？这是一个让学术界头疼的事情，学术界可吵翻天了：日本学者认为他是日本人，朝鲜、韩国学者却坚持认为他是朝鲜人……那么他到底是哪国人呢？总得有个根据吧？什么根据呢？找文献资料啊！于是，学术界搬来《魏书·高句丽传》《周书·高句丽传》《旧唐书·高丽传》等，才最后推断出这位使者应该是高丽使者。好了，这位使者的国籍算是定下来了，另外两位使者又是哪国人呢？

画面上第二位使者头戴皮帽、身穿圆领灰长袍和皮裤、外披披风、腰系黑带、足蹬黄皮靴的使者，据《新唐书·室韦传》《旧唐书·靺鞨传》记载，推断此人应该是靺鞨人，但也不排除其为室韦人的可能性。

画面中第三位使者光秃一个，深目高鼻，还留有胡须。身穿束有腰带的紫袍，脚穿长统黑靴。从形象上一看就知道，他是西方国家的使节，这里的欧洲使者自然是拂林人了。因为根据《旧唐书·西域传》记载："拂菻国，一名大秦"、"风俗男子翦发"和"俗皆髡而衣绣"。

那么，拂林使者为什么来大唐呢？这当然得联系当时的国际形势。7世纪，随着大食国的强盛，它迫切地需要扩张，它的目标相中了拂林。翻开外国史，我们可以看到，7世纪是大食国兴起、发展的时期。674年，大食国开始从海陆两方面大举进攻拂林。拂林的都城君士坦丁堡被死死地包围着，拂林的国际形势紧张啊。看来，拂林是不得已了，才被迫争取外交援助，派出使者向大唐帝国求救，希望和大唐结盟，以求共同对付日渐强盛的大食国。然而，从651年至798年，大食国元首噉密莫末腻，也曾派出使臣与大唐友好交往近40次之多。

既然大唐帝国和大食外交关系不错，现在拂林又来大唐寻求帮助，大唐该怎么应对这件棘手的外交事件呢？在大食和拂林随时爆发战争这个节骨眼上，大唐该不该接见拂林使节？该不该帮助拂林？看来，拂林确实给大唐帝国出了一道难题。

回过头来，咱们再看看当时的大唐帝国。根据《旧唐书》里记载，上元二年（675），唐高宗李治的太子李弘死了，重新立李贤为太子，太子监国，处理外交事务。至于李贤到底怎么处理拂林与大食的关系，史书上没有记载，现在，李贤的墓室里给我们留下了这幅《礼宾图》壁画。我们可以大胆地断定：李贤监国后一定干得不错，把这件棘手外交事件处理得非常好，受到朝野上下的肯定。所以，才有了《礼宾图》这样的壁画记载。反正，中国史书上没有记载，但世界史上却记载着拂林与大食双方鏖战七年，至680年，以大食国失败而告终。

《礼宾图》从侧面反映了唐朝的外交场面，对研究唐朝对外交往具有非常重要的意义。试想一个拥有上百万人口的国际大都会，交往的国家和地区就有三百多个（单凭《唐六典》的记载），怎么处理好复杂的国际关系呢？《礼宾图》的发现，为我们了解大唐外交提供了珍贵的形象资料。

总而言之，虽然今天，我们已经无法从文字记载中欣赏优美的健舞《拂林》，但是，我们对拂林国与大唐的关系却非常熟悉了，这也算是缺憾中的一丝安慰了。

第四章　天竺杂技

　　天竺就是今天的印度，位于南亚次大陆，东北部和中国接壤。印度和中国一样，都是世界上四大文明古国之一。因为中印两国疆界比邻，自然来往比较容易。在汉代以前两国就有友好的交往，尤其在大唐的僧人唐玄奘取经后，这种友好往来就更加频繁了。

　　杂技，也写作"杂伎"，属于百戏类，是古代的娱乐形式之一。今天当然指柔术（软功）、车技、口技、顶碗、走钢丝、变戏法和舞狮子等技艺。（本段引自百度百科）

　　中华杂技自古就有，源远流长，闻明世界。中华杂技是中华民族和世界各国人民文化交流的重要载体。中华杂技艺术也是在不断地吸收异域文明的舞台精华，成为自己民族的艺术。早在中国汉代（前206—220），东罗马帝国和天竺的杂技艺人，就已经来到咱们中国表演杂技。随着中国丝绸之路的延伸，杂技艺术进一步相互交流，发扬光大。唐朝时，天竺的僧人和艺人带来了他们极为发达的幻术，极大地丰富了中国的杂技艺术。

　　天竺杂技非常盛行，名气很大，对中国杂技的影响也是很大。据史料记载：天竺杂技里有一个绝活，那就是"能自断手足，刺肠胃"而人不死。这可是一项特别独门的技艺，听起来都令人难以置信。你想想把人的手、足断了，肠、胃刺穿了，人却还不死？这不是神话是什么？想想即使在科学发达的今天，这种绝活都是人类不可能做到，然而，早在咱们上千年前的大唐，天竺的杂技艺人能做到这点，这不得不令人刮目相看了。其实说真的，我总不相信天竺杂技的这种绝活，也许这只是一种夸大其词的说法而已，是天竺杂技里的一种幻术。《旧唐书·乐志》里有这么一句"大抵散乐杂献多幻术，幻术皆出西域，天竺尤甚"。天竺的幻术特别厉害。当时，天竺杂技艺人到大唐长安城献艺这种绝活的时候，咱们的唐高宗李治皇帝，是个不折不扣的好人。李治生性仁慈、为人善良，他非常厌恶天竺的这种残酷杂技，坚决不允许这种杂技在世界闻名之城长安演出。天竺艺人做梦也没想到，自己这么绝的技艺在长安受到冷落，得不到认可，这是多么令人沮丧的事情啊！得知大唐皇帝禁令后，天竺艺人十分失望，看来天竺的杂技绝活在长安是没有市场了。

这么震惊世界的杂技，竟然在代表世界先进文化的长安城不能展示和发扬。这是天竺艺人万万没有想到的事情。到了唐睿宗时期，不甘心的天竺国又派杂技艺人来长安表演杂技。这回，天竺艺人变聪明了，既然大唐长安不喜欢断胳膊断腿的刺激杂技，他们就不再表演断胳膊断腿的杂技了，他们表演起了比较斯文的杂技——倒行。倒行是什么呢？倒行就是倒过来行走，怎么倒过来？又怎么行走？表演者仰卧在刀刃上，那刀刃还得是锋利的，或者表演者俯下身子靠近刀锋，或者表演者把自己身子放在刀背上，随着音乐节拍用双脚做各种惊奇的舞蹈。演出结束后，观众看到卧在刀刃上的人，并没有受到伤害。其实，这种杂技类似于轻功，既文雅含蓄，又惊险无比，能把观众的心提到嗓子眼后又安全地放回去。这当然好啊，观众喜欢，因此，天竺杂技这才允许在长安城演出了。

天竺断胳膊断腿的杂技是他们国家的拿手好戏——幻术，幻术实际上就是今天所说的魔术。魔术大家都懂吧？魔术不就是一种障眼法吗？这种障眼法无非是表演者用最快的速度，或者某种技巧，或者某些具有特殊装置的东西，把实实在在的动作，或者具体的事物掩盖起来，让周围观众感觉到那个动作或者那个物体一会儿出现一会儿消失，或者变幻莫测。当然啊，魔术能够让观众产生特殊幻影，引起观众的思考，自然是特别好看了。可是在唐朝，咱们长安人没有看懂其中奥妙，就对幻术有一些成见，不认可它。天竺人很郁闷，其实天竺国很早就有很多会表演幻术的杂技艺人。如在佛经中，他们被称为"幻术师"。据南朝梁慧皎撰的《高僧传》（又称《梁高僧传》）卷九《佛图澄传》记载：龟兹人佛图澄，本姓帛氏，年少出家到天竺国学道，在名师的指点下，很快成为大师级人物。据说佛图澄大师不但能善诵神咒，而且还能役使鬼神。比如，佛图澄大师在手掌中涂上麻油掺和的胭脂，然后诵个神咒，这时候，千里之外的事物就全部显现于手掌之中。能把远处的事情像放电影一样浓缩在一掌之中，这可真是奇迹啊！其实，在天竺国，还有很多高僧或艺人都会幻术，比如在印度佛教史上被誉为"第二代释迦"的龙树菩萨，他的拿手幻术就是隐身术。厉害吧？

总之，在天竺国，杂技艺术特别是其中的幻术是十分发达的，有一种叫"通天绳"（又名神仙索）的幻术，大家知道不知道？这种幻术是这样的：一位天竺的苦行僧人，顺手把手中的长绳子向空中一扔，绳子开始缓缓升到空中，慢慢地变得笔直，最后消失在云雾里。这时，一个可爱的小男孩，也许是出于好奇，也许是因为调皮，开始沿着笔直的绳子往上爬啊，爬啊，最后，消失在云雾里。正当大家对小男孩的去向疑惑不定的时候，一副令人惊心动魄的情形出现了：伴随着云雾中小男孩声嘶力竭的哭声，突然，小男孩的一只胳膊、一条腿……从空中一件一件地落了下来。那位苦行的僧人捡起小男孩支离破碎的身体器官，将这些肢体放进一个破旧的箩筐里，再蒙上一块大布，把箩筐包裹得严严实实的。此时，随着小男孩肢体的全部回归，那升入云雾里的绳索也随之落在了地上。难道可怜的小男孩就这样被肢解了？正当观众为之怜惜的时候，却看见小男孩从旧箩筐里站了起来，向大家问好，看得出来，小男孩安然无恙。这揪人心疼的事情最后就这样完美结局了，这也太神奇了吧？整个过程虽然太残忍，但是结局还令人满意，充满着浪漫的色彩，观众还是比较容易接受。其实天竺的幻术还有移头、吞剑等更惊心动魄的事情，那场面真的十分惊悚，让人胆战心惊，唏嘘不已。难怪我们的李治皇帝曾一度下令禁止这些过于恐怖的表演。然而，到了唐玄宗李隆基时期，由于李隆基本人崇尚仙风道骨，对幻术魔法、鱼龙百戏等比较喜欢，甚至，他还跟一位叫罗公远的方士学习幻术，所以，幻术在大唐的天空下又兴盛起来了。

  天竺幻术自有其吸引人的一面，大唐有不少人学习幻术，并应用到自己的生活中。我们知道，在冷兵器时代的唐朝，对外战争需要大批战马，日常生活中也离不开良马，风调雨顺的关中平原地理条件也为唐朝的养马提供了更多的饲料。大唐的人民喜好养马骑马，养马驯马成为当时社会的一种生活方式，从而产生了许多马上娱乐舞蹈，如唐朝百戏中的舞马（也称马舞）。舞马就是把人们平日里的驯马动作改为马舞的表演，表演者除了做各种马上技艺外，还兼顾了一些更精彩的幻术表演，目的当然是为了吸引人们的注意。据说李隆基皇帝就有舞马五百骑，他还精于调驯马舞。据唐代《明皇杂录·补遗》载："玄宗常命教舞马四百蹄各为左右，分为部目，为某家宠、某家骄。时塞外亦有善马来贡者，上俾之教习，无不曲尽其妙。"从这段文字可知，李隆基不但经常参加调驯马匹活动，而且还网罗了一大批人专事驯马，目的是为了表演盛唐散乐百戏中最壮观的一幕——舞马。每逢自己的生日千秋盛典之时，李隆基一定要拿出这一得意作品来助兴。皇家梨园表演时，一百匹骏马在《倾杯乐》的伴奏下，奋首鼓尾，欢腾舞蹈，步伐整齐。此所谓"骧首奋鬣，举趾翘尾，变态动容，皆中音律"。（引自郑嵎的《津阳门诗》）

在舞马表演进行到高潮的时候，该骑士登场了，只见他连人带马跃上三层重叠的"画床"，马载着人在三层板床上旋转如飞；再由大力士出场举起画床，画床上的马仍然舞跃踢踏。舞曲临近结束的时候，那匹舞马不仅会向四周观众行跪拜之礼，而且还会叼着酒杯劝客人饮酒，这就叫"舞马衔杯"，非常有看点。诗人张说曾经写过《舞马千秋万岁乐府词》，里面详细地描述过舞马的表演过程。

在唐朝的千秋节时，皇家梨园演出活动中，成百匹马舞集体上阵表演《倾杯乐》舞曲，那种场面之大，规模之宏伟，可谓壮观啊！其实，舞马不仅在皇宫贵族阶层表演，在民间也广泛流传。唐蒋防《幻戏志》载："（马自然）乃于席上以瓦器盛土种瓜，须臾引蔓生花，结实取食，众宾皆称香美异于常瓜。"看来，这位舞马者还得会杂技戏法："又于遍身及袜上摸钱，所出钱不知多少，投井中，呼之一一飞出。"而唐赵璘的《因话录》中也有这样的记载：用锋利的刀剑编扎成狭门过道的"透剑门伎"一项，让表演者乘小马从刀丛剑林间穿驰而过，那叫一个绝啊！倘若马舞的表演者学艺不精，坐骑驾驭的本领不够娴熟，那么马舞的表演者将触及刀剑，人马立毙的结果也不是没有的。

诚然，天竺杂技有很多可吸收的东西，中国杂技也并不是没有可取之处，中国杂技源远流长，早在新石器时代，中国杂技就已经萌芽了。随着历史的发展，中国人民吸收并发扬光大，到了唐朝，中国杂技更是达到出神入化的地步。唐太宗李世民曾亲自指导编排的《秦王破阵乐》里，就有许多杂技的成分。反过来，让文艺提升杂技的含金量又是大唐杂技的艺术发展。

据说唐朝的幽州，其范围大致包括今天的河北北部及辽宁一带，有一位著名的戴竿（顶竿）女艺人，名叫石火胡。这位石火胡女子，出身于杂技之家，长期走街串巷的生活，使得她像个男孩子一样淘气。她性格泼辣、豪放，从小就喜欢舞枪弄棒，还特别爱动脑子。她看了《秦王破阵乐》的磅礴舞曲后，就动了自己的心思：既然舞蹈里能有杂技，杂技里就不能有舞蹈吗？《秦王破阵乐》的舞蹈里不是有一些杂技成分，能不能把《秦王破阵乐》里的舞蹈引入自己的杂技表演中呢？这个大胆的想法一旦出现，就有了突破的时候。石火胡要在自己的杂技艺术上标新立异了。经过一番刻苦训练，石火胡终于完成了杂技中添加舞蹈的高难度技艺。有一次顶竿表演，石火胡顶着几尺高竿，高竿上面还支撑着五根弓弦，弓弦之上又站有五个身穿五色衣服的女童，那些女童手持刀戟，在高竿的弓弦上表演《破阵乐》的曲目。呵呵，能将《秦王破阵乐》融会在自己的杂技表演中，这不是突破又是什么呢？当场观众把场子围得水泄不通，大家齐声叫好。场子里满是乌泱乌泱的观众，石火胡开始得意了，她要把自己更精彩的技艺展示给在场观众，只见石火胡在下面顶着竿子时刻保持着平衡，弓弦上的女童们踩着音乐节拍轻捷如燕地俯仰来去，将表演推向高潮。嗬，那叫一个过瘾啊！观众顿时掌声如雷。

石火胡的杂技表演是一场将"歌舞"、"走索"与"顶竿"等技艺融为一炉的表演,实在是花样翻新,很有欣赏的价值。这种杂技很快在长安流行起来,历演不衰。

到了唐玄宗时期,舞蹈和杂技结合得更紧了,据说申王李寿曾献给李隆基一位教坊中的戴竿高手。此人名叫王大娘。这位王大娘,虽然叫大娘,实际上还只是姑娘家,叫大娘那是咱们文献中没有记载她的名字而已,类似于我在《梨花雨韵》讲的公孙大娘、裴大娘,还有本书后面要说的喜娘等等,其实人家都是姑娘家。王大娘不但年轻貌美,她的戴竿技艺又技高一筹,表演更加险绝:只见她头顶一丈八尺长的竹竿,竿上吊着一座形状像瀛洲、方丈蓬莱等仙山楼阁的小木山,在小木山之上还立着一个抹红挂绿的小孩子。小孩双手执掌彩旗,放开童稚的歌喉引吭高歌。这还不够,竹竿底下的王大娘还有随着音乐旋舞,节奏与小孩的歌声相和。此等娴熟的技艺,想必路过的神仙都要驻足聆听了,更别说在场的观众。面对如此超群的技艺,李隆基很快就把王大娘收入皇家梨园中,成为皇帝梨园弟子。

当然,王大娘的顶竿和石火胡的顶竿稍微不太一样。王大娘的顶竿上已经将弓弦上的女童换成了三座仙山,仙山上再站上女童随着音乐表演舞蹈。看来王大娘的顶竿可谓又技精一步,更是彰显了杂技艺术的奥妙之处,自然会赢得全场雷鸣般的掌声。

唐朝时,表演杂技的艺人特别多,类似王大娘等险绝的杂技也很多,例如长安城里还有一位名叫解如海的杂技艺人,他可是京城无人不晓的杂技名人。其剑、丹、丸、豆、击球等技艺样样精通,捞起来就能挥舞。解如海带领两个娘子和几个儿女,组织一个解家杂技班子,在长安城巡回演出。每次解家杂技班演出时,都是观者如潮,最多时达数千人。作为伯乐的李隆基，自然把千里马收到自己的麾下了。无论是街头小艺，还是寺院附近的戏场乐棚，都能欣赏到大唐杂技的只鳞片甲。当时，大的场子多在慈恩寺附近，小的场子多在青龙寺附近。

唐人张祜《千秋乐》诗云：

八月平时花萼楼，万方同乐奏千秋。

倾城人看长竿出，一伎初成赵解愁。

张祜的这首诗说的就是唐朝千秋节时，兴庆宫的花萼楼前，梨园杂技艺人赵解愁的戴竿杂技表演，吸引了周围看热闹的观众。据郑綮的《开天传信记》记载，李隆基就是一位喜欢聚众宴乐、观看百戏的主儿。一次农闲季节，李隆基在勤政楼上大摆酒宴，请各地戏剧上演，让百官和周围的老百姓共同目睹百戏之快。谁知这消息传开后，勤政楼下，表演的当天就来了不少百姓，把方圆几里的道路和广场都塞满了，喧闹声很大，秩序非常混乱。维持秩序的卫士们手拿棍棒像雨点般地轰打着越界的百姓，可依然无济于事。这可怎么办呢？李隆基就召来高力士，皱着眉头问：

"力士呀，今年全国各地粮食都丰收了，四方边境又没有战事，朕很欣慰，所以摆桌酒宴，同文武百官和京城百姓乐呵乐呵。没想到百姓热情很高，如此喧闹混乱，万一发生拥挤踩踏事件怎么是好？你有什么办法制止吗？"

深知皇帝心思的高力士说："臣觉得自己很笨，没有好的办法，但是，臣给你推举一个人，他肯定有办法。"

"谁啊？你倒是说说。"一丝希望掠过李隆基心头。

"严安之。"

"他能有什么法子呢?"李隆基冲高力士摇了摇头。

高力士对李隆基说:"皇上,你可别小看了这个严安之,他平时执法较严,百姓都怕他,是个恶名在外的恶人。只要让他往场子里一站,估计就没人再敢吵闹了。"

李隆基一听:"嗬!还有这等事儿,那赶紧把严安之找来试一试。"

李隆基赶紧召严安之来。严安之来了,李隆基一看,严安之个子不算高,脸长得较黑,脸上的肉都横着,面相凶巴巴的。虽然他还在冲李隆基微笑,可李隆基看得出他的微笑里渗透着皮笑肉不笑的酸苦,还不如不笑显得自然些。严安之受命后,神情严肃地站在场子中。百姓们相互私下议论,知道眼前这个黑脸微胖的人是严安之,顿时吸了一口凉气,哗然顿失。他出场算是把百姓镇住了,下一步怎么办?严安之心里想着,他继续黑着个脸,像死了亲人一样难看,慢条斯理地围着门楼下的广场绕了一圈儿,拿上朝时的手板重重地在地上画出一条线,抬起头,对着周围凝视他的百姓,厉声说道:"大人和小孩看准了,我画了一个圈儿,不能越过这条线,若有超越这条线的人,不管你是大人还是孩子,送你一个字'死'。"

李隆基在勤政楼上认真地看着眼前这一幕,看着这个严安之怎样维持秩序,当他看到周围的百姓变得如此安静的时候,他在心里开始欣赏这个严安之了。

五天的宴会在热闹中度过,场上的秩序井然,表演顺利进行,百姓们没人敢以身试法,越过严安之在地上画的界线,大家都声称这条线为"严公界"。为什么严安之会有这么大的杀气呢?北宋欧阳修的《新唐史》里有这样的记载,严安之在河南当官的时候,他对犯人比较爱用刑,动刑还很特别,他打犯人恐怕打不死犯人,专挑肿烂的地方打,直到打得血流如注的时候,才肯罢休。看来,这个严安之,简直是个虐待狂。百姓当然害怕他了,谁敢拿他的话不当回事啊?所以,他才能创造出"严公界"的奇伟。

总之,杂技艺术在李隆基时代已经是空前盛况,表演起来五花八门,相当有看点。皇帝还常将杂技演员作为礼物赏赐给部下,以供他们观赏。唐代姚汝能的杂记《安禄山事迹》中记载:唐肃宗(李亨)至德元年(756)五月,安禄山叛乱的主力部队在洛阳、长安等地与朝廷军队交战时,奚和、契丹两部落趁机侵扰安禄山的老巢范阳,此时的范阳城,只剩下几千老弱病残士兵,根本无力抵挡。

范阳留守向润客无计可施,就把当初皇上李隆基赐给安禄山的杂技艺人派上用场。据说这些杂技艺人都是有技能的人才,他们繁衍成长,已经有五百多人了。有的人力大如牛,一人肩上和头上能顶二十四人,还能像猿猴飞鸟一样自如行动,可算得上才艺俱佳之辈。向润客认为:在这些杂技艺人中,那些爬竿走索的人一定是奇异之士,他们矫捷灵活,身手不凡,可以当作兵力使用。于是,就发给杂技艺人一些兵器,命令他们出战迎敌。向润客做梦也没有想到这五百艺人到了城北清水河,刚一战斗,几乎全部被奚人和羯人杀戮,只有两三个人匍匐在草丛中间才免于一死。可见,杂技毕竟是用来欣赏的艺术,并不具备战斗实力,把他们放在战场上,那是必败无疑的。当时曾有一首童谣讽刺唱道:"旧来夸戴竿,今日不堪看,但看五日里,清水河边见契丹。"虽然杂技艺人不是打仗的材料,但是他们的杂技表演却获得了社会的认可。只是,范阳留守向润客给这500名杂技艺人找错了人生的舞台而已。

我们的大唐,不愧为艺术的国度,它对新生事物总是那么敏感,它总是不断地吸收和融会其他国家和民族的艺术,发扬光大自己的艺术。唐朝的宫廷里,出现了杂技艺人和乐舞艺人同台献艺的乐舞杂技艺术,这种乐舞杂技艺术一方面满足人们的乐舞欣赏需求,一方面又夹杂惊险趣味,因此,乐舞杂技艺术空前繁盛。

诗意的长安,自然有传颂乐舞杂技艺人的诗人,他们将乐舞杂技艺人精湛的技艺作为自己的歌咏对象。如唐人封演所著《封氏见闻录》描写了宫廷的绳技、踩高跷、踏肩蹈顶、人上叠人到三四重的高超技艺,就是对杂技艺人的歌咏;白居易在《新乐府·立部伎》中写下了"舞双剑、跳七丸、袅巨索、掉长竿"的句子;元稹也写下了"前头百戏竞撩乱,丸剑跳踯霜雪浮"的美丽诗句;张楚金的《楼下观绳技赋》,生动地描绘了绳技艺人高超而优美的表演技艺:"掖庭美女,和欢丽人,披罗谷与珠翠,捕琼筵与锦茵……横亘百尺,高悬数丈,下曲如钩,中平似掌。初绰约而斜进,竟盘姗而直上……"陆龟蒙有《杂伎》诗曰:"拜象驯犀角抵豪,星丸霜剑出花高。六宫争近乘舆望,珠翠三千拥赭袍。"此外,歌舞的长安,自然有唱演杂技的乐舞,如著名的《破阵乐》《圣寿乐》等,都记录下了与杂技有关的事情。

唐朝杂技艺人的"戴竿"水平极高,有"爬竿"、"顶竿"、"车上竿戏"和"掌中竿戏"等不同内容。唐代李冗的《独异记》中记载了陕西三原的一位女艺人,叫什么名字,史料没有记载,咱们当然不知道了。她能在头上顶着站有18个人的长竿而来回走动。咱们算算,就算是小孩,一个三岁的小孩按30斤算,18个人,共540斤,相当于两三个大人的体重。一个女艺人,头上能顶两三个人,实在是奇迹啊!

此种神技,真令人惊叹!唐朝的杂技不但令人唏嘘不已,其影响还延伸到了皇室出行的仪仗队伍中,以至于达官贵人竞相效仿。他们出行的仪仗中往往以戴竿杂技表演为前导。如敦煌莫高窟中有一幅唐代巨型壁画叫《宋国夫人出行图》，这幅图画的是什么呢？贵妇宋国夫人，出游时有浩浩荡荡的大队人马陪伴，其中走在最前面的就是戴竿表演，竿上有4个儿童表演着各种杂技绝活，他们有的像飞鸟一样翱翔着，有的像猿猴一样倒垂，有的像竿上摆放的造型，有的像竿尖顶起。再看底下的那位戴竿的演员，他张开两臂，平衡身体，阔步前进。

1997年，在西安市南郊出土的文物中，发现了一件仿皮囊形的提梁银壶。这件银壶，壶身的两面各雕刻着一匹骏马，骏马的颈上还系着向上扬起的飘带，仿佛临风而起。那匹骏马口中衔着酒杯，作蹲踏状，马尾上翘，可谓栩栩如生。后经多方求证才知这匹马的动作，和唐代名相张说在《舞马词》中所描写的"屈膝衔杯赴节，倾心献寿无疆"的意思非常吻合。这可是唐代杂技艺术的可靠例证。

今天，日本正仓院里，还收藏着一张唐代"漆饰弹弓"的杂技表演场面画。画面从上而下分为七段，分别为观赏者和歌舞表演、"顶竿"、武术"叠罗汉"和"顶竿"、顶竿上有攀缘的3个人，竿端有一个坐着一个女孩子的圆形盘子，下面是"弄丸"和奏乐者。这当然也是中华杂技的对外传播了。

这就是我们伟大的大唐盛世，它以宽厚包容的慈爱来接纳世界各国的艺术精华，并将这些艺术精华淋漓尽致地发展起来，成为一座高峰屹立于艺术世界。就是这样的一个大唐民族，它不强大都相当困难。

今天，中华杂技已经成了东方文化的传播使者，作为中国人，我们由衷地感到自豪。

第五章　春莺啭啼

写下"春莺啭啼"这个题目，我的眼前浮现出一幅大自然的美丽画卷：初春的早晨，清新的树林里，阳光透过嫩绿的树林撒一地闪烁的晶莹，透着不可捉摸的静谧。那浅黄红喙的莺儿，扇动着微黑的翅膀，灵巧轻盈地穿梭在树林间，唱着清脆婉转的歌声。那歌声仿佛涵养了树林的清新，沉淀了小溪的宁静，凝聚了美好的情愫，憧憬了幸福的生活……听到这些美妙的春莺啭啼，又有谁能不为之动情呢？

说起"春莺啭啼"，自然想起一位久远的音乐人：白明达。

568年三月，一位好弹琵琶的阔脸碧眼女人，她柔弱、单薄，楚楚动人。因为美丽，她成了当时西域诸国君主们争逐的目标，这就是突厥木杆可汗阿史那俟斤的三公主阿史那。主张以礼乐治国的北周武帝宇文邕，十分倾慕西域丰富多彩的音乐艺术，更是青睐这位思慕已久的美人，他派使臣携带重礼，西出阳关，向突厥可汗求婚，请求迎娶美丽的阿史那公主为皇后。突厥可汗便将一支三百人组成的庞大西域乐舞队作为公主的陪嫁送至长安，其中就有白明达和苏祇婆（白智通）等著名的龟兹音乐家。这支乐舞队带着五弦琵琶、竖箜篌、哈甫和羯鼓等西域乐器来到了长安，成为长安宫廷著名的龟兹音乐家。

到了隋炀帝时期，白明达已经担任了宫廷的乐正，乐正就是礼乐部的长官。因为在传统文化的中国，人们是十分注重礼仪，礼乐水平的高低直接影响到一个国家的外交形象，所以在古代朝廷上，乐正官很受皇帝重视。白明达担任乐正时，很受隋炀帝的宠幸。后来，隋朝灭亡了，白明达又受到唐朝皇帝的器重。唐太宗在位期间，白明达就担任太乐署，总管宫廷音乐的创作谱曲和宫廷舞蹈的排演；到了唐高宗李治时，白明达还在宫廷供奉，仍旧总管宫廷乐舞事宜。

出生于龟兹又长期生活在中原宫廷的白明达，既熟稔龟兹乐律，又精通中原宫廷乐舞，这两种不同音乐文化的滋润，使得白明达能够将西域音乐与中原乐舞巧妙地糅合起来，创作出了既具有西域音乐的粗犷风格、又不失中原乐舞的优雅风格的乐曲。他创作的乐曲可以说是奔放不失细腻，比较符合中原人的胃口，所以，深受中原社会各阶层的喜爱。《隋书·音乐志》中记载："炀帝不解音律，略不关怀。后大制艳篇，辞极淫绮。令乐正白明达造新声，创《万岁乐》《藏钩乐》《七夕相逢乐》《投壶乐》《舞席同心髻》《玉女行觞》《神仙留客》《掷砖续命》《斗鸡子》《斗百草》《泛龙舟》《还旧宫》《长乐花》及《十二时》等曲，掩抑摧藏，哀音断绝。"

隋炀帝杨广是一位喜欢诗文的皇帝，他写了许多非常美妙的艳词，如《野望》中诗句："寒鸦飞数点，流水绕孤村。斜阳欲落处，一望黯销魂。"可是，杨广却不太懂音乐，无法将其中意境用音乐表达出来，白明达替杨广皇帝把这些艳词谱曲了。一位善于写艳词的皇帝和一位善于谱曲的音乐家结合在一起，那可真是绝配了，他们创作了许多相当不错的宫艳作品。这些相当不错的宫艳词曲一经传唱，风靡一时，成为时人的最爱。连杨广自己都非常赏识白明达编写的这些乐曲，曾表示要按曹妙达在北齐封王的先例，给他丰厚的奖励。这个曹妙达在北齐封王是怎么一回事呢？

话说北齐后主高纬，他比较喜欢胡戎乐，有一次在宫中举行宴会，曹妙达身穿胡服，应召弹奏琵琶。琵琶声起，北齐后主高纬斜倚龙榻，"微阖双目，为其轻轻击拍"，文武大臣在大殿上屏息静气，垂耳恭听。

就在这时，大殿前的金兽口中升起一缕袅袅香烟，好像伴着清越的琵琶声翩翩起舞的婀娜女子一样，甚是美丽与震撼。一曲终了，群臣喝彩，北齐后主高纬一高兴，立刻颁发旨意："佳音，佳音，孤今重赏，封尔为王。"群臣听了，都感到很惊诧，曹妙达如梦初醒，赶紧伏地谢恩。当时有人做诗："乐工封王侯，妙达唯一人。"瞧瞧人家琵琶弹得竟能被封王侯，实在是稀罕啊！隋炀帝杨广绝对是一位附雅风骚的皇帝，他也要对白明达来个"曹妙达封王"的举措，白明达真是感激涕零了。作为音乐家的白明达，一生创作的乐曲很多，其中影响最大的就是《春莺啭》了。"啭"的意思是美妙的歌声。《春莺啭》取义在春天来临，黄莺一边轻快地舞蹈，一边唱着柔曼婉畅的歌声。关于《春莺啭》舞曲的产生，唐朝崔令钦的《教坊记》中记载：唐高宗李治精通音律，听到凤鸣鸟啼都要踏着脚步伴出相应的节拍。一天早晨，他"坐闻莺声"，即命乐工白明达据莺声而谱乐曲，并名之为《春莺啭》。

《春莺啭》因其柔和婉转而出名，是唐代著名软舞。软舞是相对于健舞而言的，软舞以其节奏舒缓、优美柔婉见长，是广泛流行于唐代宫廷、士大夫家宴及民间堂会中的一种表演性舞蹈。唐朝崔令钦的《教坊记》和唐朝段安节的《乐府杂录》中记载了许多软舞的曲目，如《垂手罗》《回波乐》《兰陵王》《春莺啭》《借席》《乌夜啼》《凉州》《绿腰》《屈柘枝》《甘州》等，而《绿腰》《春莺啭》《凉州》《屈柘枝》

这些曲目，无论从流传、影响和技艺水平上来说，都是上乘的舞曲。

《春莺啭》属于唐代大曲，也叫"法曲"，主要用于唐宫宴乐时，集器乐、声乐和舞蹈于一体的表演舞曲。结构上一般是先器乐演奏，接着歌唱，最后以舞蹈形式把乐曲推向高潮。《春莺啭》舞蹈时，由十个女子一起跳舞，那女子的柔风细腰自然激起一层轻柔浪漫的韵味，让人备感爱怜，在长安宫廷中十分盛行。据说唐明皇李隆基对于《春莺啭》起了很大的推动作用：乍暖还寒，梅花独绽，柳条垂露，兴庆宫中，李隆基站在龙池边的亭子里远眺，龙池南岸的柳条刚刚活泛起来，若隐若现的柳芽刚刚萌蘖，远远地，杨玉环摘着一枝金黄色的梅花轻挪碎步缓缓走来，随之，十个年轻的女子唱着《春莺啭》，从花下轻快地舞来，打破了黎明的宁静，带来了春天的欢快气息。莫不是那报春的天使降临人间？此情此景，勾起了李隆基无限思春的情怀。

兴庆池南柳未开，太真先把一枝梅。
内人已唱春莺啭，花下偟偟软舞来。

张祜在《春莺啭》一诗中描述李隆基欣赏该曲时的情景。那技艺高超的梨园"内人"，唱着柔曼婉畅的《春莺啭》歌曲，歌曲里蕴含着万般的优雅风韵，舞起了一段浪漫的情怀，勾起了一段空灵的遐想，渐入一种芳香荡漾的境界里，令人飘飘欲仙，游思飘渺。这哪里还是鸟的惬意？分明是对自然的感悟，而这种感悟已经幻化成一种具体形象，呈现在人们眼前的视觉艺术啊。还有诗人王维，更是将这种艺术形象发挥得恰到好处。王维在《听宫莺》里云："春树绕宫墙，宫莺啭曙光。"宫墙边的春树上落着一只春莺，春莺对着刚刚出现的曙色歌唱，在婉转动听的歌声里，一缕黎明的曙光像美丽的轻纱一样慢慢展开，其意境之空灵足以撩拨世间每个人的心肠。当然，像《春莺啭》这样类似飞鸟的舞蹈的描写古已有之，只是没有《春莺啭》美妙罢了。

来自龟兹的音乐家白明达，所谱乐曲自然含有不少西域音乐的成分，所以，后来的人们通常把《春莺啭》归入胡乐。《春莺啭》曲为胡乐的代表作之一。序曲中还有唱词，称之为游声。《春莺啭》在长安宫廷中十分盛行。

美妙的《春莺啭》唱出了一种新生，舞出了一种情怀，得到大唐子民的喜爱，同时也得到外国友人的青睐，随着前来朝拜大唐的朝鲜友人回归，《春莺啭》传入朝鲜。据说李朝王子在其母亲40岁的生日宴会上，送给了母后一个大大的惊喜：一群美丽的宫女，在婉转动听的音乐声里，踩着飘逸舒缓的舞步，旋转着轻盈优美的动作，祝福王后安康长寿。这就是大唐《春莺啭》曲带来的艺术效果，它简直把李朝王子的母后乐坏了。据朝鲜李朝（李太王李熙）仪轨厅所刻印的《进馔仪轨》记载，《春莺啭》除了有优美的舞曲，还有创意的歌词，歌词曰：

娉婷月下步，罗袖舞风轻。
最爱花前态，君王任多情。

朝鲜《春莺啭》一书中，不但有曲有词，还附有一幅优美的舞姿图：一个身轻似燕的女舞伎，头上戴着美丽的簪花，身上穿着敞袖短衣，细腰间的帛带随风起舞，那飘逸的长裙舒展着此刻的仙风，她展开双臂欲飞了……

朝鲜古籍《进馔仪轨》中记载："春莺啭……设单席，舞伎一个，立于席上，进退旋转，不离席上而舞。"这本书里还绘有舞蹈场面图：一个魅力无穷的女舞者，站立于方毯之上而跳舞。

这些都是《春莺啭》的延伸和影响，其实，《春莺啭》不但在朝鲜受到欢迎，而且在日本同样很受欢迎，《春莺啭》随遣唐使返回传到了日本后，成为日本民族化的雅乐舞蹈。日本艺人对《春莺啭》进行了改造，表演形式和风格与中国、朝鲜又不同。日本的《春莺啭》改为由男子表演，舞蹈的男子头上戴着鸟冠而不是簪花，男人起舞，少了软柔的动作连贯，多了阳刚的伸缩到位，舞出的动作像笔画一样僵硬，类似今天的卡通人物，当然不能再与我们唐代轻柔女子的软舞相提并论了。

天宝年间，有一名执戟郎的小官叫梁锽，他写过一首《戏赠歌者》的诗歌。诗里写道："白皙歌童子，哀音绝又连。楚妃临扇学，卢女隔帘传。晓燕喧喉里，春莺啭舌边。若逢汉武帝，还是李延年。"这首对《春莺啭》美妙旖旎的诗歌描写，被收到《全唐诗》里。其中"晓燕喧喉里，春莺啭舌边"可谓精辟之至！

到了北宋，文学家王诜写过一首《春莺啭》：

佳人已属沙叱利，义士曾无古押衙。

回首音尘两沉绝，春莺休啭上林花。

因为音乐家白明达来自龟兹，所谱乐曲自然含有不少西域音乐的成分，也有人把《春莺啭》归入胡乐，《春莺啭》曲也就成了胡乐的代表作之一。胡乐《春莺啭》以凄婉清丽取胜，它的美妙之处在于它的柔美与舒缓，像女人的柔情从心间缓缓地流过，给人永远美好的记忆。难道胡乐仅仅以凄婉清丽为主吗？非也！胡乐中那豪情四射的男子热情的舞曲,同样给人以振奋的激情。《火凤》是贞观时太常乐工裴神符(又名裴洛儿)的代表作,以慷慨悲壮见长。《火凤》和《春莺啭》以一刚一柔的个性,在唐朝颇负盛名且传唱不衰。当然,裴神符不仅是以《火凤》闻名遐迩,而且还是一位五弦名手。《唐会要》称裴神符:妙解琵琶。作《胜蛮奴》《火凤》和《倾杯乐》三首曲子,其声度清美,太宗深爱之。高宗末,其伎遂盛。

裴神符的琵琶弹得很好,长于拢捻,与曹刚同属乐府,又都是疏勒入唐之乐人。很多人把他俩混为一人。其实,《火凤》是音乐家裴神符的功劳。贞观年间,众多的琵琶乐师在宫中献技。他们横抱琵琶,弹奏的大多是恬淡婉转、柔弱无力的宫廷雅乐。轮到年轻乐师裴神符演奏自己创作的乐曲《火凤》,只见他把琵琶直立怀中,改拨子演奏为手指弹奏。左手抚按律度,推、带、打、拢、捻等演奏技法全部使出,右手迅疾在四根弦上轻轻划过,瞬间旋律跌宕起伏,如将士英姿飒爽,似战马虎虎生威,仿佛整个乐队集体合奏。

曲终,众乐师非常诧异,顷刻间掌声如雷。李世民从乐曲中受到很大感染,连声叫绝,封裴神符为"太常乐工"。《火凤》也被誉为一绝,在唐代开始流行起来。

总之,裴神符在琵琶演奏上技艺的创新,可以说是史无前例的,对后世影响非常大。诗人元稹有诗赞之:"女为胡妇学胡妆,伎进胡音务胡乐。《火凤》声沉多咽绝,《春莺啭》罢长萧索。"可以说,《火凤》和《春莺啭》是唐朝音乐史上刚柔相依的"双璧",真的应该载入音乐史册啊!

第六章　金城远嫁

著名历史学家翦伯赞在散文《内蒙访古》中说："在封建时代要建立民族之间的友好关系，不能像我们今天一样，通过各族人民之间的共同阶级利益、经济基础和意识形态，主要是依靠统治阶级之间的和解，而统治阶级之间的和解又主要是决定于双方力量的对比，以及由此产生的封建关系的改善。和亲就是改善封建关系的一种方式。"

这是翦伯赞老先生对民族和亲政策的看法，当然有其可取之处。纵观中国历史，从公元前200年汉高祖刘邦宗室女嫁匈奴冒顿单于，到清朝宣宗道光帝旻宁第四女寿安固伦公主嫁蒙古奈曼部札萨克郡王德穆楚札克布为止，和亲的痕迹处处可见。在这些和亲事件里，尤其以昭君出塞、文成入藏和金城远嫁闻名史册。

公元前54年，昭君出塞，"在内蒙人民的心中，王昭君已经不是一个人物，而是一个象征，一个民族友好的象征；昭君墓也不是一个坟墓，而是一座民族友好的历史纪念塔。"（引自翦伯赞的《内蒙访古》）

640年，唐太宗李世民决定以江夏郡王李道宗的女儿文成公主和亲吐蕃，嫁给了才貌双全的藏族英雄松赞干布，促进了汉藏的友好交往。

709年，唐中宗李显又以唐宗室雍王李守礼的女儿李奴奴即金城公主，嫁给吐蕃的第36任赞普（藏王）尺带珠丹，同样留下了历史的美誉。

李奴奴的爷爷是章怀太子李贤，她的父亲雍王李守礼是李贤的次子。出生于如此显贵家庭的李奴奴，自然享受着公主的待遇，衣食无忧几乎是这些贵胄子女的共同生活模式。然而，作为一个唐帝国，要维持国家的强盛与边疆的安宁，很多时候不得不采取战争的方式，当战争不足以解决边境事端的时候，和亲就成为一种可行的外交政策。在和亲政策下，这些无忧无虑的公主自然成了安定边疆的重要筹码。

开国初年的唐朝，正是百废待兴的时候，却时常遭受西北的突厥、吐蕃、回纥和契丹等少数民族的侵扰，边境时常民不聊生。为此，唐朝经常调派很多大军连年征战边关，征战之苦让百姓非常厌恶。不得已，唐太宗只好采用公主和亲的方式以图解决边境上的战争。文成公主远嫁吐蕃是一种要挟的结果，因为大唐当时的客观环境并不乐观：一方面吐蕃的松赞干布寻求和平解决唐蕃边境问题；一方面致书给唐太宗："如果不同意把公主嫁给我，我将亲率五万大军，攻占唐国，杀死你，夺取公主。"可惜了，事情的结果并不如吐蕃人意，大唐打败了吐蕃，吐蕃主动派使者前来大唐谢罪，大唐这才和吐蕃联姻的。当然，从客观上讲，文成公主入藏是一场非常成功的和亲，松赞干布接受唐朝皇帝的册封，双方友好了几十年，边境贸易繁荣发展。然而，随着唐蕃势力的不平衡，用和亲换来的和平，终究无法维持永久。松赞干布死后，他的孙子芒松芒赞继位，外孙不认娘舅了。663年，吐蕃在攻灭了邻国吐谷浑之后，气焰高涨，终于与唐朝兵戎相见。吐蕃向北攻打西域，企图与唐朝争夺安西四镇；向东攻打巴蜀，占领羌族人居住的12个唐朝边境州。此后，吐蕃又将南面原来接受唐朝册封的南诏国纳入自己的势力范围。到了676年，吐蕃所辖面积扩大到510万平方公里，人口达到960万，吐蕃的国力大增，严重地威胁到唐朝的安定。

面对日渐强大的吐蕃，大唐不得不对它另眼相看了，再也不能小瞧这个曾经是外甥的国家了。然而，由于吐蕃的内乱、对外战争的失利以及赞普杜松芒波杰病死，吐蕃不得不同唐朝（武周时期）和解。704年，年仅七岁的尺带珠丹继任吐蕃赞普。新王即位，年幼软弱，朝中大臣改变外交政策，想把吐蕃的外部环境搞好，就希望和周围的邻邦友好往来。尺带珠丹的祖母没庐氏是个非常聪明的女人，她为了她的孙子长远着想，708年和709年，两次遣使悉熏热前往唐朝长安朝拜进贡，并主动为她的孙子尺带珠丹请求和亲，但皆被唐朝拒绝；710年，没庐氏又派遣尚赞咄赴长安献马千匹、金两千两请求和亲。而此时的唐朝皇帝，也是经过武周和李唐纷争之后上位的唐中宗李显，性格懦弱的李显也想与周边其他国家和地区搞好关系，就答应了吐蕃的求婚要求。

可是，谁是这次和亲的最佳人选呢？唐中宗李显心里可是没底的。李显一共有七个亲生女儿：新都公主、宜城公主、定安公主、长宁公主、永寿公主、永泰公主、安乐公主和成安公主，可惜这些公主早已下嫁他人，无法前去和亲。万般无奈之下，李显把目光投到近支宗室的侄女上了，决定在她们中选出和亲公主。这时，自幼在宫中长大，已满14岁的李奴奴走上前来。此时的李奴奴已经出落成一位亭亭玉立的少女了，不仅容貌俊秀，而且体态婀娜，风姿绰约。尤其是那双大眼睛更是顾盼生姿。李显心里非常疼爱这个侄女，如同己出啊，和亲女儿没有什么分别，于是把李奴奴认作养女，册封李奴奴为金城公主。

金城公主的父亲李守礼，原名李光仁，是名副其实的李唐之后。可是，李唐家的媳妇武则天，为了掌管李唐的江山，确实动用了一些手段。她迫害了不服自己上位的李氏子弟，李贤自然在迫害之列，李贤的儿子李光仁因此受到牵连，武则天在位时将李光仁改名李守礼，意思是要他做一个安分守礼的人。李贤被武则天迫害时，李守礼自己也经常被打得遍体鳞伤，以致落下了背疼的病根儿。大凡天气有变化，李守礼第一个就能感应到。比如天气连阴几天，李守礼对诸王说："天就要晴了。"果然，天就放晴了。有时天气虽然是艳阳高照，李守礼说："天快下雨了。"天还真的就下雨了。你还别说，李守礼用背疼来预知天气还真灵验。没想到这事让其他诸王起了疑心，以为李守礼学了什么法术，想让中宗皇帝治罪他，没想到李守礼却说："臣并没有什么法术，则天皇后在位时，因臣父得罪遭贬，臣被幽闭宫中十几年，每年都要挨几顿棍子的教训，以至于身上留下了很厚的瘢痕。每逢要下雨的时候，我就感到脊背上酸楚沉重；天要晴时，就感到身上轻松许多，所以我能知道天气的变化，这些只是我的总结，并不是学了什么法术。"你瞧瞧人家说的，在情在理。无话可说了吧？是啊，能用自身的伤痛预知天气变化，这真是让人哭笑不得的事情啊！

神龙元年（705），中宗李显即位后，一改武周王朝，恢复李唐旗帜，重整李唐天下。也许是出于手足之情吧，李唐宗室的子弟这才得以封官拜印，李守礼也被任命为光禄卿同正。然而，或许是幼年的经历对一个人一生的影响很大，成年的李守礼有些玩世不恭，吃喝玩乐，样样在行。这样，他的俸禄哪能够他开销啊？他就经常借债度日，把生活过得简直没法说下去。李奴奴兄弟姐妹总共有六十多人，个个都没得到很好的教养。唯独这位李奴奴，从小就是个美人胚子，皮肤娇嫩，白里透红，一双黑亮的大眼睛，总是那么忽闪忽闪的，好像会说话似的。唐中宗李显很喜欢这个侄女，就把她抱养在宫中，李奴奴这才享受起衣食无忧的公主般待遇。

在皇宫大院长大的孩子，接受的是优质教育，诗书礼仪、琴棋书画，那都是皇宫大院的必修课程，他们的格局一般都比较大。随着年龄的增长，李奴奴像个小人精一样聪明，她和宫里的人都很友好，包括宫里的老太监。李奴奴知道了宫里许多事情，当然也包括文成公主出嫁时如何刁难吐蕃使者的故事。那些故事像传说一样神秘，触动着少女的内心深处。李奴奴的感情世界激起一层又一层的涟漪，心潮也随之起伏不定。文成公主的智慧，像黑夜里一颗明亮的星星，照亮了李奴奴思想的道路。她陷入了沉思：那遥远而地域辽阔的雪域高原离太阳到底有多近？他们伸出胳膊能否够得太阳？那些穿金戴银的女人不吃粮食又吃什么啊？难道只喝西王母的神仙水不成？文成姑奶奶在那里住着怎样的房子？穿着怎样的衣服？跳着怎样的舞蹈？

李奴奴自己想不明白，就经常缠着宫里的长者给她讲文成姑奶奶的故事，可是，吐蕃离大唐那么远，往来的消息少得不能再少，更何况宫里的老者知道的也不多，无法满足好奇的李奴奴，她们就开玩笑说：

"奴奴啊，你这么想知道姑奶奶的事情，等你长大了，也让皇上把你嫁给吐蕃王子，你不就什么都知道了吗？"

小小的心思一旦被人当面揭穿，小奴奴的脸蛋可就涨得通红，嫁人毕竟离自己很遥远，她也刚刚突起了小小的胸脯，下面才有了女人每月应该来的那个，虽然点点滴滴，还时有时没的，可这少之又少的那个，表明着她的身体即将发育成熟了。敏感的李奴奴强烈地感觉自己被大人笑话了，不服气地说："嫁就嫁，有什么了不起的。"说完，羞红了脸，跑了。

世间的姻缘，总是冥冥中早已注定，并且被冥冥之中的姻缘牵引着。

在大唐这么多公主们中，唯独李奴奴爱打听文成姑奶奶的故事，最后让李奴奴自己也没想到，几年后，她和大人之间的玩笑话竟然会变成事实。

709年十一月，吐蕃尚赞吐带着武士、能说汉话的女官和奴婢等上百人来到长安，朝贡万物，迎娶他们未来的王后金城公主。唐中宗李显设宴于御苑之内，隆重接待吐蕃使者。席间，为增进友谊，唐蕃举行马球比赛。起初，大唐宫中负责仪仗的侍卫队连败数局，幸亏临淄王李隆基、虢王李邕、驸马杨慎交和武延秀四个马球猛将上场，这才力挽狂澜，挽回了败局，最后大获全胜。吐蕃人心悦诚服。

三个月后，即710年正月，唐中宗李显颁下制书，强调怀柔和亲是布化垂仁、长治久安的良策。制书里力陈自从唐太宗李世民嫁文成公主以来，唐蕃关系之亲密，现应尺带珠丹及祖母之请求，嫁金城公主于吐蕃，为的是唐蕃从此避免战争，更加亲好。这样，即使割舍亲慈，忍受思念之苦，也是值得的。

制书颁下之后，吐蕃迎亲在即，派谁去主婚送亲呢？

李显决定让雅释蕃情又有安边之略的文臣纪处讷出使重任，纪处讷谢过皇上信任，满口答应。然而过了两天，纪处讷却变卦了，因为他知道这是件出力不讨好的苦差事，并且因为远离随时都可能失去圣恩，他就用自己不太会处理边防事务为由极力推辞。李显不得已，这才决定让中书侍郎赵彦昭充当送亲使者。

赵彦昭起初一听，非常高兴，马上表示接受，为什么？因为过去这种护送之事的人选都是王爵一级官员，难道自己要升为王爵一级的官员了？赵彦昭心里美滋滋的，可是几天后，看着皇上没有升迁自己的意思，赵彦昭心里开始犯嘀咕了，怕万一出京之后，自己连现在的权位都没了。他就私下恳求司农卿赵履温，这个赵履温，本来就是靠阿谀奉承才深得安乐公主李裹儿的信任。赵履温私下认为赵彦昭具有宰相之才，充当使者不合适，他就求安乐公主李裹儿给皇帝说话把赵彦昭留下。果然，耳根子软的李显同意了，可是也表示为难。

李裹儿说："我看还是派奴奴的亲生父亲去好了！他才是名副其实的王爵级的呀！"

唐中宗李显说："傻女儿，让奴奴亲生父亲去不妥。奴奴是以皇上的女儿身份远嫁，亲生父亲在场，怎么称谓？"

皇后韦香儿却说："这有什么呢？"

李裹儿也撒娇说："就叫他邠王好了，没什么不好的？"

唐中宗李显慈爱地看着李裹儿，无奈地说："行了，为父还不知道你的意思，你不就是想把赵彦昭留下吗？为父明白你的意思，留下赵彦昭便是。"

李裹儿这下满意了，唐中宗李显却心里犯愁了，到底该派谁去更合适呢？朝廷里的文官们心思多，一个个推三阻四的，真难对付，看来还是武将好，他们没有文官们那么多的环环套套，他们有强烈的建功立业之心，一定愿意前往。

几天之后，唐中宗李显召见左卫大将军杨矩，对他说："金城公主现在要下嫁吐蕃，朕欲任命卿为特使护送公主前往，不知卿是否愿担此重任？"

这个杨矩，本来就是喜欢追求名利的人，听皇上以商量的口气和他说事，他有些感动，于是毫不犹豫地说：

"公主远嫁，事关国家大事，臣一介武将，愿护送公主前往。"

看来还是武将爽快，唐中宗李显听后特别高兴，闹心的事总算有了眉目。

出使大臣算是尘埃落定了，陪嫁的人员也该确定下来了，经过商议后，陪嫁人员名单也拟定好了：一位奶娘、四名贴身侍女、十名杂役人员、五十个人的乐队、一百人的卫队、两位医生、两位儒学大师和两位僧人，外加运输嫁妆的人员共一千人，辇车货车、粮食马匹、绫罗绸缎、金银珠宝等，需要多少就提供多少。好家伙，可真是皇帝嫁女，简直就是一个团的兵力，够气派的啊！

这还不够，唐中宗李显深知吐蕃文化混沌，又将黄历等带去，指导日常行为，至于兵书等则不纳带走之列。在中书侍郎张说的建议下，金城公主奶娘的郎君，也就是金城公主的武术教练巴德，也随同前往，负责随时保护公主的安全。

等这一切都做完了，唐中宗李显还为金城公主远嫁亲自写了一篇告别书，准备在送行时宣读，之后赐予金城带在身上，陪其远行。唐中宗李显又传令："速派工匠民夫于始平县（今陕西兴平）建筑行馆，朕要亲自率百官为金城公主远嫁送行。另外，在始平也搭建一帐，专供金城家人单独话别之用。"

俗话说得好，朝中大臣是皇上的左右臂，还是中书侍郎张说想得周到，他建议先在金城的府第中赐御宴三席，加赐宴乐，让金城公主的亲生父母等也有嫁女之喜，之后再由皇上正式饯行。唐中宗李显点头答应了，中书遵命安排，传令内府迅速置办赐宴事宜。

看来皇家嫁女就是比一般人家气派，金城公主远嫁，唐中宗李显除了备齐丰厚的嫁妆、大量的金银珠宝和晶莹的首饰之外，还配备了数万匹的各种丝绸，这还不够，唐中宗李显还让大批工匠随从金城公主前行。可谓大国风范啊！这哪里又是嫁女呢？分明就是大唐和吐蕃民族通好啊!

然而毕竟,金城公主此去遥远,唐中宗李显既然充当了人家的父亲,就得有个做父亲的样子,他亲自送金城公主到始平县,并在百顷泊设宴为公主饯行,朝中的王公贵族、宰相大臣们及吐蕃使者一起入宴。

始平的馆帐行宫之中,人头攒动,正中长桌之上,皇帝的制书平平展展地铺陈,制书写道:"圣人布化,用百姓为心;王者垂仁,以八荒无外。故能光宅遐迩,裁成品物。由是隆周理历,怀柔远之图;强汉乘时,建和亲之议。斯盖御宇长策,经邦茂范。朕受命上灵,克纂洪业,庶几前烈,克致和平。睠彼吐蕃,僻在西服,皇运之始,早申朝贡。太宗文武圣皇帝德侔覆载,情深亿兆,思偃兵甲,遂通姻好,数十年间,一方清净。自文成公主化往其国,因多变革,我之边隅,亟兴师旅,彼之蕃落,颇闻雕弊。顷者赞普及祖母可敦、酋长等,屡披诚款,积有岁时,思托旧亲,请崇新好。金城公主,朕之少女,岂不钟念,但朕为人父母,志息黎元,若允乃诚祈,更敦和好,则边土宁晏,兵役服息。遂割深慈,为国大计,筑兹外馆,聿膺嘉礼,降彼吐蕃赞普,即以今月进发,朕亲自送于郊外。"(引自《旧唐书》)

酒席之上,自然少不了做诗送别,随行文人、政要纷纷挥毫泼墨,受命赋诗以颂盛况。大臣张说、徐彦伯、阎朝隐以及苏颋等纷纷奉和。唐代文学史上由此产生了一批咏金城公主入蕃和亲的应制诗作,流传至今,成为唐蕃二次联姻的历史和文学见证。

吟咏诗歌之际,唐中宗李显把吐蕃使者叫到跟前,语重心长地说:"金城公主虽然不是朕亲生的,可朕是看着她长大的,她依然是朕的爱女。她年纪尚幼,有些礼节还不懂,今后如果有冒犯之处,请多包涵。这个孩子自幼在宫中长大,从未出过远门,没想到此番远嫁,朕实在是于心不忍，但为了唐蕃结好，朕只有为国割慈了。"

说着说着，李显禁不住落下泪来，叹息很久才止住。在场的人听了，都被皇上恳切的言语感动，吐蕃使者也为大唐皇帝的骨肉情深而感动，不住地点头答应。

行宫之外，几支乐队在帐外，轮番演奏喜庆乐曲，那悠扬悦耳的声音不断地传入帐内，和亲的洋洋喜乐，不绝于耳；愉悦的曲调传递着大唐和吐蕃的友谊之情。

宴会之上，朝中官员、文人雅士，纷纷赋诗倾诉离别之情。

后排大帐内，奴奴是今天的主角，长辈们的千叮万嘱，兄弟姐妹们执手相看，泪眼婆娑，道不尽分别之苦。

几杯酒下肚的李显，悄悄地离开了写诗的人群，来到后帐，与金城叙别。李显唯恐尽不到父亲的责任，说："金城公主……"

面对皇上伯伯如此生分的称呼，奴奴感到很不习惯，说："皇上一向在宫中总是叫奴奴小名，今日却如此生分，将奴奴陌生了。"

李显连忙说："我想今天的场合比较正式，所以才这么称呼。没想到你多心了，其实叫你金城公主，我也感到有些别扭。既然你也不喜欢，好！咱们还是像平日吧！"奴奴点头认可。李显又问：

"奴奴还有什么需要的吗？"

"已经够多了，感谢皇上所赐的丰厚嫁妆，奴奴已经心满意足了。"奴奴摇了摇头说。

"既然如此，你也该到外帐，感谢文武大臣为你做的祝贺诗吧！"

金城公主来到外帐，阎朝隐、张说、李适、韦元旦、唐远哲、李峤、崔日用、崔湜、刘宪、薛稷、武平一、徐彦伯、沈佺期、赵彦昭、郑愔、徐坚、马怀素、苏颋等群臣已在外帐等候多时，一见到金城公主出来，他们自然是唏嘘一番，纷纷献诗给金城公主。金城公主一看：都是好诗啊！他们真不愧为大唐的诗人，倾尽了他们的才气，内容上几乎全是讴歌唐皇室远嫁公主，巩固唐蕃的甥舅关系，有利于汉藏人民的安居乐业，赞扬她的造福于民。金城公主从来没有被人们这样重视过，她真的很感动，眼泪汪汪的，她很喜欢这些诗歌，要求把这些诗歌全部带上，以便闲时翻阅。

群臣敬献诗歌之后，又回到宴会上。没想到此时，皇帝非常伤感，竟然在宴会上嚎啕大哭起来，一时间群臣手忙脚乱，不知所措。

金城公主心中明白：这是皇上伯伯舍不得她远嫁吐蕃，奴奴走了，还有谁会在宫中的地上和皇上一同玩"骑上大马找月亮婆婆"的游戏呢？还有谁还会在树下替皇上伯伯摇扇子赶蚊子呢？这一件件血溶于水的美好往事，让奴奴也泪眼婆娑，她是多么的不舍皇上伯伯啊！所谓父子感应，奴奴虽不是皇上伯伯的亲生女儿，但共同的李家血统仍然让他们感受到对方的亲情。

吐蕃的使者尚赞咄热和御史名悉腊等，看到皇帝如此悲伤，如此舍不得爱女，也为他们骨肉亲情所感动。

尚赞咄热深情地说："请皇上放心，吐蕃在松赞干布以后，赞普一代接一代地都一再向唐朝请婚，只有今番才得迎嫁金城公主。吐蕃上下无不欢乐相庆；公主入吐蕃后，我等绝不会辜负皇帝的期望，一定会服侍好公主。让她在高原上生活得幸福美满，吉祥如意。"

吐蕃随从们自然心领神会，马上齐声应和：

"艾巴杜！艾巴杜！扎西德勒！"（一定！一定！吉祥如意！）

当晚，太平公主等长辈们以过来人的身份给金城公主讲解生为女人的艰难，讲一个女孩在新婚当晚，即使自己如何不愿意，也不能拒绝自己的男人，得用自己的宽容去接纳自己的男人，顺从自己男人的心意，忍受他肢体的粗暴进攻所带来的身体疼痛，甚至可能是一些伤害，但这是一个女孩应该经过的苦难，只有过了这个坎儿，女孩才能变成一个真正的女人……面对长辈们的谆谆教导，胆战心惊的金城公主一一记在心里。

第二天清晨，太阳刚刚升起来，金城公主一行人马开始从始平起程。那随嫁的车队浩浩荡荡，首尾绵延几十里之长，车载、马驮、人挑的陪嫁之物都早已贴上了大红喜字，随臣、仆从、护卫个个喜气洋洋，乐队吹吹打打，当地的百姓争先恐后地赶来相送。

皇帝李显带领群臣百官一大早就站在道旁亲自相送。金城上前含泪一拜再拜，说："奴奴感谢皇上养育之恩。请皇上保重速回吧！"

但是李显还是站在道边坚持目送，直到金城一行人望不到了，才不得不登上车辇。不一会儿，李显又慌忙从车辇上下来，叫来中书省，说：

"为朕起草敕令：为了纪念金城公主出嫁，敕令改始平县为金城县，改乡名为凤池乡，送别之处改为怅别里。再下一敕令：免去始平县百姓赋税一年，特赦全县的所有死囚犯人，以作送别金城公主的纪念，同时也为了给公主'积德修福'。"

也许，皇上李显是想用这种方式来表达一个父亲对女儿的深深思念，他想让受益于金城公主的百姓，永远记住大唐有一位远嫁吐蕃的金城公主啊！这可真是一位皇帝父亲的良苦用心啊！

金城公主一行人沿着河西走廊一直向西，到达甘肃之后，再向南穿过青海就可以进入西藏境内。金城公主走的还是文成公主当年入藏时走过的那条路。也许，这就是前世的因，今世的果啊！金城公主终于和文成公主一样成为唐蕃的友好象征了。

随着金城公主一行的西走，眼前的景物渐渐地发生了变化，那原本稠密的州县村舍开始变得稀疏起来，高大茂密的绿树没有了，碧绿的农田也渐渐被草原戈壁所取代。这一切对金城公主来说虽然陌生却很新奇，因为金城公主从来没有见过和大唐不一样的景色，虽然有些许的惊喜，但这位远嫁少女的心依然相当沉重，听着车外呜呜的西北风，她禁不住暗自垂泪。迎亲的吐蕃女仆只好不断地宽慰她。

几个多月的长途跋涉，金城公主已经进入青海的境内。初春的暖阳，普照着复苏的万物，漫野的翠绿总是那么充满生机，像新嫩的萌芽滋生，给人无限的希望。金城公主的心情慢慢地好转起来，竟然下车和侍女们一同采来迎春的野花，点缀着送亲的车子。看到金城公主如此高兴，吐蕃的姑娘们开始把美好的吐蕃风情尽力渲染，将吐蕃的传说描绘得绘声绘色，还有那关于关联唐蕃情谊的文成公主故事。

美丽的日月山，记载着文成公主入藏的传说；由东而西的倒淌河，诉说着吐蕃人民对文成公主的敬仰之情；载歌载舞的迎亲场面，浮现在金城公主的眼前。那渐行渐高的地势，似乎离神仙世界更近。金城公主有了一种飞离地面的感觉，但是很快，她就开始觉得心里压抑，气喘起来，整个人像要虚脱了，浑身开始乏力。那些随行的大唐子民也同样感到力不从心，举步维艰了。不得已，金城公主一行人不得不停下脚步，就地休整了半个多月，再继续前进了。

此时，辽阔的草原大地，碧草青青，繁花似锦，花香万里。远处，那成群的羊放牧在碧绿的草原上，它们有的低头吃草，有的相互耳语，有的仰望天空。天空那朵朵白云飘浮在绿色的草原上，仿佛含苞待放的洁白花朵，一尘不染。那牧羊的少年敞开歌喉，唱着高亢悠扬的歌曲，横穿几百里没有遮挡的草原，犹如天籁之音，少了伪装，没有压抑，这是怎样惬意恬静的生活啊？面对大自然的如此清纯，金城公主私下认为：如此美好的风景，自己还有什么不知足的呢？如果自己的这次远嫁能让大唐子民安居乐业，免受战争灾难，这将是多么美好的事情啊？伟大的理想总是鼓舞着人们的思想走得更远，金城公主既然有了为美好追求的行动，她的心里自然无比轻松。她下定决心一定要做好大唐和吐蕃的和平使者，同时促进吐蕃更加繁荣。

行走的人啊终究会到达终点。几个月的长途跋涉，金城公主一行人终于来到了逻些（今天的西藏拉萨）。初夏的逻些，凉爽如春，那明媚的阳光像富有者洒金般爽快，天空中朵朵白云像团团松软的棉花团一般柔美，四周高耸入云的雪峰，像晶莹透亮的银锥一般亮丽，山上渐渐融化的冰雪滋润着大地上青的草、红的花，到处都生机勃勃。布达拉宫的富丽堂皇彰显着这里的美好与永恒。那是一幅天地祥和的图画世界啊！金城公主真的沉醉了。

这天，尺带珠丹赞普亲率大臣到逻些城外迎娶大唐的金城公主。沿途的百姓听闻此事，也都载歌载舞，沉浸在喜庆中了。逻些上空的乌云终于被欢乐的气氛冲淡了。当地百姓又唱起了欢迎文成公主时的古老民歌，那高亢悠扬的歌声，飘荡在辽阔的草原之上：草原上成群的马儿欢迎大唐的公主啊，雪山上驯良的牦牛欢迎大唐的公主啊，大河边的马头船欢迎大唐的公主啊！美丽的大唐公主啊，逻些的主人啊！

夜晚，篝火点点，载歌载舞的人们享受着节日的快乐，尽情地挥洒着豪迈的天性。锦帐之中，豪饮之后的尺带珠丹，将自己的大唐妃子深深地拥入怀中……

之后，金城公主终于从小姑娘变成了小女人，她做了吐蕃赞普尺带珠丹的偏妃，虽然是偏妃，却能享受高于王后的待遇。成为吐蕃王妃的金城公主得到吐蕃人民的拥护，尺带珠丹对金城公主倍加疼爱。虽然这样，小小的金城公主终究不能主宰历练成熟的吐蕃赞普尺带珠丹的行为，再加上有大妃子那昂细顿的挑拨，吐蕃赞普尺带珠丹并不是事事顺从金城公主的。身为偏妃的金城公主，时不时还要受到那昂细顿的欺负，就连赞普尺带珠丹夜晚多去趟金城公主的住处，都会惹得那昂细顿不高兴。

和尺带珠丹相处不久，金城公主发觉自己怀孕了，这使得纵欲过度以致不能生育的那昂细顿嫉妒极了，她对外也声称自己怀孕了。两个妃子都怀孕了，这可真是好事成双啊！尺带珠丹高兴极了，他认为是金城公主给他带来了好运气，更加宠爱金城公主。那昂细顿的脾气越来越坏，她开始处处为难少不更事的金城公主，甚至做出了一件可怕的事情：在金城公主生产的时候，她买通产婆偷走了金城公主刚生下的儿子赤松德赞，对外谎称是自己生的儿子。丢失了儿子的金城公主悲恸欲绝，在不梳不洗中熬过无数不眠之夜，这是怎样的蓬头垢面啊！

一个连自己生的儿子都不能保住的妃子，哪里还能左右吐蕃的对外大事呢？再说了，"只要两家地界挨着，迟早有摩擦的一天。"唐朝开国时就和吐蕃在边境上摩擦不断，但并没有爆发大的冲突，两国当时虽然来往不多，但还开通了边贸。唐高宗后期，唐朝强大，吐蕃明君松赞干布敬重强盛的大唐，文成公主和亲成功，唐蕃和平发展，文化、商贸交流频繁。在他们先后去世后，唐蕃开始在吐谷浑、西域等地争夺地盘，边贸也被迫关闭了，唐蕃多次大战。

《资治通鉴》卷210景云元年（710）载："安西都护张玄表侵掠吐蕃北境，吐蕃虽怨而未绝和亲，乃赂鄯州都督杨矩，请河西九曲之地以为公主汤沐邑；矩奏与之。"说的就是在唐睿宗李旦即位这段时间，金城公主远嫁吐蕃，唐蕃关系还算比较友好，然大唐的安西都护张玄表却私下侵扰吐蕃的北境，引起吐蕃很不满意，他们就贿赂曾经护送金城公主入藏而又担任鄯州都督的杨矩，请求唐睿宗李旦将唐朝河西九曲之地（今青海贵南、同德等地）送给吐蕃，作为金城公主的汤沐邑。

俗话说："拿人家的手短，吃人家的嘴软。"因为收了吐蕃人的贿赂，杨矩就替吐蕃说好话，他将此事上奏唐睿宗李旦。三让天下的李旦认为：吐蕃地处高寒草原，物产贫瘠，金城公主在吐蕃生活自然不好，吐蕃既然提出将河西九曲之地割给吐蕃是给金城公主做汤沐邑用的，给就给吧！谁让金城公主是自己的侄女呢？再说将来继承吐蕃王位的应该是金城公主的儿子，他还不是大唐的外甥？这不就是大唐自己人的事情吗？这么一想，李旦皇帝就心甘情愿地将水草肥美的河西九曲之地赠予吐蕃，作为金城公主的汤沐邑。然而李旦皇帝却没有想到河西九曲之地可是兵家必争的战略要地。就是这个不知轻重的决定，后来竟成为唐蕃之间频频争战的重要导火索。"吐蕃既得九曲，其地肥良，堪顿兵畜牧，又与唐境接近，自是复叛，始率兵入寇。"军事根据地取得了，进攻大唐的有利条件创造了，吐蕃开始不止一次地掠夺唐朝边民，扩张自己的疆域。

大唐忍辱割地，赔了公主又失去了战略要地河西九曲，换来的只是短暂的和平。吐蕃据水草肥美的河西九曲后，秣马厉兵，积极备战。第二年，就毁约犯唐。其后几十年，唐蕃多次交战，胜负不定。然而，可怜的金城公主却无法劝住都想扩张疆域的唐蕃两国。

唐玄宗时期，国力强大，在唐蕃战争中，唐朝一直处于优势，打了许多漂亮的胜仗，吐蕃死伤数万，逼得吐蕃在开元十八年即730年五月遣使致书于境上求和。吐蕃赞普上书皇帝李隆基称:"甥世尚公主,义同一家。中间张玄表等先兴兵寇钞,遂使二境交恶。甥深识尊卑,安敢失礼!正惟边将交构,致获罪于舅。屡遣使者入朝,皆为边将所遏。今蒙远降使臣来视公主,甥不胜喜荷。倘使复修旧好,死无所恨!"

755 年,唐朝爆发安史之乱,为了平定叛乱,唐朝调回了边境的唐军主力,吐蕃趁机大举东征,占领了唐朝河西陇右各个州县。763 年,吐蕃大将达扎路恭又率军长驱直进唐朝的首都长安,皇帝唐代宗李豫被迫逃往陕州。吐蕃在长安立金城公主的侄子广武王李承宏为傀儡皇帝,后停留十五日引兵西退。这简直是唐朝历史上引狼入室的奇耻大辱。787 年五月,吐蕃又制造了平凉劫盟事件,扣押唐朝会盟官员 60 多人,唐军死 500 多人,被俘 1000 多人。

唐德宗李适即位时,大唐国力衰弱,一度陷入困境,边境不宁,北有傲慢不逊的回纥,西有不断寇掠的吐蕃。被吐蕃欺负的唐朝不得不改变思路,寻求对付吐蕃的方法。788 年,唐德宗李适采用宰相李泌的建议,结亲回纥,希望通过回纥的力量来抵抗吐蕃。深明大义的咸安公主肩负着唐朝廷赋予的安邦重任,毅然前往回纥和亲。和亲回纥后,咸安公主不得不经受语言不通、吃腥穿兽皮等异域的挑战,还得尴尬地适应回纥的"收继婚"风俗规矩,在不到八年的时间内,她的身体先后被长寿天亲、忠贞(长寿天亲之子)、奉诚(忠贞之子)和怀信等两姓三辈四任的回纥可汗轮番占有,然而,咸安公主却为大唐迅速扭转了百年来与吐蕃交战的被动局面。791 年,当吐蕃再次进犯唐朝时,回纥出兵迎战,吐蕃遭到空前大败。吐蕃失败后不甘心,企图征集南诏国军队再度攻唐朝。然而南诏国已决定重新归附唐朝,趁机出兵突袭吐蕃。结果吐蕃惨败,从此不敢再犯唐朝。

作为大唐的公主，文成公主、金城公主、咸安公主等，她们为了大唐的江山社稷，甘愿牺牲自己个人的幸福，这是怎样博大的胸怀啊！金城公主入藏虽然没有彻底阻止唐蕃之间的战争，但是，大唐和吐蕃人民却永远敬重这位远嫁的公主，盛赞她为加强民族团结做出的贡献。开元二十四年（726）正月，尺带珠丹派使臣来长安，进献给唐玄宗李隆基许多金银珠宝、玉器古玩、土蕃特产，李隆基让人将吐蕃的贡品陈列于宫门之外，让文武百官大饱眼福。在吐蕃使者返回吐蕃之时，还特意提出要带回凝聚汉文化的《毛诗》《礼记》《左传》《春秋》等典籍，因为这是此番前来之时，金城公主再三叮嘱一定要带回的典籍。唐玄宗李隆基全部赐给。这些汉文化典籍，对于吐蕃地区文化的发展起了重要作用。

大凡生活在一起的人，相处久了，在习惯和行为上总是有很多相同的。在金城公主的影响下，尺带珠丹也慢慢地倾心于汉文化。吐蕃的许多典章制度都是效仿唐朝的，汉文化在吐蕃也颇为流行。今天，我们也发现汉藏文化中有很多音义相同的字，这些大抵都是受到当时汉文化的影响，而汉文化对藏文化的影响开始于文成公主，盛行于金城公主时期。在金城公主的影响下，吐蕃吸收了大唐的先进技术和文化，吐蕃社会经济文化的发展速度迅速，很快达到空前的强盛。深谋远虑的尺带珠丹一方面同开元盛世的大唐通好，一方面开拓疆域。而此时的西北地区乃至西域、中亚各族都已臣服于唐朝，唐朝设立安西和北庭两个都护府分别对这一地区实行了有效的管辖，这与要拓展疆土的尺带珠丹发生冲突。唐玄宗李隆基对外政策比较强硬，他更多地喜欢使用武力征服，再加上大唐的一些边将很希望为大唐在开拓疆域上建功立业，他们经常主动进攻吐蕃，却向大唐朝廷上告诬陷是吐蕃挑起事端，有意挑起唐蕃战争，可怜的金城公主，她倾其一生为之不断努力的唐蕃亲善终于被破坏了。

这里只举一个例子：吐蕃为了防止唐朝边将的袭击，在边境地区设守捉使。唐朝的河西节度使崔希逸多了一个心眼，他认为吐蕃是牧民，大唐是耕民，万一吐蕃人骑马穿过边境长驱直入进犯我大唐岂不是坏事。崔希逸就故意挑起了事端，他主动约见吐蕃大将乞力徐。桌上，崔希逸就表明自己的观点：你看看咱们两国关系这么好，你们何必还要设守捉使呢？设守捉使不是有碍边民耕种吗？希望你们撤掉守捉使和边界上的树栅，让唐蕃真正成为一家，这样岂不更好？面对河西节度使崔希逸直截了当的质问，吐蕃大将乞力徐只好搪塞说：我们吐蕃的常侍忠厚诚信，绝对不会冒犯唐朝耕种的边民。我们只是恐怕两家朝廷未必都能相互信任，万一有人从中挑唆，大唐偷袭我们，我们后悔都来不及了。

崔希逸对天发誓，绝不可能有这样的事情发生，他还要和乞力徐杀白狗为盟，以自己的官衔保证。既然双方信誓旦旦，好！双方去掉了边境守备，唐朝边民正常地生活，吐蕃牧民们自由安闲地放牧牛羊。多好的事啊！结果呢？理想是美好的，现实却是骨感的，吐蕃牧民们是越过了边境自由安闲地放牧牛羊了，可是，大唐边民的耕地却遭到牛羊的践踏。唐朝边民当然不高兴了，于是双方吵闹起来，有人借此向朝廷传言：吐蕃侵略大唐边境了。好家伙，这还了得，唐朝撕毁和约，袭击吐蕃。吐蕃损失惨重，乞力徐仅以身免，吐蕃从此不再朝贡，双方又一次陷入战争状态。

741年春天，在雪域高原上生活了32年的金城公主，带着很多遗憾走完了自己的人生。临终之际，金城公主还苦苦哀求尺带珠丹，停止战争，与唐朝和好。尺带珠丹应允，他派使者前来长安告丧，并请求和解。但不知什么原因，唐玄宗李隆基不但没有答应，还将吐蕃使者冷落了一个月，之后才在光顺门外为金城公主举哀，并且罢朝三日。吐蕃使者被大唐冷落的消息传回吐蕃之后，尺带珠丹大为恼火，强烈地谴责大唐皇帝李隆基对金城公主太不重视了，扬言要为金城公主争这口气。而此时，唐朝边将仍然不停地对吐蕃进行骚扰。无奈之下，这年六月，唐蕃又开战了，想必九泉之下的金城公主也很无奈了。

787年，经过许多次战争的唐蕃再次会盟，盟约云："自今而后，屏去兵革，宿忿旧恶，廓焉清除，追崇舅甥，曩者结援。边埸撤警，戍烽韬烟，患难相恤，暴掠不作，亭障瓯脱，绝其交侵。"什么意思呢？意思就是说从今往后，唐蕃之间要停止战争，将过去的怨仇都一笔勾销，念及过去的甥舅亲情，像过去那样友好相处，共同发展。唐蕃边境从此撤掉警备，不能再有烽烟升起，唐蕃之间患难相恤，暴掠不作，永不相互侵略，并且刻石成碑。这块标志友谊的石碑至今还屹立在西藏拉萨的大昭寺前，它成为唐蕃友好的历史见证。

到了唐穆宗李恒时期，也就是吐蕃的尺带珠丹和金城公主的曾孙子赤祖德赞时期，吐蕃希望与大唐化干戈为玉帛，接连三次派使臣前往长安，祝贺唐穆宗李恒即位，并希望会盟。821年九月，唐穆宗李恒派宰相、大臣十七个人，与吐蕃使团在长安西郊商定盟约后，第二年四月，让专使到拉萨设立盟坛，达成了最终的协议。唐朝长庆三年，也就是吐蕃王朝彝泰九年，即823年二月十四日，唐蕃会盟碑典礼落成。此碑位于大昭寺前，一共有三块，可惜现存一块，此碑唐王朝称为长庆碑，吐蕃称"祖拉康多仁"，意思是大昭寺前之碑。这块巨碑的落成，从根本上止息了唐蕃战争，唐蕃开始向和好之路迈进。

美丽的金城公主，心灵像她的外表一样美好，远嫁吐蕃的她，是唐蕃的和平使者。她不但将汉族先进的文化传播到了藏族地区，而且还曾资助于阗等地僧人入蕃，建寺译经，在佛学界也是广为僧人称赞的。总而言之，金城公主入藏，对西藏文化的发展起了很大的作用，在中外文化交流史上有着独特的意义。

第七章　藤原遣唐

> 向晚意不适，驱车登古原。
> 夕阳无限好，只是近黄昏。

这是唐代"小李杜"之一李商隐《乐游原》的诗歌。其中"夕阳无限好，只是近黄昏"一句让一块普通高地——乐游原名垂千古。其实，早在李商隐之前，诗仙李白早已游览乐游原，并且留下了"乐游原上清秋节，咸阳古道音尘绝"的《忆秦娥》诗句。杜甫老先生步李白之后尘，写下了"乐游古园崒森爽，烟绵碧草萋萋长。……"的《乐游园歌》，再次歌咏了浪漫而充满诗意的乐游原。后来白居易也在其诗歌中多次赞美乐游原。如《登乐游园望》中写道："独上乐游园，四望天日曛。东北何霭霭，宫阙入烟云！"和《立秋日登乐游园》："独行独语曲江头，回马迟迟上乐游。萧飒凉风与衰鬓，谁教计会一时秋。"既然盛唐三大诗人如此歌咏乐游原，晚唐诗人杜牧也不能落后，他在《将赴吴兴登乐游原》中写道："清时有味是无能，闲爱孤云静爱僧。欲把一麾江海去，乐游原上望昭陵。"更有好玩的诗歌，如白居易的"乐游原头春尚早"、李商隐的"乐游原上有西风"、张籍"乐游原上住多时"、张祜的"乐游原上见长安"和陈著"乐游原上少年春"等等，让乐游原如花朵般绽放出自己的娇艳。

那么,乐游原到底在哪里呢?乐游原,位于今天西安市东南大雁塔向东北方向1.5千米的铁炉庙村北。其实,早在秦汉时期,乐游原就以风景秀丽而负有盛名。据说汉宣帝偕许平君皇后出游至此,迷恋此处的绚丽风光,以至于乐不思归,后来在此处修建有乐游庙,乐游原就以庙得名。这里被称为乐游苑,因它地势高亢,又称乐游原。隋代在建大兴城时,根据周易八卦和儒家之"天人合一"学说,因为乐游原的西北部是《易》里强调的上九位置,所以被纳入大兴城中。

建筑雅致、植被葱郁、环境幽静的乐游原上有一处古寺,叫作青龙寺。青龙寺是唐长安城内著名的寺庙之一,青龙寺的前身是灵感寺,初建于隋文帝开皇二年(582),唐武德四年(621)灵感寺被废弃。然而也许此寺真不该绝,龙朔二年(662),唐太宗与长孙皇后的女儿,也就是唐高宗的同母妹妹城阳公主,生了一场大病。她吃遍了尚药局的各种药丸都不见效。病急乱投医,贴告示寻访天下名医。消息传出,也许是机缘巧合,被一位在灵感寺里居住的苏州和尚法朗看到了。他经过推算知道了城阳公主的病因。既然病因找到了,办法自然有的是,法朗和尚请求在城阳公主的病房前设坛诵经,为她吟诵《观音经》,以此祈佛保佑。几次吟诵《观音经》之后,城阳公主的病竟然奇迹般好了。城阳公主赏赐给法朗和尚很多钱帛珍宝,没想到法朗和尚分文不取。城阳公主很是感动,就上书奏请皇上,要求将法朗和尚居住的灵感寺改称观音寺,并进行翻修,以此来宣扬观音大德。翻修后的观音寺,在法朗和尚的主持下神效屡彰,香火自然很旺。711年,观音寺改名青龙寺。

青龙寺又名石佛寺,是中国佛教密宗寺院。青龙寺的密宗大师惠果的师父就是天竺（印度）的不空大师，惠果的徒弟就是日本著名留学僧空海。唐朝时，密宗极盛，有不少外国僧人居住在青龙寺学习密宗，尤其是日本僧侣，著名的"入唐八大家"中的六家：空海、圆行、圆仁、惠远、圆珍和宗睿都受法于青龙寺。我们特别熟悉的空海（号弘法大师）回到日本后，创立真言宗，成为开创"东密"的祖师。所以，在日本人民的心目中，长安的青龙寺可以说是真正的圣寺，它是日本佛教真言宗的祖庭。

中国的唐代，是中日两国交流相当频繁的时期。从630年到661年约30年的时间，日本先后派出四次遣唐使到中国学习，这四次遣唐使的人数都不多，规模也比较小。

663年八月，在白江口海战中，大唐军队以少胜多狠狠地揍了日本军队一顿后，日本人深怕唐朝军队进攻日本本土，变得老实了。664年，大唐为了震慑日本，派出了一个人数多达254人的庞大使节团访问日本。尊崇强者的日本，不但丝毫没有对大唐怀恨在心，相反地更加佩服大唐。日本迫切地想到大唐来学习中国的科技、文化、典章制度、音乐以及佛教庙宇的建筑、雕刻和绘画等技术，甚至连中国的服饰、器皿以及生活方式都要学习。从630年至894年的二百多年间，日本朝廷向中国唐朝先后派遣了十九次遣唐使节，以了解国际形势、学习先进科技和传播宗教文化为目的，冒着极大的风险从海路出发前往大唐，虽然遇险遭难者近半，可这并不妨碍他们的学习热情。

这里有三段文字：

其一，中国史书《旧唐书》（卷一九九上，东夷传，倭国，日本）上有这么一段记载：

长安三年（703），其大臣朝臣真人，来贡方物。朝臣真人者，犹中国户部尚书，冠进德冠、其顶为花、分而四散、身服紫袍、以帛为腰带。真人好读经史、解属文、容止温雅。则天宴之于麟德殿，授司膳卿，放还本国。

其二，日本史书《续日本纪》曾记载其事迹如下：

庆云元年（704）秋七月甲申朔，正四位下粟田朝臣真人，自唐国至。初至唐时，有人来问曰："何处使人？"答曰："日本国使。"我使反问曰："此是何州界？"答曰："是大周楚州盐城县界也。"更问："先是大唐，今称大周。国号缘何改称？"答曰："永淳二年（683），天皇太帝崩。皇太后登位，称号圣神皇帝，'武则天也。'国号大周。"问答略了，唐人谓我使曰："亟闻，海东有大倭国。谓之君子国。人民丰乐，礼义敦行。今看使人，仪容大净。岂不信乎？"语毕而去。

其三，《旧唐书》也云：

"日本国者，倭国之别种也。以其国在日边，故以日本为名。或曰：'倭国自恶其名不雅，改为日本。'或云：'日本旧小国，并倭国之地。'其人入朝者，多自矜大，不以实对。故中国疑焉。"

按，使者盖以神武天皇东征之时，于日下（草香）登陆，遂致统一全国等事，告知询问更号之由的中国官人。在通译误谬之下，遂有"日本（日下）旧小国，并倭国之地"之说，而遣唐使亦以不成熟的中文更正，仍旧无法沟通。三番两覆之后，中国疑其不以实对，遂不承认改号。

这几段文字说的是什么意思呢？总结一下：大概意思是说武则天执政时期，日本派往中原的第八任遣唐使中，有位叫粟田真人的遣唐使，他嫌倭国两个字太难听了，就不远万里来到册封自己国家为倭国的大唐，提出变更国号的申请。武则天起初不愿意，因为"日本"和"倭国"两者的音译差别太大，就对此事置之不理。粟田真人急了，就对武皇说:"你都把大唐改成大周了,我们改'倭国'为'日本',有什么不行呢?"武则天一听也对,再加上她对举止文雅的粟田真人颇有好感,就同意日本将国号"倭国"改为"日本"。这段文字表明,唐朝时,日本要确立自己的国号,还得来唐朝,征求唐朝同意才行。另外,我们可以这么说:在确立日本国号的过程中,遣唐使粟田真人,可以说功不可没。

日本遣唐使前来唐朝学习先进的文化,对中日交往中起了极其重要的作用。阿倍仲麻吕(晁衡),著名的日本留学生,在唐朝政府为官多年,官位直至皇家秘书监,相当于中国国家图书馆馆长,卒于中国;藤原清河,日本遣唐使,卒于中国。他们为中日文化交流做出了毕生的贡献。

藤原清河,705年,出生于日本世勋家庭,排行老四。其父藤原房前,是日本的中卫大将。起初,藤原清河任中务少辅。后来,升迁为大养德守。天平胜宝元年(749),藤原清河开始参与宫廷政事。

750年,争强好胜的日本,为了能在大唐长安的各国使节前出类拔萃,提高日本的国际地位,孝谦天皇便向中国的唐朝派出第十一次遣唐使团。这次,日本朝廷精心挑选肩负着学习先进文化重任的遣唐人员,从文学修养到举止风采,遣唐人员不但要精通经史,擅长诗文,还要容貌昳丽,谈吐胜人一筹。也许生来就有外交家的优良基因,藤原清河承袭了曾经跋涉历险远渡大唐的藤原贞慧和藤原宇合的祖辈传统,他很快就从这些入选的遣唐人员中脱颖而出。

然而当时的日本造船、航海技术都很不成熟,遣唐使是一项极其危险的使命,必须面临渡海这一生死关。出于入唐使命的重视和安全考虑,孝谦天皇将原来的两艘遣唐使船改成四艘遣唐使船,为防万一有失，不至于全团覆没。当藤原清河接受了这个使命后，就开始组织遣唐使团成员并建造渡船，当时，孝谦天皇还给藤原清河配备了一个遣唐副使，那就是曾留在大唐17年的吉备真备，让吉备真备协助藤原清河工作。

752年春天，孝谦天皇在朝廷上举行赐节刀印符仪式，藤原清河郑重地双手接过孝谦天皇赐予的大使节刀和印符，指挥遣唐使团的所有成员，并对他们的业绩和错误给予奖励或处罚。从此时起，藤原清河才明白身上的责任重大。

这天，在奈良都城东春日山下，绿树掩映的神庙略显古朴，袅袅升起的炊烟增添了这里的神秘，皇室贵族夹杂在祭拜天地神灵的人们中，唱和声里祈祷"海路平安"。这里，有一群即将出行渡海前往中国大唐的遣唐使节，他们由天皇带领，祭祀社神。风流俊逸的藤原清河作为主要祭祀人，参与了这次祭拜。祭拜完神灵，天皇在后边的大殿里大设宴席，为即将出发的遣唐使送行。席间，天皇命令五位（官职）以上的官员，各赋诗歌，并且赐给藤原清河等五位（官职）以上的官员御衣一袭，白绢御被二条，砂金二百两，以及兼国、事力、度者等物品，大家围绕着入唐为题写诗留别，天皇和诗相送，并再三谆谆告诫：

"你们这次西渡入唐，代表的是日本的形象，去了之后，要以礼仪为先，以和气为重，既要学成大唐的先进东西，也不能有失咱们日本的国体。"

天皇的话说得恳切，藤原清河自然深深地明白肩上的责任，他眼望远处，漫山青翠的春日山多么让人留恋啊！而此地一别，他们还能顺利回来吗？感触颇深的藤原清河不禁长吟道：

妖娆春日野，祭祀祈神援。

社苑梅花绽，常开待我还。

好一首美丽无比的诗歌啊！好一曲感人肺腑的歌唱啊！写出了藤原清河此刻的心声，真可谓山河为之和鸣，听者为之动容。这首诗后来收录于日本现存最早的诗歌总集《万叶集》里了。

日本遣唐使藤原清河等一百二十多人的遣唐队伍，一路浩浩荡荡，历尽汹涌波涛，好不容易才来到长江下游的明州（今宁波），登上了大唐的疆域。稍作休息之后，他们前去拜见明州都督府。明州都督府接见了他们，并且上报朝廷。

按照当时大唐朝廷规定，前往京城长安的遣唐人员不能超过五十人，日本遣唐使团这次来了一百二十多人，其中相当多的人得留在明州，由明州都督府安排其食宿，其他五十人则由明州都督府安排官船，沿着京杭大运河而上，到汴州（今天的河南省开封市），再向西行进，到达长乐驿站，等候大唐皇上的召见。

尽管长乐驿站接待周到，但程序还得走完。等待使得藤原清河度日如年，他心里火急火燎，唯恐大唐皇帝不接见他们。好不容易才看到策马前来的内侍，酒肉之后，藤原清河一行人这才骑上大唐的马匹，驮着他们从日本带来的朝贡贡品，随从内侍，到达长安城内的四方馆。他们被大唐监使热情地安顿下来，藤原清河取出贡品给大唐监使，托他将朝贡的礼物上呈大唐皇帝，随后按照礼节，等候大唐皇帝的随时召见。

终于，大唐皇帝李隆基下旨在麟德殿接见日本遣唐使。大殿之上，藤原清河言行举止刻意造作，以求博得大唐皇帝的关注，果然，李隆

基被藤原清河吸引了,他走上前来问藤原清河:

"朕听说你们日本国有贤君,教导有方。今天朕见贵国使者,作揖等行为果然和别的国家不一样。朕由此断定这些人都是日本国的,可见,贵国乃礼仪君子之国呀!"

"感谢皇上对日本的御赞!感谢皇上对日本子民的厚爱!"藤原清河应答自如。

"你们一路可谓劳顿,暂且安顿下来。让晁衡陪你们四处走走,看看咱们长安的风景。"李隆基关切地说。

这个晁衡,也是一位从日本来的留学生,原名阿倍仲麻吕,曾在长安太学里求学九年,由于品学兼优,被分配到政府机关——太子左春坊,任司经局的校书郎(九品之下),主要校正经史子集等古籍,由于他身处的职位,大唐人脉很好。

晁衡带着藤原清河等一行人游览了长安的名胜古迹,去了他工作的地方和三教殿,还参拜了乐游原上的青龙寺。在晁衡的周旋下,李隆基首批就接见了日本使者,还让有司画下藤原清河与吉备真备的形貌,纳于蕃藏之中。

753年一月,大明宫含元殿内,文武百官及各国使臣出席规模盛大的拜朝贺正仪式,皇帝李隆基威严地端坐在龙椅之上,接受各国使节的朝贺。

在这次朝拜大会上,有个小插曲很值得提一下:按照大唐惯例,各国来使按照实力、亲疏等关系分东西两列而坐:东侧,新罗第一,大食第二;西侧,吐蕃第一,日本第二,其次才是一些小的国家和地区。大唐有司特别安排藤原清河等人在西侧,仅次于吐蕃使节的第二席,这已经是名列前茅了,可谓给足了日本的面子。然而,喜欢争强好胜的日本使臣并不满意,当藤原清河发现新罗使节居于东侧第一席之后,他依据《仪礼》和《礼记》有关座次东高西低的尊卑规定,认为大唐对新罗的重视已经超过日本。藤原清河当场提出强烈的抗议:

"自古以来,新罗一直向日本朝贡,请问大唐,为什么还要把他们的座次排在我们日本国的前面呢?这很不合礼仪呀!"

屁大的事也要争个高低啊?面对藤原清河的突然质问,皇帝李隆基有些尴尬了。这些事情是有司安排的,他不太喜欢管这等小事,没想到日本遣唐使却突然发难。李隆基四下环顾,征求在场大臣的意见,主持仪式的吴怀实将军觉得日本说得有理,他很快地和皇上李隆基交换了一下意见,私下做通了新罗的思想工作,就将日本和新罗的席次进行了对调。藤原清河这才善罢甘休。

从藤原清河"争座次"事件中,我们可以看出日本是一个怎样争胜好强的民族,它唯恐自己被别人看轻,处处要显示自己的存在。这次外交的胜利,让他们信心大增,很受鼓舞。后来,日本人还将这一事件记载到他们的官方史书《续日本纪》里,作为外交史上的一个亮点,让他们的后代永远铭记。

朝拜大会结束后,三月,李隆基再次接见日本使臣。在这次接见中,藤原清河和吉备真备更是毕恭毕敬,他们向大唐皇帝提出了两条建议:一是希望在他们返回日本时,请求大唐皇帝让滞留大唐已达35年之久的阿倍仲麻吕(晁衡)一起回到日本国;二是受命于日本天皇之嘱托,希望唐朝高僧鉴真赴日传教。

面对日本使者的诚恳请求,李隆基认为这也是人之常情,便点头同意了。但当笃信道教的李隆基提出可以让有名的道士一同去日本,传播中国道教文化,使日本人民领会道教之精髓。藤原清河和吉备真备婉言拒绝了,他们说:"日本天皇一向信仰佛学,对道士法没有涉猎研究,如果大唐贸然前去传教,可能会引起日本天皇的不满。不如先让遣唐使春桃原等四人留下来,好好地钻研中国的道教文化,等春桃原他们学成后,再回日本国传道也不迟啊。"

瞧!人家说得有理有据的,言辞诚恳。本来是好心,没想到碰了个软钉子,李隆基很不高兴地答应了。

753年六月,藤原清河一行人要返回日本国。李隆基得知他们的日程后,特别派遣鸿胪卿蒋挑挽送他们到扬州港口,再让淮南道处置使魏方进供其所需。李隆基还亲自赐诗《送日本使》一首,曰:

日下非殊俗,天中嘉会朝。念余怀义远,矜尔畏途遥。

涨海宽秋月,归帆驶夕飙。因惊彼君子,王化远昭昭。

一首《送日本使》,把大唐皇帝李隆基的真挚情谊带给了藤原清河等日本遣唐使,也带去了大唐的优秀文化。

犹如昔日唐三藏天竺取经一样,日本遣唐使的西渡大唐取经,更是恢弘庞大。日本西渡大唐取经书籍和物品分别是:《东观汉记》1卷、《唐礼》130卷、《大衍历经》1卷、《大衍历立成》12卷、日时计(测影铁尺)、乐器(铜律管、铁如方响、写律管声12条)、《乐书要录》10卷、弓(弦缠漆角弓1张、马上饮水漆角弓1张、露面漆四节角弓1张)、矢(射甲箭20支、平射箭10支)。这些东西对于日本朝廷礼仪的完善起了非常重要的作用。

753年八月,日本遣唐使藤原清河、吉备真备和晁衡(阿倍仲麻吕)等人怀着依依不舍的心情,离开长安返回,十月十五日到达扬州。在扬州，他们和随团前来的日本留学僧荣睿、普照前去延光寺拜见江淮一带名噪一时的授戒大师鉴真和尚，表达日本国对鉴真大师的久仰之意，恳求鉴真和尚一道东渡。他们恳求说：

"佛法虽然已经流传到日本国，可是日本国还没有传法授戒的高僧，请大和尚东游兴化。"

面对日本遣唐使们的真心向佛求善，沉默许久，鉴真大师这才问寺内诸僧：

"你们有谁愿意应此远请？"

众僧开始都不说话，过了一会儿，有一位僧名祥彦者的僧人才说出了大家的心声：

"彼国太远，生命难存，沧海淼漫，百无一至。人生难得，中国难生，进修未备，道果未克，是故众僧缄默。"

听完他的陈述，鉴真明白了大家的心思，他说：

"为法事也（为了宏法传道），何惜身命！诸人不去，我即去也。"

为传戒律，发下宏愿，一生五次都想过海至日本国的鉴真和尚，最后都以失败告终。这一次，他终于可以跟随日本遣唐使过海东渡了，他是多么高兴啊！他不顾年老体衰，不顾眼光暗昧（可能是老年性白内障），不顾唐官府的不高兴，他开始着手准备。

天下没有不透风的墙，鉴真大师想再度赴日的消息在扬州传开后，立刻引起了各大寺院的阻挠，尤其是听说鉴真大师还要带着非常珍贵的物品：如来、观世音等佛像八尊，舍利子、菩提子等佛具七种、华严经等佛经八十四部三百多卷，如来肉舍利三千粒、王羲之真迹（行书）一帖、小王（王献之）真迹（行书）等字帖三种，还有唐玄奘的《大唐西域记》，甚至还有二量"天竺革履"和许多药品等。（引自《放眼现代世界》）这么多珍贵物品，这要是放在现在，鉴真大师可就犯盗窃国家珍宝罪了，非给抓起来不可。可是当时在唐朝，大概大家法律意识淡薄，这事也就稀里糊涂地这么着了。好了，咱们言归正传吧。

就在鉴真大师准备带着珍宝去日本的时候，鉴真大师的弟子仁干，从婺州（今浙江金华市）赶到扬州，他非常支持师父赴日，这给鉴真很大的精神鼓舞。十月二十九日晚，鉴真及弟子工匠等二十四人从扬州龙兴寺潜行至江头，迅速登上了仁干早已暗中备好的船，启程出大运河入长江，直到苏州黄泗浦（今江苏省常熟县黄泗，即黄歇浦），与日本遣唐使船队会合。十一月十五日，鉴真大师的随行者秘密地分乘日本遣唐使的第二、三、四艘船。十一月十六日船队启航前，鉴真大师才登上了日本遣唐使的第二艘船，四艘船秘密扬帆出海。这可真是一场惊心动魄的偷渡啊！虽然大唐朝廷知道这事，可是大唐的寺院众僧并没有认可这事。

　　参佛痴迷的鉴真和尚就这样离开了生养他的祖国，去日本弘扬佛教文化了。日本遣唐使的船队浩浩荡荡地驶入东海，谁知此时，刮起了强劲的东北风，吹散了日本遣唐使第四艘船，其他的三艘船也只有在东海里奋力拼搏，向前航行。终于，他们等到了渴望的南风，藤原清河和晁衡乘坐的第一艘船赶紧顺风前进，刚行不久，不幸触礁（着石），无法行动。藤原清河和晁衡等指挥修复之后，继续航行，遇偏北风暴漂到了唐朝在南越设安南都护府的安南（越南）登陆；而鉴真大师乘坐的第二艘船，七日后被吹到多弥岛（今日本种子岛）西南的土地（今天的阿多郡秋妻屋浦），看见了早已停泊在此的第三艘船。他们一同在此停泊十天，等待其余船只。十二月十八日，第二船自益救岛出发续航，十九日遇到暴风雨，不辨东南西北，鉴真等又历经磨难，于十二月二十日中午抵达日本九州岛萨摩国阿多郡秋妻屋浦（今日本鹿儿岛县）。十二月二十六日，鉴真等一行人在日僧延庆的引导下进入日本太宰府，并于第二年（754）二月一日，航达日本遣唐使船队的始发港难波（今日本大阪附近）。二月四日鉴真到达日本首都奈良，受到日本举国上下盛大的欢迎，皇族、贵族和僧侣都来拜见鉴真大师。

大唐听说藤原清河和晁衡在安南（越南）登陆后，惨遭当地土著人袭击，全船170多人绝大多数惨遭杀戮。李白和王维等大唐友人更是伤心，做诗哀悼。

李白《哭晁卿衡》：

> 日本晁卿辞帝都，征帆一片绕蓬壶。
> 明月不归沉碧海，白云愁色满苍梧。

王维《送秘书晁监还日本国》：

> 积水不可极，安知沧海东。九州何处远，万里若乘空。
> 向国唯看日，归帆但信风。鳌身映天黑，鱼眼射波红。
> 乡树扶桑外，主人孤岛中。别离方异域，音信若为通。

友情的诗篇永远地载入了中国诗歌的史册里，故事的结局并不像诗歌一样悲戚。晁衡和藤原清河等十余人在安南幸免于难，他们历经艰险，辗转跋涉，终于在755年六月又返回大唐的国都长安。

也许是上天有好生之德，它太垂爱这个对中国文化痴迷的年轻小伙子，才不忍心收回他的生命；也许是大唐的文化太灿烂了，藤原清河等人舍不得离去。死而复生，几经辗转，藤原清河又回到大唐的土地上了。经过了这一番生死挣扎之后，藤原清河深深地感受到中日海上的艰难，他再也不敢重提回国的事情了。就这样，藤原清河只能将回国的希望寄托在他美丽的想象之中，他不得不再度羁留于大唐，永远地接受大唐璀璨的文化熏陶。既来之则安之，当藤原清河能够静下心来享受中华民族创造的文化财富之时，隔海相望的日本，那里的天皇却对藤原清河仍是念念不忘，并且时刻盼望着他的归去。天皇还将他的官位遥授至从三位，以遣唐大使兼常陆守及民部卿。天皇给予藤原清河的荣耀，他只能远远地翘望着，长久地翘望着……身处大唐长安的藤原清河，为了能够更快地融入这个发达的地区，他不得不改变自己长久以来刻意的形象，顺从大唐的风俗习惯，适应大唐的生活方式，他决定深扎中国的土壤里，沉醉大唐的璀璨文化里。

人常说："在家靠父母，出外靠朋友。"在大唐的日子里，藤原清河首先效仿大唐的称呼，改藤原清河为和清，后来，在晁衡的引荐下，出身高贵的和清很快结交了长安的官场人物，在唐朝慢慢地开始了自己的仕途人生。由于工作严谨不苟，办事认真负责，时隔不久，河清就被唐朝朝廷授予秘书监一职（相当于唐朝中央图书馆管理人员）。

以后的岁月，回乡无望的河清只能生活在长安，平静和安逸成了河清的生活主旋律。风流倜傥而又学识渊博的河清，是长安城里有闲阶层的俊才，他很快引起了许多人的瞩目，时隔不久，河清就被长安城里的一位相貌姣好的大家小姐相中。一次邂逅，两情相悦，三番相会，屡次和诗，两颗年轻的心儿相互倾慕、依偎，直至山盟海誓。忘记了周围，忘记了自己，装载美好情感的船儿驶进了深深的爱河。很快，河清就入赘长安。婚后，夫妻两人琴瑟相和，相伴相依，缠绵缱绻，极尽人欢。

上苍也被这对年轻人的真情所感动,送给他们一个冰雪聪明的女孩——喜娘。

也许是遗传了父母良好的基因,喜娘不但聪明伶俐,而且勤奋好学。月夜,在院子的大槐树下,微风摇曳,河清心里那遥远的回忆在喜娘的倾听里得到安慰:

"爸爸出生在一个盛开着梅花的岛上,那里是一个美丽的海岛之国,周围海上波光粼粼,白帆划行在深蓝色的海面上,一望无际的大海茫茫一片。春天,海岛上有漫山遍野的粉色樱花。夏天,海岛上有郁郁葱葱的高大树木。秋天,海岛上漫山红遍,层林尽染。冬天,海岛上是白雪皑皑的高岭,是香飘万里的梅花……"

犹如蓬莱仙境,爸爸的故乡是神仙居住的海岛,好美啊!小小的喜娘,在父亲诗意的描绘里陶醉,她的思想被美丽的画面深深地牵引。随着年龄的增长,她越来越向往那太阳升起的美丽岛国。

好日子总是那么短暂,河清一家正在享受天伦之乐的时候,谁知安史之乱爆发了。一夜之间,盛世繁荣的长安被安禄山成群结队的马蹄践踏。他们烧杀抢掠,无恶不作。面对如此的野蛮行径,皇上李隆基不得不放弃大唐的美好江山,仓皇出逃川蜀寄寓。作为秘书监的河清,自然也卷进了逃难的人流,他匆匆收拾几件随身衣物,带着家眷追随皇上李隆基逃亡川蜀。期间,全国大乱、战争之危、奔波之苦可想而知。直到756年,安史之乱被平息后,河清才带着妻女回到久别的长安。

出门在外的孩子总会被外面世界的眼花缭乱所迷惑,时间久了,故乡的影子就会淡忘许多,可是,故乡却永远没有忘记远走他乡的孩子,为远走他乡的孩子随时张开返归的胸怀,即使这个孩子被外界折腾得身心疲惫。长安的动乱牵动着远在日本的朝堂,日本朝堂同样没有忘记出国的藤原清河。759年，也就是日本天平宝字三年，这年春天，渤海国（今我国东北大部、朝鲜半岛北部及俄罗斯沿日本海的部分地区）的使者杨承庆访日，承蒙藤原家族拥护得以即位的淳仁天皇，并没有忘记藤原清河的远出未归。淳仁天皇专门任命高元度为"迎入唐大使"，由他带队组成的第十一次遣唐使团，随渤海使者杨承庆一同出发到中国长安，迎接藤原清河返回日本国。他们从山东半岛的登州登陆，来到长安。然而，当时的长安，朝廷正忙于平定战乱，皇上无暇接见他们。高元度等人在长安待了一年多，直到761年初，唐肃宗李亨才接见了他们。

经过多难、特别注重感情的太上皇李隆基，非常担心日本遣唐使的生命安全，对高元度说："唯恐残贼未平，道路多难。"在李隆基的盛情挽留下，唐肃宗李亨让内使宣敕曰："特进秘书监藤原河清，今依使奏，欲遣归国，唯恐残贼未平，道路多难。元度宜取南路，先归复命。"

其实，大唐朝廷不愿意让藤原清河返回日本除了担心路上不安全外，还有两个重要的原因：一是藤原清河在长安久为朝廷官员，对大唐的机密涉及较多；二是因为当时唐朝平乱兵器短缺，唐肃宗李亨也是狗急跳墙，没办法中才出此下策，他想向先前接受册封的各个藩国寻求兵器的援助和人力的支持。日本作为大唐的藩国自然也是唐朝廷寻求兵器的对象。根据《续日本纪》"征赠唐国牛角"一节中记载，高元度回国前，唐朝方面交给他一些包括"甲胄一具，伐刀一口，枪一竿，矢二只"在内的兵仗样品。看来，藤原清河目前是唯一能够和日本天皇搭上关系的人，所以，大唐朝廷自然要尤其重视了。唐朝廷让高元度先行回国，让他帮忙向日本天皇说明此意。高元度满口答应，这好办啊!

之后,唐肃宗李亨派宦官谢时随高元度等人到苏州,由苏州刺史李岵负责造大船一艘,再从越州浦阳府抽调沈惟岳等39名官兵为押领官和水手,护送高元度等回日本。

高元度回国后,赶紧向日本天皇奏明了唐肃宗李亨的意思。淳仁天皇一听,随即着手准备向唐朝提供兵器援助,天皇让安艺国(今日本广岛)打造遣唐使船四艘,让东海、东山、北陆、山阴、山阳、南海各道诸国,提供7800只牛角。762年四月,日本送牛角的遣唐使团出发,没想到很快就触礁了,船破。这可怎么办呢?答应大唐的事情总不能不讲信用吧?天皇又让日本诸国忙碌了一番,三个月后,也就是这年七月,日本遣唐船又满载着兵器出发驶向大唐,谁知在海上又遇到大风浪,再次被迫返航,最后,日本的援唐计划最终并没有实现。虽然在平定安史之乱中,远隔千里的日本没能给大唐提供更多的帮助,唐朝大将郭子仪在回纥军队的帮助下发挥了重要作用,他们"……一鼓作气,万里摧锋,二旬之间,两京克定,力拔山岳,气贯风云"。他们"功济艰难,义存邦国,万里绝域,一德同心。求之古今,所未闻也……蒙犯不以辞其劳,急难无以逾其份。故可悬之日月,传之子孙"。

《僧祇律》记载:"一刹那者为一念,二十念为一瞬,二十瞬为一弹指,二十弹指为一罗预,二十罗预为一须臾。"弹指一挥间,十年的日子也只是匆匆一闪。775年前后,新罗(今朝鲜半岛)使者来唐访问,谈论间,藤原清河不禁又思念起自己的国家,他托新罗使者捎回了一封家书。很快,日本光仁天皇再次派出遣唐使,并让遣唐使带信给藤原清河:"汝奉使绝域,久经年序,忠诚远著,消息有闻,故今因聘使迎之……宜能努力,与使共归。相见非赊,指不多及。"然而,世事难料，令人遗憾的是七十三岁的藤原清河还没有看见日本天皇的回信就与世长辞了。对于这样一位生于日本却在长安为官多年的大臣，大唐朝廷对藤原清河的去世非常痛心，为嘉奖他对唐朝的功绩，对日中文化交流的贡献，大唐朝廷追封藤原清河为潞州大都督官衔。

777年八月六日，久不来唐朝的日本国，终于派出了第十四次遣唐使小野石根、大神末足等西渡入唐，经过海上航行，他们终于到达扬州，再由当地官员引导北上到长安。778年上元日，唐代宗李豫在宣政殿接见日本遣唐使，主宾言谈甚欢。一个月后，日本遣唐使小野石根等再次被唐代宗李豫在迩英殿接见。这次，他们拿出了日本天皇写给藤原清河的信。唐代宗李豫接过日本天皇的亲笔信一看，原来，日本天皇希望大唐皇帝能让久居长安为官的藤原清河和小野石根"宜能努力，与使共归"。唐代宗李豫看罢信件，只好苦涩地摇了摇头，说明实情。是啊！日本天皇的诚意再真诚，毕竟天不遂人愿，藤原清河早已病逝了，根本不可能"与使共归"了。听闻此事，小野石根异常悲痛，后悔迟来一步。

庭院之中，一位风韵犹存的女人养蚕缫丝，一位十多岁的姑娘侍弄花草，她们的日子过得如此简单却又十分惬意。

看着天真烂漫的女孩，小野石根突然有了一种很亲近的感觉，也许，这种亲近的感觉是源于维系他们生命的共同血缘和共同个性。在长安友人的陪同下，小野石根走进了洁净的庭院。女人和女孩都停止了手中的活儿，惊慌地看着这样一大队人马。长安友人连忙上前，说明来意。女人的眼睛湿润了，连忙用衣袖擦拭着。小野石根上前深深地鞠了个躬，表达了自己对她的崇敬之意。吊唁过逝者，问长问短之中，小野石根这才从袖口里掏出了日本天皇的亲笔信，再次深深地鞠躬，郑重地交给藤原清河的娘子。

看着日本天皇给郎君的亲笔信,藤原清河的娘子有点儿惶恐不安,她不知道郎君当初在日本时到底是个什么角色,竟能让日本天皇这么牵肠挂肚。现在,小野石根这么一说,她什么都明白了,原来郎君和清在日本有着非常显赫的地位,难怪郎君生前只要一提起日本家庭总是那么的难忘,现在,当她什么都能够理解的时候,郎君却永远地走了。想到这里,和清的娘子终于止不住眼泪了,她忍不住告诉小野石根:

"我和和清生活了这么多年,他为人谦逊,从不在我的面前夸耀自己的家族。和清只是时常思念日本的亲人,就是在临死的时候,还拉着我的手说他'这一辈子最大的遗憾就是没有完成自己遣唐的任务'。"

一生都没有忘记自己是个遣唐使,肩负着日本国的遣唐责任,这就是藤原清河的执着。听到这里,小野石根十分感动,他对藤原清河一心为国的精神特别敬佩,看到藤原清河的娘子说到伤心处,也跟着心里戚戚的,最后,他只能安慰藤原清河的娘子说:"人生苦短,还是请夫人节哀顺变吧!"

此时,藤原清河的女儿喜娘已是一位十四岁的姑娘。面对父亲的家乡亲人,想起了父亲生前没有能够回国的遗憾,她突然萌生了前去日本的念头,她大胆地向小野石根提出了想去日本的要求。

母亲没有想到女儿喜娘竟然这么唐突,她极力掩饰着:

"孩子他叔,孩子还小,不知深浅,在此说笑呢,你千万别往心里去。"

然而,小野石根微微一笑,他转过身对喜娘说:"喜娘有志向,叔叔一定会禀告大唐皇上,让你实现自己的理想。"

"叔叔不会哄喜娘说着玩吧？"喜娘扑闪着大眼睛问。

"咱们拉钩，拉钩上吊，一百年不许变。"说着，小野石根伸出了自己的大指头和喜娘的小指头钩握在了一起。就这样大手拉小手，将美好的承诺许下了。

这天晚上，窗外的月光如此不宁静，透过微微摇动的树叶撩拨着姑娘的心儿，喜娘躺在床上，想着白天和小野石根叔叔说的话，她辗转反侧，不能入眠。望着窗外皎洁的月光，她已经被小野石根叔叔的话鼓舞，激动得睡不着觉，想自己很快就能子承父业，实现父亲回乡的遗愿。这是多么高兴的事情啊！这个十几岁的姑娘，一旦有了自己的想法，就要迫切地付诸行动，别人再也阻止不住了。喜娘披衣下床，迫不及待地想和母亲唠叨唠叨。

善良的母亲一想到中日路途遥远，海上生死未卜，她又怎么会让自己相依为命的女儿前去冒险呢？母亲的头摇得像拨浪鼓似的，说什么也不答应。然而，主意已定的女儿一定要做的事情，做母亲的又怎能阻挡住呢？她拗不过女儿的执拗，又想起郎君藤原清河平时的话，终于答应了女儿的请求。最后，在小野石根的帮助下，大唐皇帝答应了喜娘前去日本的请求，喜娘终于如愿以偿了。

778年四月，日本遣唐使准备离开长安回国，作为和平使者的喜娘随日本遣唐使回访日本。唐代宗李豫非常重视这件事，还特别命令内侍省掖庭令赵宝英等人一路好好地照顾和保护喜娘，让她安全到达日本实现探亲的夙愿。面对大唐皇帝的盛情，小野石根向唐代宗婉辞说："海路渺茫，风汛无常，万一颠踬，惧损盛意。"

"没关系，朕已命人在扬州为赴日使团打造船只。"唐代宗李豫告诉小野石根。

唐朝监使杨光耀陪送，由赵宝英、判官孙兴进等组成三十九人的访日使团，与日本遣唐使一行出发去扬州。谁知等他们到达扬州时，才发现赵宝英乘坐的中国船还没有造好，这可麻烦了。上报朝廷后，经过朝廷批准，唐朝使者便搭上日本遣唐使船，负责一路照顾保护喜娘。

778年九月，日本的两艘遣唐使船都驶出了扬子江，候风两月，十一月五日终于驶出了常熟码头，准备进入大海。第一艘遣唐使船上，船头坐着小野石根等三十八名日本遣唐使，船尾坐着喜娘、赵宝英和大伴继人等四十一人，其余八十多人在中间坐，他们终于扬起桅樯出海了。三日后，遣唐使船行之如东以东的海域，不料海上突然出现强烈风暴，桅樯倒下，将遣唐使船劈成两半，小野石根和中国的赵宝英等二十五人卷入海底。

虽大海茫茫，风浪狂暴，疾风卷着巨浪掀翻了出海的木船，但是，终究阻挡不了一颗坚持的童心。在海里漂游得精疲力竭的喜娘，求生的本能使得她坚持到生命的最后，最终，她被一位日本使者拖上一块船板，这才保住了性命。他们一起随波逐流，又在海上漂了三天三夜。终于漂到了日本肥后国（今天的日本西海道）天草郡的西中岛。

在肥后国的天草郡，集齐了当地百姓和官员，他们热情地欢迎中国的使者。一位十四岁的访日女子更是吸引了天草郡的眼球，藤原家族听闻藤原清河的女儿喜娘渡海探亲回来了，他们激动万分，急忙前往天草郡。怀着喜悦之情，藤原家族热情地款待了喜娘，并将喜娘姑娘奇迹般地生还的事情报告给日本皇宫，竟引起了日本朝廷的极大轰动。天皇和贵族们立刻召集京城里官员子弟八百人，组成一支浩荡的骑兵仪仗队，隆重地欢迎唐使及喜娘。

宴席之上，喜娘自然成为天皇和贵族们关注的焦点，因为她身上同样流淌着藤原家族高贵的血液，光仁天皇自然视喜娘为亲人，不停地嘘寒问暖。光仁天皇听闻藤原清河已经去世的消息后，感慨万分，当场追授藤原清河为从二位（官职）。同时，他还对这次死难的遣唐使和中国使节的后人表示慰问，下令专门为中国使节返回大唐打造新船。光仁天皇希望喜娘在日本多留些时日，游览日本的美丽风光，感受浓浓的亲情。喜娘点头答应。

778年五月二十七日，这是一个离别的日子。光仁天皇为唐朝副使孙兴进等人饯行，他"赐赠宝英絁八十四、绵二百屯，以慰藉死者"，还做了一个英明的决策：将大唐遣日使臣赵宝英和日本遣唐副使小野石根等名字永远镌刻在中日友好交流的史册上。在场的大唐使节都非常感动。也许，光仁天皇是想以此来表达对大唐唯一以身殉职的遣日高级使臣赵宝英敬意，表达对曾经到过海陵（如东）的日本遣唐副使小野石根的敬意。这时，唐客使的从五位下（官职）布势清直登上了返回大唐的新船，喜娘和其他唐朝使节们也登上新船，藤原家族更是依依不舍地和喜娘道别。喜娘向送行的日本官民挥手惜别，经过海上颠簸，回到了长安的母亲身边。

承和年间，仁明天皇再次追授藤原清河为从一位，诏书上说："故入唐大使、赠正二位藤原朝臣清河，可赠从一品。昔膺帝简，远效皇华，不利归帆，还苦漂梗，终在殊域，俄从阅川，眷彼云亡。良深嗟悼，宜加异代之宠，以申追远之恩。"

当然，这些都是藤原清河身后的殊荣，虽然这些很荣耀，但永远都没有奈良都城东春日的山下绽放的梅花娇艳。

藤原清河虽然去世了，藤原家族出使大唐的故事却源远流长。日本平安时期，第十三次遣唐使来到中国，其中有一位善于弹琵琶的年轻人，他非常倾慕唐朝梨园乐师们的高超技艺，决定像自己的先辈一样远渡重洋到大唐学艺，他叫藤原贞敏（807—867），是藤原家族的又一位后人。

藤原贞敏，是刑部卿从三位（官职）藤原继彦的第六个孩子。出身富贵之家，从小喜欢音乐，弹得一手好琴，对琵琶尤其有研究。他很喜欢听琵琶中二玉相碰发出悦耳碰击的声音，那"大弦嘈嘈如急雨，小弦切切如私语。嘈嘈切切错杂弹，大珠小珠落玉盘"的美妙琵琶声总会让藤原贞敏激动不已。每当落日余晖映满江面，望着美丽的大海，藤原贞敏就向往西渡唐土，去领悟大唐琵琶能手演奏的奥妙。这年，恰逢政府遣使入唐，藤原贞敏实在是好高兴啊！他急切地想加入遣唐使的行列。

我们知道日本当时的遣唐使共有四级，即大使、副使、判官、录事。大使的位阶一般为四位（即四品），持天皇所授节刀（如中国的尚方宝剑），大使可视情节轻重判处判官以下成员最高为死罪。副使往往是五位（品），协助大使工作。一船领队的四个判官多为六位（品）。负责所在船舶事务而独当一面的四个录事通常多为七位（品）。有时还任命准判官和准录事，其实就是候补的判官和准录事。船上其他随员有史生（掌文书）、阴阳师、医师、画师、乐师、音声长、音声生、新罗译语和奄美译语以及仆从和杂使等。船员包括知乘船事、造船都匠、卜部（掌确定船行方位及测风观象等）、主神（祈福禳灾，祈求神佑）、船师、舵师、挟抄（桨师或舵手）、玉生、锻生、铸生、细工生、射手（掌护卫）、水手长和水手等。这些能上遣唐船的人员都经过官方认真挑选，是货真价实的人才。日本第十三次遣唐使团的651人中，其中有将近一半是水手和射手。还有留学生、学问僧等也多为优秀青年和人才尖子，甚至有的在留学前已经崭露头角。这次，藤原贞敏好不容易才跻身准判官的职务遣唐。

819年二月，当日本遣唐使船到达扬州后，酷爱音乐的藤原贞敏突然生病，不方便与大使等一同前去长安。藤原贞敏很懊恼，他本来一心想去长安朝拜，见识大唐的文化名人，这下倒好，好不容易到达扬州却不能前去长安，你说遗憾不遗憾？无奈之中，藤原贞敏只得逗留在扬州地区。扬州城的水边驿馆中，聚集了许多遣唐的人员，因为自知不能前去长安，只能在"雄富冠天下"的扬州城到处游玩，等待归国。于是，这些遣唐使三三两两相约，有的去当年夫差北上伐齐的邗沟，领略夫差北霸中原的霸气；有的去水陆交通枢纽和盐运中心，体味盛世大唐的繁荣；有的去扬州北郊景色秀美的瘦西湖，欣赏"两堤花柳全依水，一路楼台直到山"的胜景；有的去扬州城东的琼花观，观赏花芽枝条的嫁接；有的去秦楼楚馆，沉迷美女娇娃……藤原贞敏在这些人中还算官职较高的，所以，负责遣唐使团未能去长安的270余人的留守事务以及归国船只修理等工作。

夜晚，星稀月明，一轮明月高悬，一艘小船缓缓地在大运河里划动，流水依稀可见，负责修缮船只的藤原贞敏悠然坐在小船里，随手撩拨手中的琵琶。那琵琶的声音夹杂在潺潺的流水声中，如同水中跳跃的鱼儿，激起一阵清越的水声，那么美妙天成，让人流连忘返。望着大运河的流水，思绪走向了回乡的路上，年轻的藤原贞敏有了些许的伤感，手中弹奏的琵琶也放慢了节奏。这时，不远处开元寺附近，和着大运河的水声，传来凄凄不前的琵琶声音，那声音仿佛是被阻塞一般，藤原贞敏深感滞留的惆怅。他不能想象，大唐的琵琶家竟能将他此刻的愁绪酣畅淋漓地表现出来，他开始惊呆了，痴痴地听着……

第二天晚上,藤原贞敏扔下了他本来就不擅长的修船工作,来到大运河桥上,怀抱从日本带来的琵琶,轻拢慢捻拨动弦丝,只为呼朋引伴。藤原贞敏期待着远处开元寺的琵琶响起,希望与之合奏。几分钟之后,远处很快知晓了藤原贞敏的致敬,琵琶声中,巧妙地应和着,是试探?是挑战?是惺惺相惜?是神韵相交?瞬间琵琶声低沉下来,曲调里写满了离愁别绪,使得藤原贞敏翻肠搅肚,思乡之情一缕一缕的,藤原贞敏终于弹不下去了……

感情的冲动犹如洪水猛兽,藤原贞敏再也控制不住自己的情绪,他一路狂奔到王友真的家里,惊醒了负责遣唐使事务官员的梦。

"请你一定帮忙,让我见见开元寺附近的这名琵琶圣手吧!"王友真被拽出了被窝儿,藤原贞敏急切地说。

"什么?你要跟他学习?他上不敬父母,下不管子女,可是一个名副其实的地痞流氓啊!"王友真挠着头表示为难,他认为一名遣唐使节,无论怎么说也是有身份地位的人,如果摊上这么个地痞无赖,今后怎么让人尊敬呢?

"我不管他是什么身份,反正他弹奏的琵琶声是最好的。"主意已定的藤原贞敏坚持着。

"如果你真想见他?也行!但不能太张扬,否则辱没了身份,这样吧……"王友真终于想出了办法。

于是,他们拜访了扬州城的地方长官,得到批准,用200两砂金拜师琵琶能手刘二郎学艺。200两砂金,这可是不少的学费啊!经济困顿的刘二郎见财眼开,哇!这么多的银两,足可以改变自己的贫穷,再加上藤原贞敏禀赋极好,做事认真,好!我的琵琶本领还有人赏识,当即同意收藤原贞敏为徒。

开元寺北的水馆里,暮色苍苍,放荡不羁的刘二郎端着酒杯,斜倚着廊柱,正色厉声地羞辱着正襟危坐、手拨拨片的藤原贞敏。整整七天里,藤原贞敏一直都在反复弹拨一个小节,拨片磨损了,弦断了,换了再练,藤原贞敏是那么认真。可是,他依然得到一阵强烈的训斥:也许是藤原贞敏的小心翼翼,也许是藤原贞敏的个性柔弱,刘二郎在传授《流泉》《啄木》和《杨真藻》等秘曲时,总是挑剔藤原贞敏弹奏琵琶的力度。感情细腻的藤原贞敏用无声的抗议发泄着自己的不满,他赌气坐在黑暗中,停止了手中的拨片,大运河的水流静静地,仿佛藤原贞敏此刻的心情。

"你手上没有劲儿,曲子弹奏得像娘娘腔,你应该先去干干粗活!"

"琵琶本来就不容易学,如果你觉得辛苦,劝你还是趁早放弃吧。"

……

面对刘二郎一连串噼里啪啦的响炮,藤原贞敏感受到了学习压力,作为一个有身份的日本遣唐使,他不希望被大唐的老师看轻。冷静之后,他开始镇定地弹琵琶,手势是那样的纤巧和温存,将那如海潮般的音流一波一波地演绎出来……

刘二郎不再吼叫了,他微闭着眼,默默地点头。接下来,师徒两人开始仔细地琢磨每一首曲子的精髓,手把手地演示,直到藤原贞敏弹奏很好才肯罢休。

吊儿郎当的刘二郎不知哪世修来的福分,膝下有一个乖巧的女儿刘彩(刘彩娘),姑娘十三四岁,高髻的发式,浓密的眉毛,即使乌膏注唇、不施朱粉也相当可爱。因为贫寒,天生中的一丝匪气里却暗含着侠气。她自小跟父亲相依为命,学习古筝和琵琶,现在已经小有名气了。

藤原贞敏的前来拜师,让刘彩(刘彩娘)非常高兴,她因父亲而自豪,不但端茶递水跑得快,而且也常常在空暇的时候给藤原贞敏大哥辅导筝艺一二。习乐之际,以筝传情,两人心生爱慕之情。

相处的日子总是那么让人难忘,一晃几个月过去了,时令进入秋季,犹如狂热之后的冷静,藤原贞敏经过了一个夏季的苦练已经显得相当成熟了。这天晚上,被琵琶折磨得无限厌倦的藤原贞敏,停下了拨子,抬起头,才发觉师父刘二郎侧卧在藤椅上静静地望着自己。

"师父,为什么我最近弹奏琵琶时,你总是这么看着我?"藤原贞敏提出了自己的疑问。

"也许人老了,总会有些许的伤感。"刘二郎说。

"怎么了?"藤原贞敏又问道。

"现在,你的琵琶已经弹奏得相当不错了,基本上可以出师了。不久回国后,人家如果问你师父是谁,你千万别说我。"刘二郎抿了一口酒,望着远方说。

"可你确实是我的大唐师父啊,为什么不能提你让他们敬重呢?"远离家乡,享受关怀的藤原贞敏不解地问。

"不值得哦。我当初也只是贪得一时之功,没想那么多的事情。你是有身份的人,我的人品不好,这样会玷污你的声名的。"刘二郎苦笑了一下,无奈地说。

"谁说大(爸爸)的人品不好?大是世界上最好的人。"一个声音远远地传来,藤原贞敏抬头一看,才见了小师妹刘彩(刘彩娘)拎着水桶走过。

"就是。"藤原贞敏附和着,同时,他冲刘彩(刘彩娘)挤挤眼睛。

都是活泼可爱的年轻人,眉里之间传递着爱恋的目光。洞察世事的刘二郎看出了两人眉来眼去中的感情端倪，借着几口热酒壮胆，主动对藤原贞敏说：

"东晋有个叫谢镇西的人，他精通音律，擅长舞蹈，常常不按常理出牌。今天师父也学学他，不按常理出牌了，师父厚着脸把话说明。我就这么个宝贝女儿彩儿，她从小敏习得新声数曲，尤善琴筝，也算得上知音之人，再加上她虽说不上倾国倾城，也还算相貌姣好，可以说得上才色双绝的女子，希望今后能给你铺床暖炕。"

"承蒙师父抬爱，徒弟从命就是。"师父的话正好说到了藤原贞敏的心里，他自从第一次见到刘彩（刘彩娘）就一见钟情，可一直苦于没法说出。听了师父的话，藤原贞敏赶紧下跪拜谢。

刘彩（刘彩娘）当初只是喜欢和藤原贞敏谈论琴声，暗暗地生出一段爱慕之情，听父亲这么一挑明，反倒有些不好意思了，当时就羞红了脸，娇嗔地喊了一声"大（爸）"，跑走了。

很快，邀请媒人，下了聘礼。刘家置办嫁妆，一对新人，喜结伉俪。在藤原贞敏夫妻离开扬州准备回日本国时，刘二郎专门设宴邀请村里自家人。席间，刘二郎拿出了两件传家宝物，打开一看：原来是两把琵琶，其中一把鹿颈用唐木制作，上端的龙虾尾用白檀制作，转手用紫檀制作。另一把琴体的甲（背板）用一整块紫檀板制（称为直甲）。刘二郎介绍此两把琵琶分别叫"玄象"和"青山"，是琵琶里的上品。

除此之外，刘二郎还赠送给藤原贞敏数十卷琵琶曲谱，并将自己珍藏多年的紫檀、紫藤两把琵琶，赠送给藤原贞敏作纪念。他深有感触地说：

"你把自己所学东西记在心里，带回日本，这是实实在在的本领，够你受用一生，谁也抢不走……"

"谢谢岳父。"藤原贞敏含着泪谢别。

藤原贞敏带着娘子回到了日本国,成为日本音乐史上最有名的人物之一。作为日本的琵琶宗师,他创作了许多琵琶曲,如名曲《贺殿》等。藤原贞敏从刘二郎那里抄得的《琵琶诸调子品》(又称为《开成琵琶谱》),其中收录了27种调法和41支曲子,这些都是从中国传入日本的最初琵琶谱,流传至今,具有重大的历史价值,现藏于日本宫内厅书陵部。

唐朝的十三弦筝也随着刘彩(刘彩娘)一起传到了日本,中国的古筝远渡重洋来到日本,在日本生根开花,成为日本主要的民族乐器之一。刘彩(刘彩娘)则被奉为日本秦筝之祖。藤原贞敏夫妇二人带给日本的琴法和筝法,促进了日本琴筝文化的发展。

在日本,身为宫廷乐官的藤原贞敏,舍不得用岳父的琵琶,就将两把珍贵的琵琶献给了天皇。于是,这两把琵琶成为宫中宝物,一直封存在大内宜阳殿。据《今昔物语集》记载:天德四年(960)三月,村上天皇在大内清凉殿举行了规模宏大的和歌比赛,令人没有想到的是和歌比赛之后,宫内秘藏的"玄象"琵琶忽然神秘被窃了。当时宫门紧锁,琵琶不翼而飞。村上天皇觉得此事蹊跷,连忙召来阴阳师源博雅与安倍晴明。这两位阴阳师这么一掐算,原来是罗城门鬼——汉多太之魂附体在"玄象"琵琶上了。他们终于抓住了这个鬼魂,找到了"玄象"琵琶。

此后,"玄象"琵琶如同有了生命,技巧差者弹之,怒而不鸣;若蒙尘垢,久未弹奏,亦怒而不鸣。其胆色如是。有一次宫中发生火灾,人们没来得及取出它,"玄象"琵琶竟然自己逃到庭院之中。这可真是奇事啊!大家众说纷纭,越传越神,流传至今。

至于藤原贞敏的情况,日本正史《日本三代实录》卷14中记载:

"贞敏者……少爱音乐,好学鼓琴,尤善弹琵琶。承和二年(835)为美作掾兼遣唐使准判官,五年到大唐达上都,逢能弹琵琶者刘二郎……明年聘礼既毕,解缆归乡。临行刘二郎设祖筵,赠紫檀紫藤琵琶各一面,是岁大唐大中元年(847)本朝承和六年也。卒时年六十一。贞敏无他才艺,以弹琵琶,历仕三代,虽无殊宠,声价稍高歆焉。"

日本《音乐大事典》也有记载:"藤原贞敏学得的上述几首秘曲至今仍有留传,日本宫内厅书陵部所藏《三极秘曲谱》中即有收录。是岁,大唐开成四年,本朝承和六年也。七年为参河介,八年迁主殿助,少选,迁雅乐助,九年春授从五位下,数岁转头。齐衡三年兼备前介,明春加从五位上。天安二年丁母忧,解官。服阕拜扫部头,贞观六年兼备中介。卒时六十一。贞敏无他才艺,以能弹琵琶,历仕三代。虽无殊宠,声价稍高歆焉。"

关于两把琵琶的下落,已故的中华梨园学创始人李尤白先生,参考了大量的资料,根据已故的著名学者张鹏一先生著的《唐代日人来往长安考》一书所说:"唐时藤原贞敏学琵琶于唐人刘二郎,二郎妻以女,赠以紫檀琵琶、紫藤琵琶各一面,归为朝廷重器,今犹现存。"1985年二月,李尤白先生写信给日本东京大学音乐学部乐理科助手田边史郎先生,请求他帮忙查实此事。同年十一月八日,田边史郎回信说:"经查日本正史《日本三代实录》:江户时代乐人安倍季尚的《禾家录》《源平盛衰记》和现代的日本音乐史研究和平凡社出版的《音乐事典》证明,确有藤原学艺之事,但两面琵琶现已失传。"事实胜于雄辩,厉害吧?

虽然,藤原贞敏学艺的故事已经流传很久了,但反映这个故事的诗词并不多但也还是有的。如林林的《琵琶会》:

> 宾王琵琶出锦囊，心声合奏韵悠长。
> 至今犹唱《浔阳曲》，又忆当年刘二郎。

已故的中华梨园学研究会秘书长刘占先生，也就这一事件写有诗作，发表在《老人春秋》杂志上，其诗为《琵琶情》，云：

> 一衣带水两邻邦，藤原学艺渡重洋。
> 琵琶声声师徒谊，琴瑟切切儿女肠。
> 玄象含情送艺果，青山着意化桥梁。
> 今日梨园传佳话，皆因不忘刘二郎。

总之，在中日文化交往中，日本的遣唐使功不可没。他们归国之后，很多跻位列卿，参与国政，对日本中世纪文化发展起了很大的推动作用。

除了日本遣唐使给日本传播中国文化外，我们唐代的音乐家也有去日本传播文化的，如作为第十次遣唐使的护送使前往日本的唐朝音乐家袁晋卿、皇甫东朝及其女儿皇甫升女等，后来都留居日本。为传播唐朝音乐文化做出了重要贡献。888年，大唐派遣弹筝博士皇孟学率领多达62人的大唐乐队东渡日本传授筝乐，他们一行在日本筑紫彦山西谷的八龙寺教授筝的演奏技艺，日本筝乐界反应强烈，连宇多天皇都萌生出学习唐朝筝乐的愿望。天皇还让内教坊的乐人石川色子前往参拜，并向中国乐师学习筝乐，学成之后传授给他。天皇还将自己所学的唐朝筝乐技艺传授给宠臣藤原时平和菅原道真。

晚唐时期，日本雅乐发展到全盛时期，光是引进雅乐曲目达160首，其中中国唐朝和天竺音乐130首。日本雅乐所用乐器大部分也与唐代乐器相同。直至今日，日本的一些寺庙还保存着唐代传去的《兰陵王》乐舞等。日本人民对唐朝时期传入的乐书、乐器和乐曲等都十分珍视，这些都大大促进了日本文艺事业的发展。今天，我们从日本音乐的演奏曲目以及表演程序，甚至包括一些乐器的形制外观，可以看出它仍保留了中国大唐的雅乐形式和浓郁的唐代乐风。

一衣带水，总是那么相互渗透、相互影响。远水近邻，不应该相互猜忌与摩擦，更应该友好交往，共同发展，这才是亘古不变的真理。

第八章 马球联谊

马球，骑在马上持棍杆打的球。马球，今天又称马上曲棍球，据说发源于波斯，后来传到吐蕃。马球的英文名Polo，源于藏语Pulu的音译，延伸为一项活动，即骑在马上用球杆击球入门的一项体育活动。其实，我国东汉时期就出现了类似的游戏，那时候不叫马球，叫"击鞠"。三国曹植《名都篇》中有"连翩击鞠壤，巧捷惟万端"的诗句，说的就是打马球时连续飞翔的情形，此后中国好像再没见描写"击鞠"的诗歌了。

《封氏闻见记》里记载了这么个事实：贞观十五年（641）后，文成公主入藏完婚，吐蕃派了许多学子到长安学习唐朝先进的文化。一次，唐太宗李世民御驾安福门，看到吐蕃学子四到十人，身穿两色盛装，高骑骏马，手执四尺长飞头形月牙拐藤杖，围着一处设有两个球门的空地，争着前去击打一枚朱红漆的圆球，气氛相当热烈。一问，才知道这是吐蕃学子利用闲暇之际，以打马球自娱自乐。

重视骑术的李世民不觉灵机一动，觉得打马球有利于提高将士的作战能力，也有利于克服人们自古以来"贵中华，贱夷狄"的偏见，便对身边的近臣说：

"朕听说西蕃人喜欢打马球，比亦令习……"

好家伙，皇帝就是皇帝，一言九鼎啊！既然皇帝李世民都认为马球活动能够提高官兵骑马作战技能。军队怎能不响应呢？于是，马球活动和舞马活动一样很快就成为唐朝训练骑兵的"军中常戏"。从此，唐朝军队开始涌现了不少勤于打球的将帅，也涌现出不少击球能手，他们有的能"侧身转臂著马腹"，有的能"俯身仰击复旁击"，有的能"未拂地而还起，乍从空而侧迥"。更有曾经担任神策军将的泾原节度使周宝，他在润州（今江苏镇江市）为李相同公即席表演打球时，能够做到"不换公服，驰骤于绥场中"，以至于"挥击应手"。

大唐朝廷有一项为史所罕见的惯例，就是引人注目的"月灯阁球会"。这是吏部为经过殿试之后的新科进士举办的一项庆祝活动，庆祝进士及第的方式就是比赛马球。每逢开科取士时，新科进士云集到长安的月灯阁（今西安市东郊），进行激烈而热闹的马球比赛。有一次，月灯阁球会进行时，负责保卫京师和宿卫宫廷的几个军官神策军故意走过来挑战，这些新科进士毫不客气，当下就推举了一名叫刘覃的代表出赛，结果大胜神策军。

唐太宗作为一位有政治远见的皇帝，在处理民族问题和外交问题上，显示着非凡的外交才能。他从我国历代帝王"虽平定中夏，不能服戎狄"的历史教训中，找到了对待"戎"和"狄"的妥善办法。那就是对少数民族文化以及外来文化，一定要采取兼收并蓄的政策。比如他让大唐军队向吐蕃人学习打马球，就是想让士兵通过寓教于乐的打马球活动，有效地提高骑马技术，从而提高军队的对抗性。据统计，从贞观至麟德四十年间，光是全国的战马就增加到七十万零六千匹。各地军队驻地里几乎都修筑了马球场，有的可容纳上万人住宿。军队进行马球训练，可以说是司空见惯的事情。每逢外地千人的军队经过某地，该地的东道主方招待方式也非常特别，那就是双方进行一场马球比赛，切磋骑术，于是，偌大的马球场便成了招待军队的食堂。这期间，马球场上，灯火通明，炉灶随处架设，大家吃完饭还要打马球，打马球饿了就地吃饭，场面非常热烈。据说，陈、许二州节度使薛能，他曾在河南许昌的一个球场里接待了从徐州前往殷州（在今河南境内）的过境军队三千人；泗州（今江苏盱眙县县城以北）刺史杜妥，也曾经在球场接待庞勋的军队四千人。

除了上述各地驻军修建规模宏大的马球场，更有让大家没有想到的事情，那就是在长安城，长安府尹还将建设马球场列入了城市规划。当时，长安城里，马球场建设得不但数量非常多，而且还十分讲究。多到什么程度？行走不远就能到达另一个马球场；讲究到什么程度？大文学家韩愈《汴泗交流赠张仆射》诗中有"筑场千步平如削"一句，说的就是唐朝的马球场建设的讲究程度。另外，为了防止尘土飞扬以及雨天地滑，政府不惜用油料浇铸马球场，以至于"平望若砥，下看犹镜"（阎宽《温汤御球赋》），其奢华程度可想而知了。据说曾经有一支三千人的部队，就长期驻扎在长安的一个马球场中。他们闲时娱乐，忙时出兵征战。你想想，平时不忘训练，战时骑马上阵，那战斗力啊，杠杠的。

总之，在大唐诸位皇帝的倡导下，不仅皇帝自己打马球，军队也要学会打马球，官员更是要学会打马球，甚至连文弱的读书人也要学着打马球。可是，对于打马球能够强国强军的政治措施，有一个人是反对的。这个人是谁呢？他就是韩愈。据说唐德宗时期，有位叫张建封的文官，自从担任徐、泗、濠三州节度使后，就积极响应皇帝号召，强调打马球的速度要快，场面要大。张建封非常投入地参与军事训练（包括骑马打球),没想到这件事招惹了他幕府中的小校书韩愈,韩愈看完张建封参加马球比赛后,认为"凡五脏之系络甚微,坐立必悬垂于胸臆之间,而以之颠顿驰骋,呜呼其危哉!"而"深感习战非为剧"。

也许,韩愈真的太谨慎了,打个马球,他都觉得危险,要是看见今天的蹦迪之类的体育项目,那还不得心脏病啊?毕竟,韩愈只是一个小校书,只能进行一番善意的劝告。张建封对韩愈的劝告不以为然,还特地写了一首《酬韩校书愈打球歌》反驳,诗歌是这样的:"仆本修文持笔者,今来帅领红旌下。不能无事习蛇矛,闲就平场学使马……俯身仰击复傍击,难于古人左右射。齐观百步透短门,谁羡养由遥破的。儒生疑我新发狂,武夫爱我生雄光……"表达自己对打马球的认识。其实,说白了,韩愈说的也不是没有道理,打马球确实有可能伤及人的身体,如唐穆宗李恒就是因为喜欢打马球而"暴得疾"的,但是,我们的唐朝,是一个蒸蒸日上的朝代,人民的气质是血气方刚的,能够为国家建功立业是大唐人民心中的最高境界,别说是打马球。

1972年,中国考古工作者在陕西乾陵发掘了唐代章怀太子李贤的墓室,出土了50多组壁画,其中有一幅完好的彩色《马球图》,就描绘了唐代马球比赛的热烈场面。画面描绘了五个手持偃月形球仗的马球骑者,驱马抢球的瞬间。这幅壁画的背景是起伏的山峦,画面上点缀五颗孤零零的古树,显得空间阔大。其上刻有"含光殿及球场等大唐大和辛亥岁乙未月建"。显然,这是唐文宗李昂在位时(826—840)修含光殿时,顺道修建了一个马球场。能将一个球场与宫殿相提并论,足见大唐皇室对马球的重视程度。另外,大唐皇宫中的麟德殿、清思殿、中和殿、雍和殿以及西内苑、神策军驻地等地方,都有供皇帝使用的马球场。

在唐朝宫廷里，皇亲国戚、朝廷显贵都很喜欢去皇家梨园里观赏并参与马球比赛，这还不过瘾，回家后，他们分别在靖茶坊、永崇坊、太平坊的住宅区内也修建自己的马球场。

唐中宗李显时期，皇后韦香儿的嫡女长宁公主，她和安乐公主一样是个会花钱的主儿。在她嫁给杨慎交之后，不但在东都洛阳建造府邸，穷奢极侈，花光了府内所有财富；还在长安，把高士廉府邸和左金吾卫的军营合起来作为宅邸，又兼并了住宅西边空地作为马球场。根据驸马杨慎交的方案，在球场上用油料筑成相当美观奢华的马球场。为什么？因为驸马杨慎交很喜欢打马球啊！公主得为他找一块活动的地方啊。

709年，也就在金城公主出嫁那会儿，唐中宗李显特地大摆宴席于含元殿的御苑之内，隆重接待了吐蕃的使者。吐蕃使者尚赞吐、敏悉猎知道大唐皇帝李显喜欢观看马球比赛，就提议说：

"大唐皇帝，天可汗，……臣部也有擅长马球比赛的人，请与汉敌。"

这个提议好啊！通过马球比赛可以加强唐蕃交流。面对吐蕃使者的请求，李显满口答应，二话没说，就让宫中负责仪仗的侍卫们组队与吐蕃比赛。

说干就干，李显邀请吐蕃使者前往禁苑梨园马球场（需要补充一句：这里所谓的梨园，同于桃园、杏园等一样，还只是一个盛开着梨花的果木园子）。

禁苑梨园里的马球场，可以说是当时全世界最好的马球场，它集中了全国最好设计师的先进理念，地面用几色油漆经过精心处理，宽广而平滑。球场周围，还专门给观看者设计了舒适的座位和别致的亭子等建筑。

此刻的梨园,一扫平日的花前月下、清风闲情,代之而来的是擂鼓助威、震天动地的壮美之声。真所谓"遥闻击鼓声,蹴鞠军中乐"。只不过这句诗写的是军中蹴鞠的战鼓敲响音,这里,咱们姑且用它来形容皇家梨园中的比赛,其实皇家梨园的比赛规模远远要超过军中了。说时迟那时快,唐蕃组建的两拨各十人的马球队员拍马迅速冲入球场,他们身穿盛装,手持顶端弯曲的球杖,前仆后继,在球场里追逐大小如拳的一个红球。然而,有时候光有兴致还不够,还得需要实力,大唐马球队想要打败骑马如飞的吐蕃马球队还是有很大压力的。球赛一开始,吐番的球手驰骋于马球场上,仿佛入无人之地,饿虎扑食地抢球。大唐球员连连防守,可依然挡不住吐番球手,吐蕃球队屡屡把小红球击进了球门,争得比分。显然,吐蕃开场明显地占了上风。李显有点神色黯淡了,他自言自语道:

"要是我兄弟还在,如何会输给吐番人?"李显说的兄弟不是别人而是章怀太子李贤。这个李贤是个嗜好打马球的主儿,他的马球打得相当漂亮。没想到这话让旁边的临淄王李隆基听到了,他心里很不是滋味。

连败数局之后,李显很没面子,不停地要求换人。这时,年轻气盛的李隆基再也按捺不住了,他和虢王李邕、驸马杨慎交和武延秀交换了一下眼色,便不顾李显的同意与否,四人跃马挥杖上阵,进入比赛场地,换下了连连败阵的大唐皇家十人侍卫队。

李隆基等四位队员个个生龙活虎,像猛虎下山一般在球场上你追我赶,说时迟那时快,李隆基抢到了马球,像雄狮发威一般,只见马场上"金锤玉莹千金地,宝杖雕文七宝球……红鬣锦鬃风骤骥,黄络青丝电紫骝。奔星乱下花场里,初月飞来画杖头",李隆基"东西驱突,风回电激,所向无前",终于冲破了吐蕃队员的重重阻挡,以迅疾的速度将马球击入网囊。大唐沸腾了!这边战鼓奏鸣,乐声大起,彩旗挥舞。他们欢呼着!跳跃着!齐声呐喊:"大唐球队胜利了!大唐球队胜利了!"几个回合之后,大唐的四位队员越打越勇猛,杨慎交除了球艺出色,还出其不意,连连打奇球,害得吐蕃队员摸不清他的招数。在李隆基等队员的猛攻下,大唐扳回了败局,大获全胜。比赛结果是双方各胜一场,最后以平局结束了唐蕃民族间的马球比赛。这就是大唐马球历史上著名的"四对十人唐蕃赛"。

如此精彩的马球比赛,吐蕃使者也都心悦诚服。因为振奋,李显特别兴奋,除对出场球员都"赐强明绢数百段"之外,还专门设宴款待大唐的四位马球英雄。酒酣之际,大臣沈佺期、武平一、崔湜、杨巨源等做诗称赞,他们给我们留下了《幸梨园观打球应制》《幸梨园亭观打球应制》和《观打球有作》等诗作,至于其他唐诗里,还记有"侧身转臂著马腹,霹雳应手神珠驰。""击鞠由来岂作禧,不忘鞍马是神机。""牵缰绝尾施新巧,背打星球一点飞。""金锤玉銮千金地,宝仗雕文七宝球。"等打马球诗歌。由此得知,我唐朝马球比赛,不但有"仙管""画鼓"伴奏,还有演唱着《龟兹》乐的"内人"助兴,其场面远比今天的球类比赛热烈。

马球比赛之后,李显还另外设宴招待吐蕃使者,酒过三巡之后,嗜爱诗文的李显想变个花样做诗,便要与众大臣一起作柏梁体联句,在场陪同的群臣随喜附和。那么,什么是柏梁体呢?柏梁体又称柏梁台体,据说汉武帝在筑柏梁台时,与群臣联句赋诗,还要求句句用韵,这种诗称为柏梁体。

肉菜上桌,烧酒满上,举杯欢饮。群臣一面饮酒,一面思考着诗歌的内容。李显想了一会儿，终于开了个头："大明御宇临万方。"

好有气势的开头啊！简直夺人耳目。群臣一听，立刻叫好。皇后韦香儿作为女人，在吐蕃使者面前自然收敛了许多，接了一句："顾惭内政翊陶唐。"这是欲扬先抑的手法。

"鸾鸣凤舞向平阳。"如同自己的人生一样，长宁公主接得一帆风顺。

一心想超过姐姐长宁公主的安乐公主（李裹儿），略一思考，很快出口："秦楼鲁馆沐恩光。"

太平公主一听，哟！这不是小辈赞美皇上吗？她觉得自己是长辈，就用较为轻松的句子："无心为子辄求郎。"

到了才气自比曹植的温王李重茂，他不假思索地应道："雄才七步谢陈王。"

被人们公认的"女中才子诗人"上官婉儿，冲风流倜傥的吏部侍郎崔湜暗送了一个秋波，马上接了一句："当熊让辇愧前芳。"好家伙，一句诗里两个典故，"冯后挡熊"和"班妃让辇"，全让她添加进去了，真让人另眼相看。

年轻的崔湜自然会意，冲上官婉儿一笑，和道："再司铨筦恩可忘。"

著作郎郑愔接的是："文江学海思济航。"

武平一接的是："万邦考绩臣所详。"

阎朝隐说道："著作不休出中肠。"

窦从一接道："权豪屏迹肃严霜。"

宗晋卿："铸鼎开岳造明堂。"

最后，由吐蕃的使者名悉猎收场，这个名悉猎，对诗歌研究不多，此时，费了好大劲儿才接上："玉醴由来献寿觞。"

"好！好！"在座的诸位无不为名悉猎的诗句叫好，名悉猎自然很高兴。李显心里的舒服劲儿甭提了，当场就赏赐给名悉猎很多衣物。

好一场联句赋诗的盛会啊！这是马球比赛的续曲，连接着大唐和吐蕃的友谊，一片欢声颂语。《资治通鉴》云："上（指唐中宗）好击球，由是风俗相尚。"充分肯定了李显在推动唐代马球发展中所起的影响和作用。

马球自吐蕃传到唐朝，成为大唐宫廷的热门游戏。大唐宫廷还出了好几个球迷皇帝：李世民算一个，李显算一个，李隆基更得算一个，据说李隆基年轻时就是一个"深夜打球不知归"的球迷。李隆基对唐代马球运动起了继往开来的作用。712年，登基后的李隆基，马球瘾不减当年，他不但自己喜欢打马球，还多次登上勤政楼观看别人打马球，并且颁诏将马球作为军队训练的课目之一。"宫殿千门白昼开，三郎沉醉打球回，九龄已老韩休死，明日应无谏疏来。"这是宋代诗人晁无咎在《题明皇打球图》中对李隆基痴迷马球的形象描绘。李隆基的马球瘾可是名扬天下了，于阗国特派使臣不远万里，从于阗（现新疆南部）到长安，用了至少半年的时间，才送给李隆基两匹专门用于打马球的马，李隆基非常珍爱。李隆基到花甲高龄，还不忘马球比赛，他还同羽林军将士在骊山华清宫北绣门外舞马台旁的马球场上驱马争夺。至于之后喜欢马球的其他皇帝，据文献记载有穆宗、敬宗、宣宗、僖宗、昭宗等，他们也都是马球运动的提倡者和参与者。

唐朝，不仅男子喜欢打马球，女子也同样喜欢打马球，唐代女子打马球完全是为了娱乐。据说武则天还是才人的时候，就经常参加宫中的马球活动，由于武则天的骑马技术和打球技术都相当好，很快就成为马球队的主力队员，冲杀在前。其实，唐代宫女的马球风格还是显得柔弱纤美，虽然带有很多的观赏性和审美性，但是在竞技性上毕竟不及男子。王建《又送裴相公上太原》中有"十队红妆伎打球"、《宫词》有"寒食宫人步打球"之句，记载了唐代女子打马球的事情。另外，从文献记载与出土文物两个方面看，唐代宗时，有一位剑南节度使郭英义，比较喜欢观看女伎打球作乐，为此，他不惜每天花费数万钱"聚女人骑驴击鞠"，从而开始了"驴鞠之风气"（《旧唐书》）。唐敬宗时，宫中教坊也组织伎女"分朋驴鞠"，以供皇帝观看取乐（《旧唐书》）。1981年9月，在陕西临潼发掘的一座唐墓里，出土了四尊白陶彩绘击球女俑。她们分别骑在飞奔的骏马上，俯身向前作击球状，其形象栩栩如生。北京故宫博物院还藏有一面八棱形的唐代铜镜，镜钮周围铸有四个女子骑马击球的形象。这些都是唐代女子打马球的有力证据。

除了打马球外，吐蕃的"骑马之戏"，在长安也是非常受欢迎的。"骑马之戏"，即马术，后用于歌舞表演之中。李隆基还把大宛、吐谷浑、吐火罗、大秦、银州和幽州等地方进贡的良马，调驯成舞马。据唐代《明皇杂录·补遗》记载："玄宗常命教舞马四百蹄各为左右，分为部目，为某家宠、某家骄。时塞外亦有善马来贡者，上俾之教习，无不曲尽其妙。"从这段文字，我们可以看出，舞马是百戏中最壮观的一幕，李隆基还召集了一大批人，亲自教他们怎样调驯马匹。每逢千秋节演出时，勤政楼下，都有好看的马舞表演：

随着太常署的教坊大曲《倾杯乐》的响起，那设有三层高床的空地处，百匹形体高大而健壮，长鬃修尾的骏马闪亮登场，踩着整齐的步伐，群马轩昂，踩着节奏，奋首鼓尾，耀武扬威。一名舞马骑士连人带马一个飞跃，跨上三层高的"画床"，在高高的三层板床上旋转如飞地表演各种精绝技艺，非常精彩，全场报以雷鸣般的掌声，掌声中，一名虎背熊腰的壮汉赶进场子，将仍在舞跃踢踏的三层"画床"双手举起，"画床"之上的马舞依然醉舞翩跹，满场万马齐喑，恢弘阔大。这时，锦衣绣衫的五坊使牵引着大象、犀牛等高大威猛的动物纷纷进场，一起向勤政楼上的皇上百官拜舞祝贺，营造出万兽武将（万寿无疆）的壮阔波澜，紧接着，三层板床上的那匹骏马跪拜下来，口衔金杯，曲膝向皇上李隆基敬献酒杯拜祝，将整个宴乐推向了高潮，此所谓"舞马衔杯"。

张说曾经写过《舞马千秋万岁乐府词》六首，其中三首这样描写的：

（一）

金天诞圣千秋节，玉醴还分万寿觞。
试听紫骝歌乐府，何如骒骥舞华冈。
连骞势出鱼龙变，蹀躞骄生鸟兽行。
岁岁相传指树日，翩翩来伴庆云翔。

（二）

圣皇至德与天齐，天马来仪自海西。
腕足徐行拜两膝，繁骄不进踏千蹄。
髣鬣奋鬛时蹲踏，鼓怒骧身忽上跻。
更有衔杯终宴曲，垂头掉尾醉如泥。

（三）

> 远听明君爱逸才，玉鞭金翅引龙媒。
> 不因兹白人间有，定是飞黄天上来。
> 影弄日华相照耀，喷含云色且裴徊。
> 莫言阙下桃花舞，别有河中兰叶开。

另外，张说还为《倾杯曲》填写了歌词《舞马词》：

> 彩旄八佾成行，时龙五色因方。
> 屈膝衔杯赴节，倾心献寿无疆。

张说的歌词描写精到，我们从中可以窥见当时舞马的调驯得法，在大声吟哦之中，感受到歌词的铿锵音韵、节拍震撼。相比于张说，天宝十年进士、秘书省校书郎钱起的《千秋节勤政楼下观舞马赋》"忽兮龙踞，愕尔鸿翻，顿缨而电落朱鬣，骧首而星流白颠。"则要逊色得多。另外，还有不知名字的唐人《舞马赋》，对舞马的风姿描写得极为精到："……或进寸而退尺，时左之而右之……知执辔之有节，乃蹀足而争先。随曲变而貌无停趣，因矜顾而态有遗妍。既习之于规矩，或奉之以周旋。迫而观焉，若桃花动而顺吹；远而察之，类电影倏而横天……"这些描写舞马的诗歌，都给我们留下了舞马的更多想象空间。而1970年10月，在西安城南何家村唐窖藏出土的"舞马衔杯纹银壶"有关舞马形象的图案，无疑为一直存在于诗词歌赋中的舞马衔杯找到了明确物证。

联谊大唐和吐蕃友好的马球运动，在对外文化交流中也发挥了重要作用。据文献记载，渤海、高丽和日本等国家都与大唐有马球比赛的外交活动。现今珍藏于故宫博物院的元陈及之绘制《便桥会盟图》，描绘初唐李世民在渭水便桥与来犯的突厥颉利可汗"便桥会盟"的外事活动。其中，卷首就有马球运动的壮观场面。马球运动毕竟是一个时代产物，走过了它的辉煌，随着历史的发展，清朝后期，马球运动在我国渐渐消失了。今天，当我们再次观看流行于西方国家的马球运动，心中总觉得有些许的遗憾。

第九章　大秦景教

中国书法和石刻的沧桑历史魂牵梦绕，我不由得漫步西安城南墙根魁星楼下的青石小道，那跨越千年时空的碑林便翩然而至，3000多块龙飞凤舞摄人心魂的藏石蔚然成林，那承载中华文明重任与殊荣的碑林，自然成为一处了解民族历程、传承民族文化的圣殿。面对这样强大的视觉冲击力，我不由得肃然起敬。那囊括历代圣儒先哲的浩瀚石经，凝注了丛立如林的碑石艺术；那古朴拙趣的隶书，诉说着秦汉的创新与改革；那魏晋南北朝的墓志英华，描画着魏晋南北朝的生活画卷；那挥洒自如的大唐书法，更是增添了西安碑林的流光溢彩。这些雕刻的技法和中国文字的魅力糅合在一起的碑文印记，诠释了一种潇洒淋漓、富有个性、和谐统一的艺术形式。

多少年来，不同国家、不同肤色的游客，不远万里、飘海过洋前来我中国长安，漫步碑石丛林，享受人间的碑林至宝。

在这些碑石中，有一处高约279厘米、宽约99厘米的石碑，它虽不张扬，却仍然像一块巨大的磁石，吸引了中外游人。游客驻足其前，细细品读、流连忘返，这就是"大秦景教流行中国碑"。碑额上部，有吉祥云环绕的十字架，下部有典型的佛教莲花瓣朵，这中西结合的造型，暗示了景教开的是中土佛教之"花"，结的是基督教之"果"。

其文曰:"粤若。常然真寂。先先而无元。窅然灵虚。后后而妙有。总玄枢而造化。妙众圣以元尊者。其唯我三一妙身,无元真主阿罗诃欤!判十字以定四方。鼓元风而生二气。暗空易而天地开。日月运而昼夜作……大唐建中二年岁在作噩太蔟月七日大耀森文日建立时法主僧宁恕知东方之景众也。朝议郎前行台州司士参军吕秀岩书。"

犹如天界的文字,让人茫然不知所措,更无从体会写作者的用意。不过看不懂也并不表明你才疏学浅,只是说明它的晦涩难懂。其实,概而言之,这块石碑记载的是大秦景教(古罗马基督教的聂斯脱利派)的教旨仪式、在中国的传播以及景教僧在唐朝一百五十年中的政治活动等情况。石碑的碑侧及下端是用古叙利亚文刻有的记事和僧徒多人的题名。这些记载对于研究宗教史及中国古代中西文化交流等方面,都提供了宝贵的历史资料。这块石碑,犹如镶嵌在丝绸之路上的宝石一样熠熠发光。咱们还是言归正传,说说咱们的事情。大秦是我国古代对罗马帝国及近东地区的称呼,大秦地处安息,条支西大海之西,故俗谓之海西。

长安,一路向西,直到罗马帝国(大秦),有多远?七千多公里;罗马帝国,一路向东,直到长安,又有多远?一块丝路文化里程碑的路程。长安和罗马,这两个文化差异巨大、意识形态迥异的强大帝国,之所以从相互对抗到最后的和平相处、谋求经济共同繁荣,其中有一个人起了推动性的作用,这个人就是后来被大唐皇帝李世民御赐"阿罗本"名号的叙利亚人。

625 年,中原地区历经战乱,民乏耕牛。大唐皇帝李渊为了增强国家的军队实力,希望与以游牧为主的突厥与吐谷浑开展边贸,以此来繁殖中原的牲畜。此时的突厥和吐谷浑也希望与中原地区的唐朝开展边贸，以此来获取他们赖以生存的粮食、布匹、丝绸和茶叶等生活必需品。他们分别请求与唐朝建立贸易关系，唐高祖李渊慨然应允。然而就在这年六月，颉利可汗却率领突厥军队进攻灵州（今宁夏灵武西南），唐朝被迫迎战而惨败，突厥趁机向唐朝要求兵粮。在唐朝没有答应的情况下，突厥再次发兵进犯灵州，被灵州都督任城王李道宗击退，颉利可汗被迫向唐朝请和退兵。630年，东突厥被唐朝所灭，大批突厥人迁到大漠以南，疏勒、于阗和莎车等西部国家自愿臣服于唐朝。635年，大唐皇帝李世民派大将李靖、侯君集和李道宗等出兵进击吐谷浑，吐谷浑王伏允兵败被杀，吐谷浑顺降于唐。

贞观年间，蒸蒸日上的大唐，不停地找寻向外拓展的可能，尤其是在大唐通往边疆少数民族的丝绸之路经济贸易沿线，大唐投入了足够的人力与物力，所以，即使大唐足够强大，边疆上的战争还是连续不断。特别是在东、西方国家经济文化交流的枢纽地区，如伊朗高原西南部的波斯地区，这里的伊斯兰教徒总是不断地与西南亚洲美索不达米亚、巴勒斯坦及波斯等地的基督教国家在认识上发生一些冲突，战争威胁随时都有可能进犯中国本土。为了防止边界上突厥民族的入侵，大唐皇帝李世民在技不如人的初期，不得不依靠通婚等方式来化解边疆矛盾，以求确保中国通往欧亚各国交通的丝绸之路畅通。一旦实力增强，李世民就喜欢用强硬手段来处理外交事务。而此时，居住在中亚地区并且广泛接受聂斯脱利派基督教（景教）的突厥商人，随着中国唐朝的强大以及丝绸之路的畅通，许多波斯商人以及突厥商人往来于中亚与大唐，甚至最后在长安、洛阳等中原地区定居，并且在中原地区形成强大的波斯富裕人社团组织。

这时，一位叙利亚人，到达波斯（今伊朗）地区后，接受聂斯脱利派基督教文化的熏陶，领受圣秩，成了一名优秀的大秦司铎，他就是阿罗本。阿罗本受"神所差遣来的"，开始在波斯地区传播大秦的景教文化。由于他知识渊博，传教明了，极受当地人的爱戴与尊敬，特别是居住在波斯地区的突厥人的爱戴与尊敬。从波斯商人口中，阿罗本得知大唐长安是一个无比繁荣的地方，那里的皇帝对各国有才能的人都非常礼遇，对外来的僧侣都非常尊重。怀抱着一腔才能的阿罗本，迫切地想东行长安，将景教文化发扬光大。而此时的大唐，由于前往中亚地区的使臣，与当地基督教徒在沟通上存在严重分歧，再加上唐朝的丝绸等贸易产品在中亚地区的严重滞销，这些边患问题让大唐皇帝李世民非常苦恼。而当他得知波斯国王信中说将派波斯基督教分支首领阿罗本来唐这件事，这无疑让本着"示存异方之教"开放政策的李世民眼前一亮。李世民很想通过景教传教士阿罗本结识当地基督徒，并请他们在对外战争中充当翻译员，从而解除大唐边患问题。基于上述原因，李世民非常看重阿罗本的到来。他特意指派宰相房玄龄率队"迎于西郊，待如嘉宾"，希望用最高规格的国礼来欢迎阿罗本。

635年，奉波斯国王之命的阿罗本率领景教传教团，驮着530部经书、盛装九百瓶葡萄酒的陶罐以及葡萄树苗、树种和其他西域珍品的驼队向大唐长安出发了。他们越过天山、昆仑山，穿过塔克拉玛干沙漠，然后沿着通畅的丝绸之路一路向东。当那端庄肃穆、谦诚有礼的中年学者出现在大唐宰相房玄龄面前时，房玄龄真的被这个饱读诗书、满腹经纶又颇有儒家风范的人感动了。满怀着热望，房玄龄当即把阿罗本迎入大唐宫廷。大唐皇帝李世民详细地询问阿罗本有关景教问题，以及对大唐的影响。阿罗本恭敬地呈上《圣经》、圣像等，并且详细地介绍景教教义及影响等，最后还诚恳地说明他来到大唐传教的目的。大唐的皇帝李世民还是不太放心，为了进一步了解阿罗本的思想，李世民让阿罗本先到大唐皇家藏书楼去翻译景教经典。

得到大唐皇帝李世民如此礼遇的大秦僧侣阿罗本，很快地和居住在长安等中原地区的波斯富裕商人社团组织取得联系，从而迎合了大唐帝国利用宗教安妥长安城内波斯等异域百姓思想，维护社会安定，特别是维护与安定边疆少数民族地区经济发展的需要。此外，阿罗本还将他们携带的部分经书，翻译成汉文呈献给大唐皇帝李世民。李世民不但亲自审阅，而且还在闲暇之际倾听阿罗本宣讲的道义。经过一段时间的考察，李世民发现阿罗本所讲的教义和他所带来的经书，不仅内容丰富、言之有物，而且对治国安邦很有好处。贞观十二年（638）的秋天，唐太宗李世民下诏在义宁坊十字街东的地方，由官府资助，为博学的阿罗本修建了一所礼拜教堂——波斯胡寺，即基督教寺，用于安顿景教教士。这样，阿罗本有了礼拜的教堂，他可以安心地翻译《圣经》，广收门徒。由于李世民对阿罗本的传教起了推波助澜的作用。犹如新芽需要阳光才能顺利成长，长安肥沃的土壤，充足的阳光，使得景教的新芽成长很快，发展迅猛异常，全国十道，几乎每道都有景教寺院，以至于达到了"寺满百城，法流十道"的境地，其中不少景教教徒还担任了朝廷和军队中的重要职务，景教的福音真光开始普照华夏大地。

650年，唐高宗李治继位后，他也是一位支持景教的皇帝，他敕令在长安、洛阳、周至、成都乃至全国各州等地都修建悬挂上皇帝像的景教寺。"法流十道，国富元休，寺满百城，家殷景福"，就是景教在这一时期发展的写照。据统计，全国景教信徒多达20余万人。不久，阿罗本升为中国景教的教长，长安也成了中国景教的中心。以提倡安逸平和为宗旨的景教赞美诗开始在全国流传。

武则天时期,景教继续在中原迅猛发展。开元年间,信奉道教的皇帝李隆基并不排斥景教,不但亲题楹联,亲书堂门匾额,还诏令将两京(长安和洛阳)波斯寺宜改为大秦寺。

天宝初年,李隆基还命令宁国等五亲王到景教寺里进行礼拜活动。742年,李隆基又让高力士给景教寺送去高祖、太宗、高宗、中宗、睿宗五位皇帝的画像和百匹丝绸,并让景教徒修理了倒塌的建筑。虽然皇帝李隆基如此恩宠景教,但是长安的道士并不买账,他们对外来的景教充满了讪谤与嘲笑,后在皇帝李隆基的恩宠和景教徒罗含等传教士极力维护下,景教在长安才勉勉强强地站住脚了。总之,李隆基在位四十三年,对景教的发展功不可没。

755年,"安史之乱"爆发后,李隆基入蜀避难,太子李亨在宁夏灵武即位,是为肃宗。李亨率部平乱,其中就有一位伊斯的景教僧人,他投身一代名将、朔方节度使郭子仪的帐下,"为公爪牙,作军耳目",这让郭子仪很受影响并敬信景教。因为景教徒在平乱中有功,很快就被朝廷封赏,赐紫衣袈裟。李亨还命"于灵武等五郡,重建景寺",所以景教在李亨以后两代又重新得到复兴。唐代宗李豫即位后,不但在耶稣圣诞时给景教寺送香赐馔,还在自己的寿辰"颁御馔以光景众"。唐德宗李适即位第七年,即建中二年(781),大唐本着"我建中圣神文武皇帝,披八政以黜陟幽明,阐九畴以惟新景命"的思想,建立大秦景教流行中国碑。来自叙利亚的景教"省主教兼中国总监督"景净,撰写《大秦景教流行中国碑》碑文,其中还记载了景教从唐太宗九年至建中二年140多年的历史,尤其突出了景僧辅佐郭子仪平定"安史之乱"的卓越战功和个人善行。

李适以后，唐朝进入了衰落期，景教也进入衰落期了。到了信奉道教的唐武宗李炎继位，衰落的唐朝本来就难以支撑国家的开支，更别说其他宗教活动了，由于"僧尼耗蠹天下"的理由，在道士赵归真的怂恿下，本着"治乱世，用重典"的原则，会昌五年（845），皇帝李炎采用大臣李德裕的建议，进行了一系列的改革：政治上，精简冗员，节约开支。对官吏贪赃枉法等丑恶现象进行整治，绝不姑息，裁掉冗官2000多人。在经济上，限制僧侣人数，没收一些寺院的田地等，这即是历史上有名的"会昌法难"事件，也叫唐武宗灭佛事件。总之，唐武宗李炎这场改革运动，沉重打击了寺院经济，增加了政府的纳税人口，扩大了国家的经济来源。

　　虽然会昌法难主要针对的是佛教，但也影响到外来的祆教、摩尼教、景教和伊斯兰教四教。如：国中大秦寺和摩尼寺等全部撤毁，迫使中国信徒放弃信仰外教而还俗；排斥驱逐伊斯兰教徒，致使他们多半道死；京城女摩尼70人，因无从栖身统统自尽；驱逐外来宣教的景僧和祆僧等二千余人回国，然而，当时通往西域的道路被吐蕃把持，所以，景教教士并不能顺利返回本国，他们只好被迫败北，退居到蛮族、克烈族和汪古族等北方少数民族地区继续传播自己的宗教，比如在蒙古，景教也称为也里可温教，意思是蒙福之人，一度还备受尊崇，连蒙古的皇太后也成了也里可温教信徒，成吉思汗曾诏令对其教士加以礼遇。相反，游离在大唐边疆周围的景教徒们，他们趁机再度潜入中土，藏匿于民间瓦肆，过着见不得阳光的生活。比如有的景教徒，藏匿于终南山吕祖（吕洞宾）一派的道教，这派道教传播的"救劫证道经咒"，显然就夹杂有景教赞美诗歌的成分。道教书籍《神仙宝鉴》描述：有详细的耶稣诞生、工作、钉死、复活和升天等，这显然也是景教的内容。

当然，这些景教徒寄居在其他教派门下，苟活于世，这也是没有办法的办法。

就是这样寄人门下的苟延残喘，才使得景教徒在唐朝并未完全灭绝。根据阿拉伯旅行家阿布泽德所著的《中国印度见闻录》里记载：878年，黄巢起义攻打广州，有12万伊斯兰教徒、犹太人、火袄教徒和基督徒（景教徒）被害。真的假的？还有待考证。反正，景教在中国是随着唐朝灭亡而消失的。

综观景教从被唐初建国奉为上宾请到中国到最后衰落的二百多年的历史，景教为了适应中国的环境而牺牲自己的信仰，改变其某些宗教文化，这种仰仗官方恩惠得以生存的传教方式，还是让我们感到些许的遗憾，就算它有自己的教堂，也不能得到灵魂的解脱，最终也只能舍它而去。景教和唐朝的历史几乎是同步的：当唐朝处于蓬勃发展阶段，像景教这种外来文化总是被代表先进文化的唐朝吸收；当唐朝走向没落的时候，不光自己民族文化的健康发展会受到影响，更别说外来文化，自然免不了要遭受悲惨命运了。

第十章　拔河比赛

拔河，这项体育运动在我国可以说历史非常悠久了。早在春秋时期，我国已经有了拔河运动的雏形。不过那个时候，拔河不叫拔河，叫什么呢？拔河叫作钩强。那么，什么是钩强呢？钩强是一种在水中作战时使用的武器，这种武器的好处是当敌人的船只不断靠近时，自己这一方明显地处于劣势，怎么办呢？使用钩强，把敌人的船只钩住不让他们靠近自己，或者不让对方从自己的眼前轻易逃走。

看来钩强是用于拦阻敌船靠近或钩住敌船的武器。根据《墨子·鲁问》记载，春秋时期，楚国和越国曾经发生过一次水军交战。鲁国工匠公输子，也就是咱们现在说的鲁班，他设计了一种牵制敌船的"钩强"兵器，敌船若前进就阻挡它，敌船若后退就钩住它。如此地牵制敌方战船，这可真是让对方哭笑不得的事情。没想到的是楚国水军中有一位叫舟师的人太聪明了，他现学现用，很快把"钩强"这种兵器用于战斗，并且很快打败越军，取得了胜利。后来，每逢战争，楚国就使用钩强和别国打水仗，结果当然可想而知了。再后来，许多国家也学会使用钩强进行战斗，钩强就推广起来了。各国军队操练水军时，也会经常用钩强作战。人们把这种紧张激烈、扣人心弦的军事演练称为"钩拒之戏"。"钩拒之戏"由于是团体演练，非常热闹。伴着惊天动地的战鼓和震耳欲聋的呐喊,在收摇旗帜的带队将领的指挥下,士兵们兵分两组,手中挽着用竹子编制而成的篾缆,用尽力气钩拉牵拖,时不时地出现人仰马翻,很刺激很有笑点,逗得大家开怀大笑。

随着历史的发展,钩强也被传到民间从而成为一种娱乐游戏,并逐渐演变成一种扶正黜邪和祈求丰收的民俗活动。如南朝梁代宗懔有一本叫作《荆楚岁时记》的笔记体文集,里面就记录我国古代楚地(以江汉为中心的地区)岁时节令风物的故事,其中就有:"打球、秋千、施钩之戏……施钩之戏,以绠作篾缆,相(系)绵亘数里,鸣鼓牵之。"能将"施钩之戏"和"打球""秋千"相提并论,足以证明钩强也是我国民间开展的体育项目之一。

《隋书·地理志下》云:"二郡(南阳、襄阳)又有牵钩之戏,云从讲武所出,楚将伐吴,以为教战,流迁不改,习以相传,钩初发动,皆有鼓节,群噪歌谣,震惊远近,俗云以此厌胜,用致丰穰,其事亦传于他郡。梁简文(帝),临雍部,发教禁止。"简文帝萧纲,害怕"牵钩之戏"给参与者带来伤害,酿成祸乱。在他做皇帝时期,曾经一度下令禁止此种游戏,然而"禁止而不能绝","牵钩之戏"一直在民间和军中广泛流传。

隋唐时期,由于当政者喜好开疆拓土,与战争相关的"牵钩之戏"自然发展到鼎盛时期。唐朝时,"牵钩之戏"明确命名为"拔河"。根据唐人封演编撰的《封氏闻见记》记载:"拔河,古谓之牵钩。襄汉风俗,常以正月望日为之……古用蔑缆,今民则以大麻絙,长四五十丈,两头分系小索数百条,挂于胸前。分二朋,两朋齐挽。当大絙之中,立大旗为界,震鼓叫噪,使相牵引。以却者为胜,就者为输,名曰'拔河'。"《封氏闻见记》明确交代了拔河用的篾缆,到了唐朝已经换成粗麻绳，拔河比赛深受当时人们的喜爱，大家都积极参与。

唐中宗李显就是一位拔河发烧友，他多次在宫中组织拔河比赛。李显还曾和皇后韦香儿及近臣登上玄武门，观看宫女拔河。当那些身着盛装、体态婀娜的宫女拔河时，她们一个个娇喘吁吁、香汗淋漓却又咬紧牙关用力拉拽粗麻绳子时进时退相持不下的时候，李显更是又兴奋又怜爱。

景龙四年（710）清明前后，李显在太极宫西的禁苑梨园中，举办了一场丰富多彩的岁稔活动。这次岁稔活动以朝臣都喜欢的踏青、荡秋千、蹴鞠、打马球、拔河和插柳等为主要活动内容。皇后韦香儿、公主李裹儿兴致勃勃地来到梨园中，中书门下供奉官、三品以上的文武官并诸学士等官员都早早地梨园中，其中拔河比赛场地围的人最多。为什么呢？这次拔河比赛的级别很高啊！裁判是皇帝李显，两队队员都是宰相带头的级别：一队是以唐休璟、韦巨源为代表的七位宰相、两位驸马共九个人组成的东朋队；另一对由三位宰相、五位将军共八个人组成的西朋队。李显刚一分配队列，场子就闹腾起来了：

"东朋队九人，西朋队八人，皇上不公平，皇上不公平！"在场的观众和西朋队队员都提出强烈抗议。

李显面带微笑，急忙制止场上的呼声，大声地说：

"大家的意思，朕明白，可大家看看这两队人马，东朋队九人皆为文官，西朋队八人中五人为武将。朕这么安排是想让两队实力基本对等，这样比赛才有意思啊！"

听完李显的话，再看看东朋队那年老体弱、气喘吁吁的文官，场子里才稍稍安静下来。此时，西朋队队员抱着必胜的信心，个个伸展年轻有力的胳膊，摩拳擦掌，作好战斗准备。东朋队队员也是借助人数优势个个都铆足了劲儿,紧紧地拽着粗麻绳,等待裁判李显下令。

"大家注意,预备,开始!"李显终于大声一喊。

说时迟那时快,年轻的西朋队一个个脚蹬着地,身体向后倾斜,拼命往后拉粗麻绳,那插着鲜红大旗的四五十丈的粗麻绳开始微微向他们靠拢了。年老的东朋队一看形势不妙,赶紧统一节奏"一二,一二"集体发力,他们抓紧粗麻绳,瞪着圆眼,龇着牙,用自己的身体向后用力地拉拽。插着鲜红大旗的粗麻绳又开始移向东朋队这边了。西朋队急了,再一使力,插着鲜红大旗的粗麻绳又回移了些,东朋队一着急,插着鲜红大旗又移动了……这样一来一去,东朋队和西朋队各不相让,难分高下,比赛更加激烈了。

姜还是老的辣,年老的东朋队队员凭借着自己的丰富经验,从一开始就准备和西朋队进行拉锯战,不停地消耗他们的体力。现在,几个回合下来,年轻的西朋队明显有点儿耐心不够了,趁这机会,宰相唐休璟一声"一二,一二",年老的东朋队队员们眼睛瞪得大大的,脸憋得面红耳赤,他们用手死死抓紧绳子,用整个身体向后拖动,唐休璟、韦巨源等几位老臣随绳跌倒在地,面相滑稽,逗得在场所有人都哄堂大笑。年轻的西朋队员也乐了,这么一乐,坏了!他们松了手劲,年老的东朋文官队趁机取得了最终胜利。

由于轻视对方而被对方打败,年轻的西朋队队员心里那个不服气啊!他们大声嚷嚷:"皇上不公平,东朋队人多。"

"皇上不公平,皇上不公平。"

"重新比赛,重新比赛。"

随喜的观众也都跟着西朋队的队员起哄,场上的呼声一浪高过一浪。

李显当初定拔河比赛规则时,大家都没意见,现在比赛结束,他又如何肯更改比赛规则呢？他笑呵呵地大声说：

"这次比赛可是咱们先前定下的规则。大家不许反悔哟！瞧瞧你们西朋队，凭借着自己的力气，把人家东朋队的老宰相都撂倒了，还有什么不满意的呢？"

看着唐休璟、韦巨源等大臣们气喘吁吁跌倒在地半天爬不起来的滑稽模样，李显非常理解他们胜利的艰辛，他赶忙上前扶起还赖在地上没有爬起来的老丞相们。唐休璟起身揉着自己的腰，韦巨源拍拍身上的土，他们露出了孩子般灿烂的笑容。

梨花园的亭子里，韦香儿皇后居高临下，纵观整个拔河过程，乐得合不上嘴，妃子、公主笑逐颜开，她们那个乐啊。

拔河比赛是一项非常娱乐的体育项目，使得沉闷的皇宫生机勃勃。开元年间，皇上李隆基也是喜欢拔河比赛的主儿。李隆基他觉得拔河比赛不但可以"以求岁稔"，而且场面特别壮观，似乎有战场上千军万马奔腾的气势，很能展示队员的坚强意志和集体力量，还能够很好地展示国威。

每年春天，适逢清明时节，万物复苏，皇帝李隆基经常会在兴庆宫举办歌舞和百戏等活动。在百戏中，拔河比赛自然算得上一项特别热闹的群体活动，据说有一次，兴庆宫的拔河比赛，参加人数超过千人。嗬！好家伙！那场面得多大啊？咱先不说别的，光那拔河用的大麻绳，就得多长？你说这么庞大的拔河场面岂能错过？

长安城周围的百姓自然兴奋得睡不着觉。在这些睡不着的人群里，有一位年轻的进士薛胜。他是个不折不扣的拔河迷，用今天的话应该叫"粉丝"，他一听要举行拔河比赛，两眼就冒光。比赛那天，天刚麻麻亮，薛胜就急急忙忙往拔河赛场赶，走到长安城，城门才刚刚打开，薛胜进城后就直接奔向兴庆宫。皇家梨园里，拔河赛场的四周，彩旗飘扬，几十名金吾将军盛列旗帜，陈仗而立，肃穆庄严。再看四周的观众席上，早已围了乌泱乌泱的看热闹观众，薛胜瞅了个空隙钻进前排。当时，四个大小伙子也刚刚把一大捆粗粗的大麻绳子抬进赛场。这捆大麻绳子，直径粗得跟小伙子的大腿似的，一节一节地，不但系着五色小旗子，还左右拴着一些细麻绳子，那细麻绳子的直径少说也有小孩的大腿粗。薛胜看着他们把大麻绳小麻绳按照事先划定的场地展开放好，等待拔河比赛的队员进场。

此刻，兴庆宫周围的人群已经黑压压的，一圈儿围着一圈儿，足有万千的观众，有的引颈翘首，有的啧啧称赞。那身披黄金铠甲、短衣绣袍的金吾将军，带着随行的几名兵士挥动手中的白棒子踱来踱去，来回巡视，维持拔河场地的秩序。

观众席上，百姓望眼欲穿；花萼楼上，群臣翘首以待。挽着贵妃，簇拥众嫔，陪伴藩客，李隆基终于出现在花萼楼上。百姓高呼起来了：

"皇上来了，皇上来了。"

李隆基面带微笑，向百姓招了招手。有司安顿好远道而来的兄弟民族首领们坐定之后，李隆基向拔河场地中的金吾将军一挥手，金吾将军转身向侍御史裁判一挥白棒子。高台上的侍御史裁判领命，向锣鼓队那些袒露着上身的将军们一挥红色小旗，将军们挥动双臂，敲响了大鼓，那鼓声排山倒海，撼天震地。侍御史裁判高呼一声："勇士入场。"

伴随喧天大鼓声如雷霆的气焰，一千名身着两色服饰的勇士喊着"一二，一二"的号子，迈着整齐地步子跑进了拔河赛场。他们个个眼睛圆睁，鼓足力气，求胜之心压倒了一切。按照预定的比赛要求，这些活力四射的拔河勇士分成两队，每队500人，各就各位。他们个个挥舞着胳膊,展示着健壮的肌肉,一副副要胜于对方的神气。这时,比赛开始了。只见侍御史裁判要求双方各出一名代表,代表本队清检对方人数。两名队员出列,他们迅速跑到对方队伍。清检完毕之后,报告裁判。裁判官开始命令双方队员拉起场地上的大麻绳子。

眼看着拔河比赛就要开始,锣鼓队的将军们再一次擂鼓助威,鼓声如战事般急促,周围群众的心都提到嗓子眼了,一次又一次高呼,喧声振腾,加油之声响彻了整个赛场。大约半个小时,侍御史裁判见参赛勇士一切准备停当,就在高高的台子上,将手中的红色小旗往下一摆,扯着大嗓门喊了声:"预——备,开始!"

一声令下,拔河比赛开始了。"嘿哟,嘿哟""一二,一二",号子声是一声赛过一声,那甩着半个膀子轮着鼓槌的将军们,将那面大战鼓敲得"咚咚"地响。看热闹的百姓激情洋溢,挥动胳膊发出海啸般的呐喊助威声。那千名拔河队员更是鼓足力气,使出吃奶的劲儿,额头上青筋一条一条地绽出,他们的眼睛好像要蹦出来了,恨不得把对方吞于胸中。这些勇士热血沸腾,仰着脖颈,吼叫咆哮。他们脚定乾坤,匍匐不屈,汗流如雨,拽得那粗麻绳子上的彩旗忽左忽右地摇摆,甚至颤巍巍地立在那里,像一座即将被摧毁的城池"嘎吱嘎吱"地震颤着,顷刻间几乎要崩塌掉……

花萼楼上,李隆基和诸位大臣指点江山,豪气十足;杨玉环及众嫔妃拍手叫好,满面春风;北方民族首领们惊愕万分,瞠目结舌。望着气吞万里山河的大唐将士,北方民族首领不禁失声道:"君雄若此,臣国其亡。"

好一场拔河大戏啊!那是一场国威盛大的展示,那是作为大唐子民的骄傲!那是作为大唐子民的豪情!花萼楼上,北蕃呐喊,自愧弗如；群臣啧啧，仰脖观看；嫔妃面色殷红，个个笑绽。皇上李隆基更是笑逐颜开，呼令左右，挥金散钱，奖赏无数，彰显我大唐的盛世风范。一场史无前例的拔河比赛，真可谓达到了"九天阊阖开宫殿，万国衣冠拜冕旒"的效果。

宴席之上，诗性大发的李隆基要与群臣以诗论事。高力士自然抬来案桌，取来墨宝，铺好上等的纯白细密宣纸。李隆基挥动狼毫，立就《观拔河俗戏并序》：

　　俗传此戏必致年丰，故命北军，以求岁稔。
　　壮徒恒贾勇，拔拒抵长河。
　　欲练英雄志，须明胜负多。
　　噪齐山岌嶪，气作水腾波。
　　预期年岁稔，先此乐时和。

"燕许大手笔"宰相张说，面对皇上李隆基的豪情壮志，沉思片刻，随喜皇帝的情绪，写下了《奉和圣制观拔河俗戏应制》的诗，诗云：

　　今岁好拖钩，横街敞御楼。
　　长绳系日住，贯索挽河流。
　　斗力频催鼓，争都更上筹。
　　春来百种戏，天意在宜秋。

太棒了！太棒了！花萼楼上，以诗言情，痛快淋漓；观众席上，那年轻的进士薛胜再也按捺不住内心的激动，比赛结束回到家中，薛胜就把亲眼见到的拔河场面写成了《拔河赋》。诗赋曰：

> 皇帝大夸胡人，以八方平泰，百戏繁会，令壮士千人，分为二队，名拔河于内，实耀武于外。伊有司兮，昼尔于麻，宵尔于纫，成巨索兮高轮囷，大合拱兮长千尺。尔其东西之首也，派别脉分，以挂人胸腋，各引而向，以牵乎强敌。载立长旌，居中作程，苟过差于所志，知胜负于攸平。
>
> ……
>
> 胜者皆曰："予王之爪牙，承王之宠光。"将曰："拔百城以贾勇，岂乃牵一队而为刚？"于是匈奴失箸，再拜称觞，曰："君雄若此，臣国其亡。"

好一曲洋洋洒洒的《拔河赋》啊！一支生花的妙笔，一曲流畅的思绪。薛胜寄情于辞赋，铺叙了拔河场面之恢弘，烘托了拔河气氛之壮观，延续了大赋体制之铺张扬厉，堪比司马相如的《子虚》《上林》。薛胜的言辞之中，充满身为大唐子民的自信与自豪，透露出这场壮阔的拔河比赛目的，那就是为了向胡人（外族或外国人）炫耀唐朝的强盛实力，以达到不战而屈人之兵的目的，就是使"君雄若此，臣国其亡"。当然，咱们实话实说，薛胜这首诗的确写得不错，只是有点儿夸张了。《唐语林》云："明皇（玄宗）数御楼设此戏，挽者至千余人。喧呼动地，蕃客庶士，观者莫不震骇。"但还不至于"君雄若此，臣国其亡"。看来，作为文人的薛胜为了讨巧李隆基，故意夸大其词了。

一代名臣进士薛胜虽然夸大其词，但他的《拔河赋》还是有很多可取之处。《拔河赋》全面翔实地描述了李隆基时代一场生动浩大的拔河比赛，辞赋中对场地、器材、规则、裁判以及比赛的紧张激烈、扣人心弦，都写得惟妙惟肖、真切翔实，这对我们今天研究唐朝皇家梨园文化里的百戏拔河，可以说是一笔很难得的宝贵遗产。

由于薛胜的《拔河赋》是我国古代历史书稿里少有的辞赋作品，中唐封演就称赞它"其词甚美，世人竟传之"。《太平广记》引《感定录》记载这样的事情，李隆基的儿子李亨当了皇帝后，十分倚重名相李泌，对李泌言听计从。然而，李泌这个人别看他是当时的奇才，却参不透"一朝天子一朝臣"的奥妙，他多次向皇上推荐《拔河赋》的作者薛胜，说薛胜这个人能写出以"天子玉齿"对"金钱荧煌"这样的好句子，足见其才华横溢，可做国家栋梁之才。李亨却多了个心眼，认为薛胜是李隆基时代的老臣，恐怕不能为己所用，并没在意李泌的推荐。

从此，才华横溢的薛胜只好玉蒙尘埃，沉沦下僚，除了《拔河赋》之外，薛胜在历史上没有留下什么痕迹，这不得不让我们感到遗憾了。然而，历史毕竟是历史，历史滚滚，大浪淘沙，也给我们留下了更多的宝贵财富。

第十一章　渤海入朝

　　朝鲜半岛的高丽时期，僧人一然的野史《三国遗事》和李承休编的《帝王韵纪》都记载了一个故事：桓雄经父亲天帝桓因同意后，桓雄率风伯、雨师和云师等3000人下凡到美丽的太白山，建立了"神市"国（也叫倍达国），并为这个国家制定了法律和法则，还教给人类艺术、医学和农业技术。当时，山洞中的一只老虎和一只熊看到"神市"国里人类的美好生活，就一同去恳求桓雄。桓雄送给它们20头大蒜和一把艾草，让其吃完之后就冬眠，百日之内不能见阳光。没想到老虎终究耐不住寂寞，还是爬出了洞口见到了太阳，结果自己依然是老虎。听话的熊昏睡在黑洞里21天时就变成了女子，百日之后，"熊女"开始享受阳光的滋润，享受做人的快乐。可是，"熊女"却没有郎君和孩子，还是不能享受人间的温暖。于是，她就在一棵神檀树下向桓雄祈祷，希望拥有自己的孩子。没想到"熊女"的虔诚祈祷，打动了桓雄，桓雄娶"熊女"为妻。后来，他们生了个儿子檀君王俭。在辽河和大同江之间的土地上，王俭建立檀君朝鲜都阿斯达（"晨曦之国"），管辖朝鲜半岛北部和今中国东北的南部。公元前400年左右，都阿斯达迁都到平壤。这个故事当然是朝鲜半岛建国的传说了，听过热闹就完事，不必过分纠结，我还是说说真实的历史吧。

公元前 2 世纪初,辽东局势动荡,汉朝燕国人卫满率领一千多人反叛汉朝统治,来到朝鲜半岛定居。起初,他们居住在秦朝的旧障塞地带,不久,卫满得到朝鲜国王箕准的赏识,封地朝鲜西部百余里。公元前 194 年,卫满联合王箕准的部分反动势力进攻朝鲜国都王俭城,迫使箕准海逃到朝鲜半岛南部的马韩地区。卫满即位后,统一了朝鲜半岛的大部分土著人,并将势力扩展到了鸭绿江以南地区。卫满的孙子卫右渠统治时期,卫右渠不但自己不愿和汉朝发生贸易,而且还阻碍邻近其他部族与汉朝通商。公元前 108 年,朝汉战争爆发。汉武帝东征朝鲜,灭掉了卫满朝鲜,统治朝鲜半岛,并设置乐浪、玄菟、真番和临屯四个汉郡,按照汉朝的政治体制设立了裨王、相、大臣和将军等官职。

4 世纪以后,鸭绿江流域,兴起了一个以靺鞨族为主体并联合部分高句丽人所建立的高句丽政权,它兼并朝鲜北部各部落国家及"汉四郡";在朝鲜南部,百济消灭了 54 个小国而强大,另外的 12 个小国合并为新罗。朝鲜半岛进入高句丽、新罗和百济三国鼎立的"三国时代"。

朝鲜半岛上的政权和我国东北地区有着千丝万缕的联系,无论是政治上还是经济文化上。643 年,朝鲜半岛的新罗善德王与唐朝交往,后联合出兵高句丽,被高句丽王朝的贵族将军乞乞仲象(又叫大仲象)打败。接着,唐朝又发动了对高句丽的入侵,这次,唐朝打败高句丽,占领平壤。不过唐朝没有完全控制高句丽,高句丽反唐复兴运动发展迅猛,乞乞仲象与高句丽其他剩余部队在东牟山组织起来,建立高句丽复兴政权(史称后高句丽)。660 年到 668 年,新罗和唐朝联军先后灭亡百济、击败倭军、灭亡高句丽,进入统一时代。随后,唐朝在百济设置熊津等5个都督府,在高句丽设置了安东都护府,管理朝鲜半岛。高句丽王朝灭亡后,乞乞仲象迁徙营州(辽宁营州)定居。当时的营州,还是唐朝的管辖范围。648年,唐太宗李世民征讨高句丽时,路过营州,还封归顺唐朝的契丹大贺氏的酋长大贺窟哥为左武卫将军,后又以大贺窟哥为松漠都督府(在今赤峰、通辽一带)的第一任松漠都督,并赐姓左领军将军和无极县男为李氏。显庆初年,唐高宗李治拜大贺窟哥为左监门大将军。大贺窟哥死后,他的孙子枯莫离为左卫将军、弹汗州刺史,封归顺郡王;李尽忠,为武卫大将军、松漠都督。

661年,就在唐高宗李治与皇后武则天在泰山造像立"鸳鸯碑"后,中国的东北开始不安宁了。经济与军事发展迅速的靺鞨族,成为唐朝政权的较大威胁。676年,唐朝把安东都护府迁到了辽东;696年五月,松漠都督李尽忠等在营州反叛武周,杀营州都督赵文翙,自称无上可汗,侵略河北。乞乞仲象和儿子大祚荣也一道起来反叛武周。武周朝廷派兵讨伐,厮杀激烈,胜负不定。没想到第二年,乞乞仲象死了,大祚荣顿失靠山。698年,唐朝大将李楷固率军与大祚荣所率部下在天门岭(今吉林省哈达岭诸山)进行了激烈交战,唐军战败而归。而独善其身的大祚荣也率领部下迁往牡丹江上游的东牟山(今吉林省敦化市),修筑城池,自立为王,建立震国(意为东方的国家)。705年,唐中宗李显采取了与周边民族和亲共处的外交政策,派侍御史张行岌招慰大祚荣。为了表示诚意和忠心,大祚荣还派自己的儿子大门艺,随同张行岌到唐朝朝廷任职,唐中央政权与靺鞨的关系得到极大的缓解。

唐玄宗时期,高句丽虽然自治,但对唐朝依然是归顺的,唐朝著名军事将领高仙芝就是高句丽人,唐朝对高句丽王有册封的记载。开元元年(713)二月,李隆基派鸿胪卿崔忻以"勅持节宣劳靺鞨使"的名义出使震国，执行宣谕震国为忽汗州和大祚荣为渤海郡王的使命：册封大祚荣为左骁卫大将军、渤海郡王，仍以其所统为忽汗州，加授忽汗州都督，不再称其为震国，而专称渤海，正式隶属于唐王朝。735年，李隆基将浿江（今大同江）以南划归新罗所有，新罗首次统一了大同江以南的朝鲜半岛。统一后的新罗改革官僚制度，进入鼎盛时期，政治、经济和文化蓬勃发展，同中国和日本等国家的贸易、文化往来十分密切。

渤海国自从大祚荣在位22年开始，传位15代王，初步创建了一个政治经济文化迅速发展的多民族政权，为渤海国的长期稳固奠定了基础。渤海国辖域包括今中国东北地区一小部分地区、朝鲜北岛的东北部和俄罗斯的南滨海地区。渤海国同近邻唐朝亲睦和好，陆续派遣大批留学生与学问僧来到唐朝交流学习，他们把盛唐文化源源不断地带回渤海，同时也把东北地区的本土文化带到中原，有力地促进了中国古代文化的丰富开发。

北起登州、莱州，南到楚州、扬州，大大小小的唐朝进货码头，可以说都留下了很多新罗商人来到大唐贸易的足迹。他们给中国唐朝带来了药材、皮毛、金银和工艺品等，丰富了中国唐朝的日常生活，同时，中国唐朝的丝绸、瓷器、茶叶、诗文、佛经以及书籍等物品也由他们源源不断地传入渤海乃至朝鲜半岛，推动了朝鲜经济文化等方面的发展。

因为相邻，所以相知；因为相知，所以相惜。据《唐会要》卷三五《学校》条和《登科记考》分别记载："贞观五年以后，太宗数幸国学，太学，遂增筑学舍一千二百间……已而高丽、百济、新罗、高昌、吐蕃诸国酋长，亦遣弟子请入国学……""（唐）自天下初定，增筑学舍至千二百区，虽七营飞骑亦置生，遣博士为授经。四夷若高丽、百济、新罗、高昌、吐蕃，相继遣弟子入学，遂至八千余人。"还有在音乐文化上，朝鲜音乐中的《高句骊》《百济乐》等经过朝鲜艺人传到长安，《高句骊》在唐太宗时期就成为"太宗十部乐"里重要的一部。诗仙李白在《高句骊》一诗中写道："金花折风帽，白马小迟回。翩翩舞广袖，似鸟海东来。"李白的诗歌，不但给我们描绘了朝鲜舞女像鸟儿一样，从海东（今朝鲜）飞到咱们大唐国土献舞给唐朝的情景，同时也如实地点出了高句丽舞蹈的艺术特点。唐朝皇家梨园非常珍视《高句骊》的舞蹈艺术，梨园弟子竞相模仿，吸收精华，很快将其转化成自己民族乐于接受的舞蹈，从而使得《高句骊》舞蹈艺术在中华大地上名垂千古。李隆基时期，颁布《令蕃客国子监观礼教敕》，云："……今远方纳款，相率归朝，慕我华风，孰先儒礼，由是执于干羽，常不讨而来宾；事于俎豆庶几知而往学。"这时期，渤海国来唐朝长安的朝献者有29次；"安史之乱"中，新罗使臣也跟着来到西蜀觐见，李隆基写诗《赐新罗王》一首。唐代宗李豫大历年间，渤海国来长安朝献者25次，其中曾献11名日本舞女。唐宪宗李纯时期，高丽国派使臣朝见大唐皇帝，带来了八十多年前王维在送给岐王李隆范那幅画里所缺的石头。唐代诗人刘禹锡有《酬杨司业巨源见寄》一诗中的"渤海归人将集去，梨园弟子请词来。"这些朝见者、留学生和舞女等在客观上促进了中朝文化的发展。随着朝鲜半岛上风起云涌的战争，新罗吞并了百济和高句丽，后来，凡是来自朝鲜半岛的留学生就特指新罗留学生。在唐朝的外国留学生中，以新罗人为最多。据有关史料记载，唐朝接收新罗留学生，仅开成二年（837），到唐朝来的新罗学生人数多达216人，而开成五年（840）四月，一次回国的新罗学生则有105人。新罗留学生中还有不少人参加过唐朝的进士科举考试，有人进士及第后,还留在唐朝做官。有的回到新罗。

那么,为什么大唐对新罗学子有如此大的诱惑力呢?究其原因,除了大唐的繁荣和中国文化的艺术魅力外,还和唐朝的"宾贡科"有关。什么是"宾贡科"?

"宾贡科"就是指大唐对外国留学生要以宾礼相待,准许其参加大唐的科举考试,还会给予适当的照顾,比如录取分数可以适当放低,凡考中者,可以像大唐子民一样为官,还可以为大唐建功立业等。看来宾贡进士与唐朝本土进士还是有区别的。举个例子,一向被韩国学术界尊奉为韩国汉文学开山鼻祖的新罗大诗人崔致远,868年,刚刚年满12岁的崔致远就辞别新罗的亲人,只身随商船西渡入唐,临行前,满脑子"及第进仕光耀门楣"的父亲崔肩逸严苛告诫儿子:"十年不第进士,则勿谓吾儿,吾不谓有儿,往矣勤哉,无惰乃力。"6年学习后,崔致远参加了大唐的科举考试,没想到还真中了大唐的进士。按理说这下好了,崔致远或归或留,总可以自由选择了。

然而事实却不是这样,因为按照咱们大唐的律法,及第两年后通过吏部的遴选,方能获得进仕资格。这两年对崔致远而言,可以说是很不如意的两年,崔致远因留学身份的结束而失去政府的资助,没有经济来源,只能走文学创作的糊口之路了。

大家想想,在我们的诗国大唐,随便拉出一个人,几乎都可以称得上诗人,崔致远想在文化大唐里冒尖,他的文学创作道路好走吗?崔致远开始"浪迹东都,笔作饭囊",靠给人家写点儿小文章,混俩钱生活,崔致远的文学创作的糊口之路的确不容易啊!东都洛阳,虽然繁华无比,可繁华终究是别人的,崔致远还得过四处游历、飘荡无着的生活,曾经登第造顶的理想被残酷的现实彻彻底底地粉碎了。进,则"东飘西转路歧尘,独策羸骖几苦辛";退,则"不是不知归去好,只缘归去又家贫"。进退两难间,崔致远只能蛰伏与等待,等待大任降临兼济天下,等待施展抱负报效家国。就在这种广交文友、唱和酬答的生活中,崔致远好不容易逮住了个机会,他被大唐朝廷任命为溧水县尉。这可是个不错的差事,能解决自己的生存问题。在崔致远任职三年间,官闲禄厚,他更是以文会友,最终将自己在溧水所做的诗歌汇成一部五卷的《中山覆篑集》。

然而,文人的心底就是脆弱,远离繁华热闹的长安、洛阳,地处僻静的溧水,思乡之情油然而至的崔致远自然心生落魄,他常常莫名其妙地备感孤独。"秋风惟苦吟,世路少知音。窗外三更雨,灯前万里心"。特别是在游历南京郊县高淳固城湖畔的"双女坟"之后,闻得双女故事,凭吊孤坟时相惜之情油然而生,留下七律一首:

> 谁家二女此遗坟,寂寂泉扃几怨春。
> 形影空留溪畔月,姓名难问冢头尘。
> 芳情倘许通幽梦,永夜何妨慰旅人。
> 孤馆若逢云雨会,与君继赋洛川神。

崔致远的这首《仙女红袋》,显然是秉承唐人传奇的特点,色彩绚丽,情节奇幻,用神秘梦境来引导,述说心中的愿望。诗中文人和美人的心灵知遇、默契与惺惺相惜,成了崔致远人生理想最完美的追求。

880年,溧水县尉任职期满,崔致远想西回长安。然而,面对势如破竹的黄巢起义,长安沦陷,崔致远自觉西行无望。正当他四顾茫然之际,经友人顾芸推荐,崔致远入幕镇压黄巢起义的大将军扬州高骈门下，聘为从事，补都统巡官，凡军中表状文告皆出其手。后来再升官，成了殿中侍御史。

中和四年（884），崔致远的弟弟崔栖远也由新罗涉海来到大唐，手捧家书敬迎崔致远回国。此时的崔致远，迫切地想用在大唐学到的满腹经纶、治政良策，回国报效新罗王朝，振兴自己的民族。于是，崔致远就把自己的想法上报唐朝朝廷，征得同意后，以大唐三品官衔的身份出使新罗，后在新罗继续担任翰林学士、兵部侍郎等重要官职。其间，崔致远将自己宦游幕府时为淮南节度使高骈代撰的各种表状书启及自作诗文汇编成《桂苑笔耕集》20卷诗文集行世。这部诗文集对于我们今天研究晚唐政治、军事以及外交等历史，特别是黄巢起义时期的乱世之治，都具有重要的史料价值。由于崔致远文学造诣极高，得到了朝鲜和韩国后世的众口同赞。死后被追谥文昌侯，入祀先圣庙庭，尊为"百世之师"。

除崔致远之外，到大唐的新罗人还有崔彦㧑、金可纪和金夷吾等，另外还得提一个出家的新罗国（今朝鲜半岛东南部）的王族金乔觉。金乔觉是唐高宗李治年间出家为僧，携带他的白犬善听航海来华，久居中国佛教名山九华山，得闵公地建大道场，苦修多载，圆寂后肉身三年不腐，僧众以其为"地藏菩萨灵迹示现"，遂建肉身塔以供奉，尊为"金地藏"。总之，这些为中朝友谊做出贡献的人民，永远地被中朝人民记住。

我们大唐的盛世文化，对朝鲜半岛影响非常巨大，而且是多方面的。中国古典文学如《左传》《文选》以及诸子百家等书也成了朝鲜文学的经典。李白、杜甫和白居易等大唐诗人的诗歌成为新罗所有文人心中的高度。有首关于李白的歌谣："月儿月儿何皎皎，诗仙太白曾游历。

遥遥明月在彼方,团团花儿桂树枝。手执玉斧掘地穴,挥舞金斧砍叶枝。搭得三间茅草居,迎来双亲喜滋滋。年年岁岁千万年,生生息息无休止。"这首歌谣就是用朝鲜母语写成的。而"骑上浩然黔之驴,带上李白千日酒。返得五柳村,来寻陶潜居。葛巾饮酒盆,声声响细雨。月儿月儿月儿明,李白曾游圆月亮。李白乘鲸飞天后,将同何人共游浪。吾亦风月一豪士,与吾游乐更无人。"这种对中国诗人集体形象的细致描绘,更让新罗文人百看不厌。还有《全唐诗》中记载的"推敲诗人"贾岛过海时曾和高丽使联句,其中高丽使句:"沙鸟浮还没,山云断复连。"贾岛联:"棹穿波底月,船压水中天。"这些自然成为中朝两国人民的佳话。另外,《全唐诗》还记载了无名氏的《高丽镜文》:"三水中,四维下,上帝降子于辰马。先操鸡,后搏鸭。己年中,二龙见。一则藏身青木中,一则见形黑金东。"

　　大唐的盛世文化不仅仅影响了朝鲜半岛的诗歌创造,同时还影响了朝鲜半岛的方方面面。例如:675年,新罗开始采用唐朝的历法纪年;639年至749年,新罗相继设立了医学、天文和漏刻博士,专门研究大唐的医学、天文和历法;8世纪中叶,新罗还仿效唐朝的政治制度改建自己的行政组织;788年,新罗仿唐采用科举制来选拔官吏等等。还有,朝鲜半岛本来没有文字,7世纪末,新罗学者薛聪,即新罗文武王时期的汉学家,他起草了很多涉及唐朝和日本的汉文书信,对于联合唐朝灭亡百济和高句丽有一定的联络沟通贡献。就是这样一位汉学家,他为朝鲜创造了"吏读"法。什么是"吏读"法呢?就是用汉字作为音符,来标记朝鲜语的助词以及助动词等,目的是帮助阅读汉文,推动朝鲜文化发展。大唐著名的宫廷软舞《春莺啭》,就是前来朝拜大唐的朝鲜友人传入朝鲜,并且得到了朝鲜上层社会的喜欢。据说李朝王子在其母亲 40 岁的生日宴会上，就是用美丽的宫女表演《春莺啭》来祝福母后安康长寿，简直把李朝王子的母后乐坏了。朝鲜李朝（李太王李熙）仪轨厅所刻印的《进馔仪轨》里也有关于《春莺啭》的详细记载。其中不但有优美的舞曲，还有"娉婷月下步，罗袖舞风轻。最爱花前态，君王任多情"的创意歌词，那"春莺啭……设单席，舞伎一个，立于席上，进退旋转，不离席上而舞"更是栩栩如生地刻画出了《春莺啭》的场面。更有甚者，朝鲜《春莺啭》一书，不但有曲有词，还附有一幅优美的舞姿图：方毯之上，一名身轻似燕的女舞伎，头上戴着美丽的簪花，身上穿着敞袖短衣，细腰间的帛带随风起舞，那飘逸的裙袂摇曳着阵阵仙风，她展开双臂欲飞……这些，简直到了对大唐文化膜拜的地步。

总之，朝鲜半岛和中国大地毗邻接壤，有着这样那样千丝万缕的联系，古代朝鲜半岛接受的就是中国的传统文化，《诗经》《楚辞》在两国间源远流长。

第十二章　土袋开绽

《梨花雨韵》一书中，我已经简单地提到过"筋斗裴"兄妹的故事，这章接着说他们还没说完的故事。我们知道唐朝开元年间，皇宫梨园内有一对从西域疏勒国（今新疆喀什）来的兄妹：哥哥裴承恩是以翻筋斗闻名的舞蹈家，号称"筋斗裴"；妹妹裴大娘是皇宫梨园里著名的歌唱家，唱歌相当有磁性，连皇帝李隆基都被裴大娘的歌声磁化了。李隆基不但自己常听裴大娘唱歌，而且经常让神笛手李谟为其伴奏，这在梨园里成为一时佳话。

也许，开放的西域文化受不了大唐文化的约束，年轻风情的裴大娘像鲜花一样招蜂引蝶。许多男人都对裴大娘大献殷勤，甚至为了得到她的好感而相互动粗。这可不是什么好事！做哥哥的看在眼里，急在心里。裴承恩心里明白妹妹已经长大成人，应该给她找个人家来托付终身，他开始在梨园里物色合适的人选。经过多方面的观察和比较，裴承恩相中了杂技部的好友侯生。这个侯生，虽说和裴承恩同属于梨园杂技部，但是技艺有别，裴承恩是个翻筋斗艺人，而侯生是个戴竿艺人。戴竿艺人好啊！一身好力气，言语又不多，性格温和，做人还敦厚实在。一次小聚，裴承恩终于把自己的意思向侯生表明。侯生听了，自然是喜欢极了。

在裴承恩的撮合下，侯生很快就集中火力，对裴大娘进行攻坚战斗：今天送点儿小礼物，明天一起去郊游，后天再一起吃个便饭……起初，裴大娘只是把侯生当成哥哥对待，"哥长哥短"地叫个不停。等叫顺口了，这位侯哥哥就不太老实了，没人的时候，他也会在裴大娘跟前讲个荤段子，没想到裴大娘不但不恼，反而还能笑出声来，甚至动手捶他。也许只是一个不经意的动作，促成了他们的姻缘。后来，侯生的笑话就越讲越多了，听得裴大娘心里热辣辣的。

终于水到渠成了，裴大娘感情的天平开始倒向侯生这边了，也许，这个来自西域的姑娘就希望有人不停地撩拨她的感情世界，她情感的花儿才能开得更旺。而文艺青年侯生和裴大娘，经常沉醉在昆仑山上的瑶池梦幻里，那绝色西王母和英俊周穆王的瑶池夜宴，便成了他们精神的最高追求。终于，一对新人在同伴的羡慕和祝福中走到一起了。

秋风起兮，花屋锦帐，红烛燃尽。一对新人拥衾而卧……

婚后的侯生，因为有了一份牵挂，所以更加努力地工作。白天在舞台上，他努力地表演技艺，以求获得更多的赏赐；晚上在家里，他对自己的娘子言听计从，乐不思蜀地享受着二人世界。慢慢地，侯生开始有点儿力不从心了。而裴大娘呢，她是个身体素质相当好的女人，她似乎有用不完的劲儿。白天在舞台上，她是从天山上下来的仙女，那欢快的舞姿、磁性的歌声，常常迷倒一大片观众。晚上在家里，她需要完全地放松自己。当饱满的热情遇到漫不经心的时候，裴大娘的自尊心似乎被深深地伤害了。得不到侯生过分关爱的裴大娘开始厌烦琐碎的日常生活，厌烦汉族繁缛的礼节，她希望尽情地享受青春年华。后来，裴大娘开始把目标瞄准了外面的世界，由暗恋到疯狂，她爱上了一位更有特殊才华的梨园弟子，那人就是在皇上李隆基身边待了很长时间的"长人"赵解愁。

提起赵解愁,梨园里可谓无人不知无人不晓。唐朝诗人张祜《千秋乐》诗:"八月平时花萼楼,万方同乐奏千秋。倾城人看长竿出,一伎初成赵解愁。"说的就是这位赵解愁在千秋节时表演的长竿的情景。

赵解愁不但技艺精通,而且又谈笑风生,闲暇之际,总是滔滔不绝,给皇家梨园的兄弟姐妹们带来无限的快乐。裴大娘虽说已经是嫁了人的小媳妇,可依然有很多倾慕者,她依然和大家一起说笑。这样一来二往,裴大娘和赵解愁两个人的关系变得暧昧起来了。

《诗经·国风·卫风》中有这样的诗句:"投我以木瓜,报之以琼琚。匪报也,永以为好也!"什么意思呢?就是说你用木瓜送给我,我用美玉回报你。美玉不单是回报,也是为求永相好。那么裴大娘和赵解愁是如何勾搭上了,其实也是来源于这些小的事情。有一次,宜春院的裴大娘去云韶院找侯生有事,当她到了云韶院,碰巧侯生正好出门在外,作为侯生哥们的赵解愁招呼嫂夫人裴大娘,就顺理成章了。面对这么漂亮、这么高贵的嫂夫人,赵解愁自然是尽到做弟弟的本分,又是让座又是端水的,还陪着嫂夫人拉拉家常,打发尴尬的时光。

没想到赵解愁这么体贴人、关心人,裴大娘心里就很不是滋味了,干吗天下的好男人都是别人的郎君呢?也许是出于感激,裴大娘给侯生带好吃的时候,总是多放一点儿,并且嘱咐侯生请赵解愁一起分享。赵解愁也常把皇帝李隆基赏赐给他的丝缎什么的小东西送给侯生。其实,这样你来我往本来是再正常不过的交往。可是,事情并没有按照正常的交往发展。赵解愁犯了个大忌,那就是朋友妻不可欺。赵解愁和裴大娘都动了不该动的心思。两人就在这你来我往中产生了男女之情,直至"一日不见如隔三秋",甚至到了"有美人兮,见之不忘,一日不见兮,思之如狂。"

常常趁表演的空暇,两个人眉目含情,眼送秋波,直至投怀送抱,浅尝辄止。这些已经超出了朋友的界限,可他们还不悬崖勒马,终于发展到前面是悬崖,他们也要跳下去的地步。

有一次,演出结束后,赵解愁磨磨叽叽地没有离开,干吗呢?等裴大娘卸妆出来啊!好半天工夫,人们都已经全部离开了,裴大娘这才姗姗来迟。赵解愁把裴大娘领到一个僻静的地方,那叫一个相见时难啊!一阵疯狂的拥抱之后,两人就做下了男女之事。

在舞台上,演员是角儿,要演激情的角色;在舞台下,演员是人,要过平常的生活。生活毕竟是生活,没有更多的激情,平平淡淡。生活中的女人本身并没有多少感情涟漪可以上演,尤其是偷情这种事情。女人偷情这种事情,郎君总是最后知道的。可怜的侯生,自己戴了个绿帽子还不知道。女人是感情动物,最怕的就是有了私情。一旦产生了私情,往往会做出极端的事情。裴大娘为了情,做出了一个惊人的决定,那就是杀死自己的男人。

只要敢想,机会还是有的。有一天侯生病了,哼哼唧唧地躺在床上,伺候多日的裴大娘,脱不开身去私会赵解愁。赵解愁等得猴急,一见面就埋怨裴大娘绝情。身心疲惫的裴大娘也生气了,就对赵解愁抱怨:

"你说我绝情?你若有本事就毒死俺家那个死鬼,我跟你过,省得让我整天伺候他。"

说者无意,听者有心。没想到裴大娘的一句气话,让赵解愁动了歹心,他怎不想把这个漂亮女人据为己有呢?可怕的心魔一旦侵入人的大脑,就会使人疯狂起来。送走裴大娘后,赵解愁赶紧到酒肆订了一桌好饭,约上王辅国和郑衔山等几个铁哥们吃酒。酒桌之上,半醉之时，他们商量给侯生的粥里弄点药，药死他算了。

王辅国和郑衔山酒后虽然嘴上答应，可是心里老大不情愿，毕竟大家都是梨园的好兄弟，再说了侯生还是他们的好同乡、好哥们。药死同乡哥们，这算什么事啊？

"怎么办呢？咱们到底是做还是不做？"背着赵解愁，郑衔山着急地问。

"做啊！并且光明正大地做。"王辅国说。

"做坏事还光明正大？你脑子没烧坏吧？这事儿怎么做？"郑衔山惊讶地问。

"咱们一方面听赵解愁的安排，一方面暗中把怎么做的消息传递给侯生，让他提前准备应对。"

"咦，你这办法好！"郑衔山点头称赞起来了。

"这还不是被逼的。"王辅国苦笑着。

这天下午，梨园里没有什么活动，正常的排练结束后，赵解愁约王辅国、郑衔山来到一个僻静的地方。

"兄弟我这一辈子没有别的奢望，就是想把这个女人弄到手，为了她，我豁出去了，今天约你们来，我就是下了狠心的。"赵解愁下定决心地说道。

"哥哥，你说怎么做，我们兄弟俩听你的安排。"王辅国乖巧地说，同时，用胳膊碰了一下郑衔山。郑衔山赶紧应道："就是，我俩都听哥哥的。"

见铁哥们同意，赵解愁就说："散开后，你们俩去找3克柳叶桃给我拿来，晚饭时，让裴大娘把它熬在粥里给侯生喝。"

"行，行，我们这就去。"二人答应了。

离开了赵解愁，王辅国和郑衔山径直前往长安西市。这可是人命关天的事情，他们开始商量怎么把这么重要的消息传递给侯生。说来也巧，正当二人急得满头大汗时，过来了两个人。他们一看，原来是梨园里杂技部最不会说话的兄弟薛忠和王琰，王辅国和郑衔山就让他们把当天晚上千万不能喝粥的事情传递给侯生了。

还真如他们说的，当天晚上，裴大娘精心地熬好红枣大米粥给侯生喝。

"瞧我一天忙的，都没时间给你做顿饭，今晚，我特意给你熬了红枣米粥，好好给你滋补滋补。"裴大娘言语相当温柔，让侯生都有些感动了，可一想起朋友的嘱咐，他自然明白了一切。

"难得啊！我这一病几天了，难得让你费心了！"

端起了红枣米粥，侯生的手开始哆嗦了，趁裴大娘不注意，将红枣米粥碗掉到地上，他连忙说：

"瞧我这手，平时手劲儿很大，这一病，连碗红枣米粥都端不起来了。"侯生故作歉意地说，目的还是想给裴大娘一个改过的机会。

"既然红枣米粥倒了，就算了。"裴大娘悻悻地打扫完地上的脏物。走出家门去，到一个僻静的小酒肆看见赵解愁和王辅国、郑衔山正在饮酒。裴大娘对赵解愁说：

"没弄成，他不肯喝粥。"

赵解愁郁闷道："那怎么办呢？"

裴大娘狠心道："一不做二不休，趁他晚上睡着了，我们用大布袋装满土压在他身上，闷死他。"

赵解愁立马同意了，只是随口说了一句："大布袋很重啊。"

说者无意，听者小心。一边喝酒的赵衔山正愁没机会救侯生，赶紧说："没事，赵兄，我来背大布袋。"

真是一招不成，另想他招。赵解愁与裴大娘连夜赶到侯家。裴大娘先进屋，见侯生已经入睡，便将灯吹灭，招呼赵解愁和郑衔山二人进来。郑衔山还扛了个大布口袋，大布口袋里装满了黄泥土，直奔侯生床前。容不得侯生说话，郑衔山就先动手，愣是把装有黄泥土的大布口袋摁在侯生的脸上，并且死死地捂住，直至天亮。

忙活了一个晚上，赵解愁和郑衔山趁着天还没亮悄悄地走了，裴大娘也累得半死，"噗嗒"一声坐下来，长出了一口气。

裴大娘望着横死在床上的侯生，想自己以后能和赵解愁夫妻双双把家归，心里总算松了口气。

"你这个臭婆娘，竟敢伙同奸夫暗杀亲夫，我往日待你的情分都喂狗了。"

一句虽低沉却铿锵有力的声音在屋子里响了起来，裴大娘吓个半死，以为死鬼催命了，她赶紧回过头，看见侯生从床上坐起来，正怒视着她。

怎么回事呢？难道侯生这个死鬼真的复活了？当然不是。什么原因呢？原来昨晚，郑衔山在按大布口袋时，有意留了个缝，没压着侯生的口鼻，侯生自然就死不了了，只是在床上躺着就势配合他们演戏罢了。

事情败露后，侯生在梨园里大闹一场，扬言要上告皇上。可惜，侯生闹的不是时候，恰逢赶上李隆基和杨玉环也在梨园里偷情，梨园总管李龟年劝侯生息事宁人。侯生不依不饶，李隆基终于知道侯生的事情，就对李龟年说：

"侯生和裴大娘的事情，毕竟是咱们内教坊云韶院和宜春院两院的事情，既然没出什么大命案，就让教坊使教训一下吧。"

教坊使范安及开始认真地追查此事。鉴于侯生还活着，就从轻发落，把裴大娘、赵解愁和郑衔山等人各打一百大板，打了个半死。

人常说"好事不出门，坏事传千里"。裴大娘谋杀亲夫的消息传了出去，梨园里炸开了锅。大家议论纷纷，哥哥裴承恩自然脸上无光，他躲在远处生妹妹的闷气。裴承恩整天闷闷不乐，表演时经常走神，这些被梨园老总李龟年看在眼里，他趁空闲时找到裴承恩，说道：

"筋斗裴，我知道你是一个很好的人，无论是为人还是演技，最近，你妹妹的事情让你很分心，你在表演时经常出错，这很危险，我很为你担心。人在年轻的时候，难免会做出一些荒唐的事情，只要能改就行了，你又何必斤斤计较呢？既然事情已经过去了，赵解愁也知道错了，你妹妹妹夫夫妻俩也相安无事，安安宁宁地过日子，这不是很好的结果吗？你干吗还和自己过不去呢？什么事情都不能太计较，睁一只眼闭一只眼就行了。"

听完李龟年的话，裴承恩心里的包袱总算放下了，他不再想这件事了，开始专心致志地工作了。

裴大娘的事情总算过去了，从此以后，梨园里的女子开玩笑打趣的时候，还提到裴大娘的这件事：

"女伴儿，你以后谋杀亲夫的时候，缝口袋一定要缝仔细啊，千万别开绽啊！"其实，她们并不知道侯生没死不是因为土袋绽裂，而是因为郑衔山根本就没有压住侯生的口鼻。不信试试，就算你没缝紧，看看土袋真的会开绽吗？所以凡事，我们不能被表面现象所迷惑，我们更应该探究事情的本来面目。

这就是"土袋开绽"的故事，可以说是世界上最笨的谋杀亲夫案了。

第十三章　弁正还俗

　　琴棋书画，指的是琴瑟、弈棋（大多指围棋）、书法和绘画这四种流传下来的艺术品或者人们掌握的技艺。琴棋书画是古代文人骚客，当然也包括一些名门闺秀修身所必须掌握的技能。今天，咱们只说说琴棋书画里的围棋。

　　在中国古代的棋类中，围棋是一种比较有策略性的棋盘游戏，这种游戏使用格状棋盘及黑白二色棋子进行两人对弈。相传 4000 年前我国就有了围棋，可以说围棋是各种棋类的鼻祖。据战国时史书《世本》所言，围棋为尧所造。晋朝人张华在《博物志》中写道："尧造围棋，以教子丹朱。或云：舜以子商均愚，故作围棋以教之，其法非智不能也。"也有人认为，是夏禹时期的人创造出来的，这种观点，明人陈仁锡《潜确居类书》中"夏人乌曹氏（禹的臣子）作围棋"可佐证。

　　不管造围棋的是尧舜也好，夏人乌曹氏也好，这些都是传说，也可能只是后人的一种附会，现在都已经很难考证了，但围棋作为一项具有悠久历史的文化娱乐活动，这已无可辩驳了。

　　围棋一词，来源于《左传·襄王二十五年》疏中"棋者所执之子，以子围而相杀，故谓之围棋。"另外，围棋也有"弈""碁"和"手谈"等多种称谓。春秋战国时期，围棋已在社会上广泛流传了。秦朝统一后，围棋活动的记载较少，仅有葛洪的《西京杂记》提了西汉初年"杜陵杜夫子善弈棋，为天下第一人"这么一句。东汉中晚期，围棋活动又逐渐盛行。东汉马融的《围棋赋》中将围棋视为小战场，把下围棋当作用兵作战。汉末，许多驰骋疆场的杰出人物如曹操、孙策和陆逊等，都喜欢下围棋，"建安七子"之一的王粲，还是一个围棋专家。南北朝时期，统治者喜好弈棋，还以棋设官，建立"棋品"制度。文人学士更是以清谈为荣，弈风更盛，"坐隐""手谈""忘忧"和"烂柯"等这些名词其实都是指下围棋了。大家可别误以为"手谈"是日本人的叫法。在英语中，围棋的名称是"GO"，来源于日语，据说这是隋唐时期围棋经朝鲜传入日本，再流传到欧美各国，这些咱们这里就不做考证了。

隋朝时期，随着隋炀帝对外扩张，围棋被带到了朝鲜半岛。到了唐朝，由于帝王们的喜爱，围棋发展很快，对弈之风遍及全国。唐高祖李渊父子对围棋有着浓厚的兴趣，李渊爱好围棋，甚至达到"通宵连日，情忘厌倦"的地步。李世民从年轻时起，就非常喜欢下围棋。《旧唐书·裴寂传》记载李世民欲举大事，令裴寂借与李渊弈棋之机，劝说李渊在晋阳起兵。唐人杜光庭在《虬髯客传》还记有李世民观虬髯客与刘文静下棋的传说，虬髯客一见李世民，惊为天人，知道世上已有"英主"，从此打消与他争夺天下的念头。唐朝的王公贵族、达官名人、民间三教九流、贩夫走卒、引车卖浆者也都喜欢上了下棋，甚至连三尺童子也懂棋艺。据史料记载，702年，日本第七次遣唐使团共160人抵达京城，武则天亲自在麟德殿宴请国宾，文武百官陪宴。席间，一位来自日本奈良的留学僧弁正（也有人称辨正），想和朝廷的棋手对弈，武则天就让李隆基和他对弈，为此还赏赐他们很多奖品。

李隆基即位后，全国已经变成了一个艺术天地，诗歌、书法、绘画、音乐和舞蹈等都成为历史发展的高峰，围棋自然也不甘落后。李隆基还在朝廷设立了翰林院，搜罗全国僧道、书画、琴棋和数术等杰出的艺术人才，谓之待诏，其中就有棋待诏。所谓棋待诏，指奉皇帝之命，专门等待皇帝诏入侍奉皇帝下棋的人，这可是经过层层选拔的下棋高手，有固定俸禄的。如王积薪和郑观音等就是李隆基的棋待诏。

李隆基对围棋研究颇深，经常召集国家的围棋高手切磋棋艺，他的爱妃杨玉环就常常陪他下棋。李隆基还在全国举行下棋神童选拔，得知一个叫李泌的七岁孩童棋艺超绝，就让李泌替自己和宰相张说对弈，没想到这个小家伙句句不离棋而无棋字。李隆基龙颜大悦，临别时，嘱咐李泌父母要悉心教导这个孩子，预言此孩子将来必成栋梁之材。后来，李泌果然功勋卓越，成为肃宗、代宗和德宗三位皇上的宰相。

李隆基年少的日本棋友弁正，生性诙谐，精通围棋，且善谈论，他和李隆基多次对弈。由于对唐朝文化的崇拜，在唐学艺期间，弁正还给自己起名俗姓秦氏。

李隆基爱好围棋，在围棋界闻名。周围一帮棋待诏，更是棋味相投，他们陪着李隆基高兴。弁正自然成为唐宫相府的常客。一次，在宰相张说府中，围棋国手王积薪和张说弈棋，弁正和僧一行高僧围观。王积薪仗着棋艺高超，根本不把张说放在眼里。他侃侃言谈之中不免有些飘飘然，把弁正震惊得五体投地。而此时，在一旁不懂棋道却懂佛理的僧一行，从棋盘的世界里感应到天上的星辰，进而顿悟到星辰间相互纠缠、相互融合和相生相克的奥秘。僧一行用天文和算术进行了一番推算，发觉出棋圣王积薪的自大，就说"此但争先耳。若念贫僧四句乘除语，则人人为国手"。大家以为玩笑，根本没在意。谁知不久，僧一行对弈王积薪竟然获胜，成了大唐的围棋高手。真是天下之大，高人无处不在啊！王积薪很受教育，从此不敢自负了。当然，这些对弈上的道理，日本的弁正无论如何是理解不透的。

独上高楼，铺开棋盘，与天子对弈。无论胜负，回头一览长安皇宫，梨花烂漫，南山顶着未化的积雪，飘浮在云层之上，如此洁净美好的境地，这难道不是弁正最向往的世界吗？

往返于梨花丛中，那里有了谈棋论道的朋友，锦胸绣口间，莫不让自认为博学的弁正流连忘返。而梨花园里，那位通晓棋艺的俊俏青年，几乎占据了弁正的整个身心，他为之痴迷。

"东晋十六国时期的高僧鸠摩罗什，认为围棋对佛门僧人的修行作用很大，他说：'若至博弈戏处，辄以度人。受诸异道，不毁正信。虽明世典，常乐佛法。'"

"什么意思？你能否解释明白？"弁正谦虚地请教俊俏的青年。

"大致意思就是佛教与围棋结缘，从最初的排斥到最后的宽容，甚至出家人到社会上那些下围棋的地方去，和他们一起下棋，同样可以弘法度人。"

"哦！"望着眼前的围棋，弁正若有所思。

"你知道南北朝时期梁朝开国皇帝吗？"年轻的小伙子放下手中的棋子问弁正。

"是梁武帝萧衍吗？"弁正说。

"他的一生做了两件事：修佛和研究围棋。"

"愿闻其详。"

"这是一位酷爱佛教、优待僧侣、大修寺庙的皇帝，他修佛至痴，四次舍身出家到同泰寺当寺奴，后被大臣用国库巨资得以赎买还俗；

他爱棋至狂,重用会下围棋的大臣,甚至和他们一下棋就通宵达旦。萧衍的围棋水平甚高,亲自撰写了《围棋赋》和《棋品》一书。"

"原来他是一位皇帝菩萨和围棋皇帝啊!"

……

高山流水,知音难求;一问一答,共修佛心。两颗年轻的心在对弈中紧紧地联系在了一起。

"我还听闻晋朝时,信安郡有个名叫王质的打柴人,进山打柴时,看到两个童子在山中下棋,他凑过去站在一旁观看。一个童子递给了他一枚枣,王质吃了后便不觉得饥渴,继续观棋。一局棋还未下完,一个童子说他看了这么久,斧子把儿都烂了,怎么还不回家?王质回头一看,斧子把儿确实烂了,就急忙下山往家赶。没想到王质回村一看,村头的小石桥还在,可全村的面貌都变了。王质没有找到自己的家,再看自己,显然已经是百岁老人了。"

"这应该就是那个叫'烂柯'的故事吧?"

"嗯,天上一日,人间千年。不知你听没听过?南北朝时期,东阳有一位名叫娄逞的围棋界女子。她酷爱下围棋,水平还很高。为了与更多的棋界高手对弈,娄逞便女扮男装,到各地游历,结交了许多围棋高手和达官贵人,甚至还被封了官。后来因为女子身份败露,才被遣送回家。"

"娄逞真不简单啊!"弁正对中国的事情总是表现出大大的惊讶。

"如果这位娄逞姑娘来和你对弈,你能胜过她吗?"年轻的小伙子问道。

"僧人对面不应该是位姑娘,而应该是像你这样博学的男子。"弁正掩饰着自己学佛不深、顿悟不醒的仓皇,年轻人微微一笑,将此刻的尴尬付诸拂面的春风。

清风明月，闲情野趣。琴棋书画，相随而伴。梨园中，那肃静的角落，两位棋友静坐亭中，却像运筹帷幄的统帅；默默无语中，更似千里之外拼杀的战场。弈者的沉稳、勇士的拼杀，全部贯注到无声的落子里，那是看似漫不经心的落子，实际上体现了一个人的大气格局。

棋中暗藏多少意，落子不语两相知。

梨园里，弁正沉迷于棋盘带给他的震撼里。一连几天，没有见到那位年轻人，弁正顿失学佛之人的静气，他焦虑得像热锅上的蚂蚁，仓皇地四处乱串。

没有了棋盘上的至交，没有了心灵上的导引，弁正开始变得六神无主了，禅修走向了艰难。

一次，弁正陪李隆基下棋时，多次走错棋子。李隆基望着心神不定的弁正，皱起了眉头。

"弁正啊！最近你下棋时，怎么总是心神不定的？"又一颗必胜的棋子落下，李隆基不解地问道。

"唉，禀告皇上，我最新认识了一位梨园棋友，他年纪轻轻的，可围棋下得相当好，棋理也讲得非常好，没想到突然之间，我再也看不见他了，我这不是惦记着吗？"

"谁这么厉害啊？在朕的梨园里竟然有这等奇人，朕给你叫来。"李隆基起初以为什么大事，原来是这么回事。

一盘棋的工夫，大殿上走来了一位女子，端庄丰满，心慈面善，眉宇间透露着一股脱俗的气质。

两人相对，四目交汇。那一刻，一为真实，二为虚妄，一生二，二即为色，弁正的眼前就显出了一番虚妄的美好。他一下子乱了阵脚，多年的修行瞬间崩溃了,他慌乱放下手中的棋子,任凭棋局溃败不堪。正在这时,女子上前,从容镇定地替弁正稳住了棋局,挽回了溃败。李隆基赞许地点了点头,和女子继续那未完的棋。一招一式间,一进一退中,李隆基看出了女子的平静与稳妥、涵养与修为,他没有吱声,或者在他心里认为大唐女子本身就应该具备这种大气修为。李隆基和这位女子在平静中走完了这盘棋局,再回头看那弁正,整个一副失魂落魄的窘相,也只好任他稀里糊涂地离开了皇宫回到自己的住处。

修佛多年的梨园女子"娄逞",走进了日本留学僧弁正的心里。这是一个尴尬的夜晚,远渡来唐求学的弁正被长安的朗朗明月撩拨得第一次失眠了,为什么自己日夜思念的棋友竟是大唐的"娄逞"姑娘?一个僧人,动了不该动的感情,这可如何是好呢?打禅、静坐,将自己的灵魂交给四大皆空的佛,可是弁正还是驱散不掉导引他修佛的"娄逞"姑娘啊!

那以棋为兵、排阵布局的阵势,那此起彼伏的落子声音,时时撩拨着弁正的心灵,让他不能入定。不知不觉间,月上西楼,远处的红烛已经点燃,红烛里那一颦一笑的姣好容颜是多么有诱惑力啊!那一幅良宵美景的图画不停地在弁正的眼前晃来晃去,这是多么令人神往的事情啊!

曾经的盘盘围棋、纹枰对坐、以手代口,所带来的心灵愉悦,恐怕也是人生的一种美妙境界。

……

一切的一切,叫人如何忘记得了啊?叫人如何割舍得了啊?弁正自从知道自己的弈友是大唐的"娄逞"姑娘以后,再也无心念经诵佛了。

也许是前世有缘,佛法的慈悲与宽容使他与她和谐地共生,他们一同修习佛法、一同研究棋艺，他对她无微不至地照顾，他对她宽容怜爱地付出，使她心甘情愿地与他共修佛法。然而，一段魔障之情却使她进入轮回的世界而再生为大唐的一位女子，今生无意间再遇故人，他的潜意识里并没有放弃曾经找寻过去的"她"。这也许是佛菩萨的怜悯，也许是果报现前，终于在大唐皇宫梨园里的棋场中，他再次遇到身为女相的"她"。也许是隔世之迷雾笼罩，他与她第一次见面就有了心灵相通的东西，彼此熟悉的气息。随着两人棋艺上的接触，这种熟悉的感觉与日俱深，直至再次达到前世的默契。

也许，这是菩萨道上修行者的故事，因为情执，才造成了他们菩萨道上的百般烦恼，多生了一些纠缠不清，虽然他发心学佛到发愿度生，可是谁承想在大唐的梨园里，就在这棋缘机遇的一刻，他碰到了她，也让他的修行变得艰难起来了。

弁正开始被情煎熬，宫廷里的棋待诏们都看在眼里，李隆基也揣摩到了弁正的妄想心思，只因为他是日本的留学僧，大家都不便说什么。苦思冥想的弁正经过长久的感情煎熬之后，终于决定要与大唐的"娄逞"姑娘一同修习佛法了，即使他没入轮回之中。

一位来自日本的留学僧人，行走于大唐的上层社会、出入于戒备森严的宫廷、被尊为大师级的人物，竟然爱上了大唐皇家梨园里的"娄逞"姑娘。这简直就是荒谬无比的事情啊！一时间，长安城里，家喻户晓，议论纷纷，众人的口水淹没了街道，指指戳戳中，弁正将日本留学僧的颜面一扫而尽了。然而，就算长安的唾沫星子再多，也淹没不了弁正心中的执着。什么也动摇不了弁正对大唐梨园里"娄逞"姑娘的爱恋。慢慢地，大家的口水不屑于此的时候，大唐的子民也多了一些宽容和理解，在大家的撮合下，弁正终于和大唐的"娄逞"姑娘走到一起，开始了他们每日"琴歌马上怨,杨柳曲中春"的生活。一位学佛的日本留学僧,终究抵制不住大唐"娄逞"姑娘的殷勤,还是坠入了温柔富贵之乡。

也许是他们的精诚感天动地,她的善良和温顺,她的静心与思考,将和谐的种子植入中日友好的土壤里,这对年轻的棋友终于在佛陀慈光之下,缔结美好姻缘。皇帝李隆基一声令下,嘉宾们拥入斋堂,享用没有酒水和荤腥的斋水斋菜,那"喜结良缘八正道""佛缘相会""禅悦为食"的上乘佳肴,将他们的婚姻家庭变成他们修行的最大道场。

……

"吕光的庶子吕纂常与鸠摩罗什对弈,即便当了国王后还一如既往。有一次,吕纂吃掉了鸠摩罗什的一个棋子。吕纂一边提子一边说:'砍掉你这个胡奴的头!'鸠摩罗什却说:'不是你砍掉胡奴的头,而是胡奴砍掉你的头!'不料此话,却成为事实。吕纂有个亲侄子吕超,小名就叫'胡奴',吕纂当上国王的第二年就被吕超杀死了。看来鸠摩罗什是神人啊。"

"据说鸠摩罗什与别人下棋时,'起子空处,皆作龙凤形'。可否有此事?"

"年代已经很久了,不便考证,不过鸠摩罗什对围棋有很高的造诣,堪称东晋十六国时期的围棋高手!"

"弘始十五年(413)的春天,年老体衰的鸠摩罗什自知灭度的时刻将至,他不想死在寓所,而要死在译经讲经多年的长安草堂寺。于是,三千僧众将他护送至草堂寺,让他端坐于讲经的高台上。圆寂之前,在生命的最后一刻,鸠摩罗什发出了临终誓言:因法与汝等相遇,未餍尔等之心。一切诸法,皆悉无常,恩爱合会,无不别离。何必恻怆,期于后世。自以暗昧，谬充传译。凡所出经三百余卷，唯《十诵》一部未及删烦。存其本旨，必无差失。愿凡所宣译，传流后世，咸共弘通。今于众前发诚实誓：若所传无谬者，当使焚身之后，舌不焦烂。"

"鸠摩罗什说完誓言就圆寂了。他的遗体由皇宫禁卫军运到逍遥园依照佛教的葬法火化。后秦国主姚兴亲自主持了鸠摩罗什的葬礼。他哭着说：'太山坏矣，梁柱摧矣，明灯灭矣，哲人萎矣，导师亡矣，秦之大宝丧矣！'说完，积薪点燃，烈火腾空，不到半个时辰，鸠摩罗什的遗体就化为灰烬。但是，在灰烬中，有一片舌头依然完好如初，红似莲花。现场的三千僧众个个惊奇得目瞪口呆。三寸不烂之舌的典故，即由此而来。"

……

如此的红尘道场修行，问茫茫人世，几人能竟？

佛法的慈光总是普照万物，尤其对于向善的人们。几年之后，弁正和"娄逞"在修佛与对弈中，感情日渐加深，最后也像平常夫妻一样有了他们的两个孩子：长子秦朝庆，次子秦朝元。

当然，这都得益于大唐有李隆基这样开明睿智的皇帝，他对弁正的宠幸与爱怜，使得弁正在大唐的一切活动才成为一种可能，包括弁正在大唐娶妻生子，为此，弁正十分感激大唐皇帝给予他的各种厚遇，他总是想尽自己最大的能力为大唐做点儿什么。日本第一部汉诗集《怀风藻》一书，收录了日本64位诗人120首诗歌，只有三首诗歌创作于日本的境外，其中有两首诗歌出自弁正之手，即《与朝主人》和《在唐忆本乡》。《与朝主人》诗曰：

钟鼓沸城闉，戎蕃预国亲。

神明今汉主，柔远静胡尘。

琴歌马上急，杨柳曲中春。

唯有关山月，偏迎北塞人。

　　《与朝主人》，以金城公主和藩的事情为背景，描写了许多与唐朝交好的各国使臣，他们在城门外层的曲城等候朝谒大唐皇帝的情景：那四起乐声里，有那缠绵哀怨的《昭君怨》奏琴曲，有那阳春三月的《杨柳枝》奏笛曲，还有那远处飘来的《关山月》横吹曲……在美妙的音乐声中，友好和谐的气氛处处笼罩着长安的角角落落。这一幕，是多少中外邻国向往的事情啊？可是弁正，他却以日本留学僧的微妙心理，抒发了同为"天涯沦落人"的忧惧、不安与怀乡的愁绪。关于此诗的创作时间，外国文学研究的学术界有两种说法：第一种说法认为，朝主人，是弁正所住舍馆内的朝姓主人，弁正在金城公主远嫁的应制诗人里；第二种说法是这首诗歌写于李隆基时代，理由是朝指的是朝堂之上，主人指神明的皇帝李隆基。不管哪种说法，《与朝主人》的创作时间虽然不可考据，但是反映的思想情感却是一致。

　　大唐的繁荣撩乱了世人的眼睛，尤其撩乱了日本人的眼睛。为了学习大唐的先进文化，日本政府不惜资金，从 7 世纪初至 9 世纪末 264 年的时间里，先后向唐朝派出 19 次遣唐使团，希望他们学成回国，报效日本朝廷。可是，弁正却流连长安的繁华，忘了遣唐的初衷，这引起了日本的不满。弁正得知后，想挽回自己在本国人心目中不好的形象，就在《在唐忆本乡》的诗中这样诉说：

日边瞻日本，云里望云端。

远游劳远国，长恨苦长安。

什么意思呢？就是说我——弁正，从日本远渡重洋来到中国，辛苦奔波，令人苦恨的是长安虽好，但我却不能回到久别的故乡。

也许，这是弁正故意说给日本人听的，在这首诗里，弁正深化离乡悲情的同时，写出遣唐国家的意识萌芽和对大唐观念的微妙变化。因为毕竟是日本政府出资送他们到唐朝学习，日本政府自然希望这些学子学成回国，报效日本朝廷。可是弁正自己却沉醉在大唐温柔富贵之乡，这样不免心中有些许的缺憾。（这里需要补充一句：在盛唐的法律中，外国人娶了唐女为妻，唐女是不允许随同郎君去异国的。当然，安史之乱后的唐朝对外政策另说，如日本遣唐使藤原贞敏就是带着唐女娘子刘彩娘返回日本的。）是啊，一个人一旦有了缺憾就会想法弥补，弁正自然也不例外，虽然他自己要终老大唐，但他还是希望自己的儿子替父尽责，报效日本朝廷。

718年十月，长安的天气已经开始转凉，怀着依依不舍之情，弁正准备将12岁的二儿子秦朝元送往日本国。深深的劝慰，絮叨的嘱咐，小小的秦朝元跟随前来大唐的第九次遣唐使东渡日本，回到他父亲的祖国日本。这是一个艰难的选择，弁正夫妇两人望着即将东渡日本的小朝元，眼泪汪汪地送走了孩子。

孩儿离开娘，犹如瓜儿离开秧。少了生长的根基，一切只能靠自己。好在秦朝元回到日本后，勤奋好学，几年后，他开始在日本出人头地了。733年，27岁的秦朝元以第十遣唐使团判官的身份出使唐朝，并催促自己的父亲弁正回国。15年的光阴发生了多少事情啊？更何况在音讯杳无的情况下，李隆基得知秦朝元是弁正的后代后特意召见他，并重重赏赐了他,这时的秦朝元才得知自己的父亲弁正已经不在人间,他不能完成此次遣唐使的任务,秦朝元带着终生的遗憾返回了日本,虽然在日本,他颇受尊崇,先后担任图书头和主计头,但是,那丝丝的大唐情结始终纠缠着他的一生。

　　悲剧总是令人感到缺憾,尤其对于美好的事物。怀着这份缺憾的情缘,日本图书史册里还是给弁正留下了美好的形象。根据日本《本朝高僧传》的记载弁正于"开元庚午夏,驾舶归国。天平六年冬十月,圣武天皇敕任僧正。"僧正相当于三品官。后来呢?也许弁正厌倦了这些,最终隐遁起来了,可惜有关资料"不记其所终"。也许,这是担任日本图书头的秦朝元的一厢情愿罢了。

第十四章　康老子戒

《史记》记载黄帝娶西陵氏之女嫘祖为妻，嫘祖辅助黄帝战胜了南方的蚩尤和西方的炎帝，协调好各部落的关系，完成了统一中华的大业。同时奏请黄帝诏令天下，把栽桑养蚕织锦的技术推广到全国。

长江流域和黄河流域是中华民族的发祥地，也是桑蚕文化的核心地带。在长江流域，梅堰遗址（江苏省苏州市吴江区）中发现了新石器时期的蚕纹装饰；钱山漾新石器遗址（浙江省湖州市城南7千米的潞村古村落）中也出土了丝绢残片等实物。《吕氏春秋》和《史记》两部古书还为我们记载了公元前518年，吴楚两国因为边境女子争桑引起战争的故事。吴楚女子争桑，当然是为了养蚕。秦朝时，成都平原有蚕丛氏教民养蚕的传说。西汉文学家扬雄的《蜀都赋》赞美了成都所产"阿丽纤靡"的蜀锦。三国孙权曾发布"禁止蚕织时以役事扰民"的诏令，当时还形成"海上丝绸路"。曹操的铜雀台宴会上，那用于比赛射箭而挂在垂杨柳树上的战袍，就是"西川红锦"做成的。晋朝左思的《蜀都赋》中，描写了成都地区"机杼之声彼此相闻"的繁荣热闹情景。当时的科学养蚕可以使蚕在一年中结茧八次，有"乡贡八蚕之帛"之说。

黄河流域的桑蚕文化自然也不甘落后，《诗经》里很多诗篇都描写了黄河中下游地区蚕桑丝织的情况。例如《诗经·豳风·七月》描写暮春时节姑娘们为采桑养蚕而忙碌的诗句："春日载阳,有鸣仓庚。女执懿筐,遵彼微行,爱求柔桑。"《诗经·大雅·瞻卬》说养蚕缫织是妇女的主要工作:"妇无公事,休其蚕织。"《诗经·卫风·氓》写小伙子故意抱着麻布到集市换取生丝实际上是悄悄求"我"成好事的一段:"氓之蚩蚩,抱布贸丝。匪来贸丝,来即我谋。"这些都是黄河流域人民歌咏蚕桑缫织的词句。

《谷梁》中记载"王后亲蚕",就是在育蚕的季节里,王后率领一批贵妇们喂蚕的典礼,可见统治者对蚕桑生产的重视。《左传》里记载晋国的公子重耳流亡齐国。齐桓公将同族的姑娘姜氏嫁给了重耳。重耳开始想长期待在齐国过安乐日子了。可是,跟随重耳一道从晋国逃来的随从不答应啊!有一天,他们在桑林中密谋如何促使重耳早日返回晋国,不料这事被正在桑树上采收桑叶的姜氏的女奴听到了。女奴回家后便把此事告诉了姜氏。为了防止泄密,姜氏杀了女奴并设法帮助重耳离开了齐国。这些都是和蚕桑有关的美丽故事。

隋唐时期,蚕桑缫织在长江、黄河流域非常盛行,由此一批批富商也应运而生。《太平广记》中说道:唐朝初期,京城长安就有这么一个叫郑凤炽的富商(有人也叫他邹凤炽或邹骆驼),别看他长得实在不咋地,肩高背曲,跟个骆驼似的,可是,他家里非常有钱,金银珠宝多得数不过来,邸店园宅遍满海内。由于是当时的成功人士,他也结交了一些权贵。有一次,喝醉酒的邹骆驼没管住自己的嘴巴,把全部家底交代给了皇帝李渊:

"皇上,你虽贵为皇上,却不知道真正的富人有多富。"

"那你说说,真正的富人有多富?"看着醉醺醺的邹骆驼,李渊来了兴趣。

"我不骗你,我虽然算不上富人,可我家也不算穷。如果给南山(终南山)上的每株树都挂上一匹绢,整个南山的树都挂满了,我家里还有余绢。"

"大嘴,朕不听你吹了。"李渊虽然是笑着说的,可邹骆驼的话毕竟说得皇上李渊心里很不爽,难道这个邹骆驼竟然比他都富有?

事实确实如此,邹骆驼确实比皇帝还富有,他家里的仆人,个个都穿锦衣吃美食。邹骆驼有一个漂亮女儿,她从小享受锦衣玉食。出嫁时,邹骆驼自然要大办酒席。当时,前来祝贺的宾客少说也有几千人。到了夜间,邹骆驼还提供极其豪华的帐幕供来宾休息。新娘子出场的时候,身边的侍婢有几百人,个个绮罗珠翠,垂钗曳履,光彩照人。大家看得目瞪口呆,分不清哪个才是新娘子。

自古有官商勾结之说,官勾商是为了获得商的经济支持;商勾官是为了得到一方势力的保护,为其获得更大经济利益。唐太宗李世民时期,安州(湖北安陆市)人彭通捐献布匹五千段供攻辽东的军费,赐文散官宣义郎(从七品下)名号。唐高宗李治时期,安州人彭志笃愿献出绢布三万段助军费,赐奉议郎(从六品上)名号。武则天时期,张易之引蜀商宋霸子等数人在内殿赌博。李隆基时期,京城富商王元宝,被称为天下至富,也称为王家富窟。这些都是唐前期的巨富,都和朝官甚至皇帝有来往,但除两个姓彭的人,得低级文散官名号,其余都没有官位。自唐中期起,富商依靠宦官得入仕途,正如唐中宗李显时期的辛替否在《陈时政疏》中说"遂使富商豪贾,尽居缨冕之流",商人加上官势,更便利获得自己利益上的更大保护。

李隆基时期,定州富豪何明远,也是一个靠丝织业发家的主儿。《朝野佥载》中记载，何明远的旅店就开在交通要道的驿站旁边，那里的客商比较多，还能与北方少数民族商人进行丝织品贸易。这样的选址，不发财才怪呢。何明远除了有旅店收入外，还从事丝织品生产，他家中的织绫机少说也有五百台，可算得上是当时规模最大的私营工厂了。不过，何明远的经营活动有走私的嫌疑，因为唐朝政府是不允许私自从事绫织品出口的。

《旧唐书》和《新唐书》里都记载这样一个故事：李隆基时期，陕郡太守兼水陆转运使韦坚，在"广运潭"给皇帝李隆基运来各个州郡的著名特产。其中"广陵郡"船上堆的是锦，"丹阳郡"船上堆的是"京口绫、衫缎"，"晋陵郡"船上堆的是"官端绫绣"，"吴郡"船上堆的是"方文绫"，"会稽郡"船上堆的是"罗、吴绫，绛纱"……这些都说明了唐朝时丝织品相当发达了。

《乾馔子》中记载，长安大富豪窦乂，年少时便显露出经商的天分，先是靠种植榆树，掘得第一桶金；继而开发了一种叫法烛的新能源产品，赚得盆满钵溢；然后又从事房地产开发，最后积累了巨额财富。据说他名下的商铺有上千间，每间商铺价值千余贯。

李隆基时期，京城长安城内有一户姓康的人家，也是靠丝织品发家的。康老头子早年忙着积累财富，发展事业，到了快四十岁的时候，才算赢得了个家财殷实。于是乎，买房置地，在城西得了一处好庄园。娶妻生子，年近四十的康老头子老来得子，对孩子溺爱之至。我只举一个例子，小康老子要摘天上的月亮，康老头子都会叫人把天上的月亮引到水池里，变成一块光洁亮丽的玉石送给小康老子。可惜好景不长，康老头子的老婆因病去世，剩下这父子俩过日子，因为有下人帮忙，日子倒也没觉得寂寞。

一晃多年过去了,小康老子慢慢地长大了。小康老子别的什么本事没有学到,就学到两样本领:喝粥和看秦腔戏。咱们先说说喝粥。当时,长安的西市(也叫金市)有一家粥店,店主叫张通,人厚道老实。张通娶了个姓陶的老婆,这个陶氏,陕西秦镇人氏,这个秦镇,隶属今天的西安市鄠邑区,那可是个有悠久饮食文化的地方,秦镇自古盛产优质粳米。传说当年大旱无新米上贡秦始皇,按当时的法律是要追究责任的。幸亏当地一位乡绅将陈年大米浸泡过夜,石磨成浆,沉淀,撇去上清,上笼蒸制,再加上等辣椒、菜籽油以及多种调味料,再配上黄澄澄的豆芽菜,制成色泽红亮、辣香诱人、黄绿相间的凉皮上贡。秦始皇吃后,感觉其绵软爽滑、酸辣可口,自然非常高兴,还免了秦镇当年的赋税,并指定秦镇以后专门给皇家上贡凉皮。所以说秦镇凉皮是有悠久历史的。

陶氏自幼丧母,很早就帮助父亲操持家务,洗衣做饭,样样精通,不但凉皮做得好,尤其熬得一手好粥,嘿,瞧那粥熬得啊!乳白色的黏稠液中似乎镶着一粒粒如雪的白玉,那个色泽真叫一个莹润啊!米粥的味道还特别香甜入口,喝进嘴里口感还滑溜溜的。张通的老婆也是个厚道诚实的人,自从她嫁到张家,夫妻两人一条心,省吃俭用,谋略着做个小本生意。好不容易才在长安城的西市盘了一家店铺,开始做起了白米粥外加肉夹馍和秦镇凉皮的生意。就那个肉夹馍里的腊汁肉,都是由30多种调料精制而成的。把这样的腊汁肉夹在酥脆的白吉馍中,你想想那个味道,真个是浓郁醇香、色香味俱全的佳肴。这还不过瘾,外加一碗色泽如玉的白米粥和秦镇凉皮,那可不是神仙的日子?还有一个更大的诱惑就是张通家的白米粥、肉夹馍和凉皮的价格非常便宜,客人络绎不绝,生意相当火爆。

小康老子从小由父亲调教养成了喝粥的习惯，所以，每天早上，起床的第一件事就是到张通的粥店要一份凉皮、肉夹馍和白米粥。小康老子的第二样本领就是从张通店铺出来后去戏园子看秦腔戏。当然，这也是他父亲给他培养出来的兴趣，小康老子不但爱看秦腔，还喜欢跟伶人们学唱秦腔。吼起秦腔来，那嗓门还真不亚于梨园里的专业演员。由于小康老子对钱不敏感，出手阔绰，很受梨园弟子们的喜欢，他们经常一起切磋技艺，久而久之，自己也成了个戏骨。每逢梨园里排出来新秦腔戏，小康老子更是整日不挨家也要学会新秦腔戏。他不但在梨园里看秦腔戏，还时常不惜重金邀请伶人到他家唱秦腔戏。

　　有一天，小康老子在戏园里看完秦腔戏回家时，路过熙熙攘攘的西市，小康老子不小心把一位上了年纪的老妇人碰倒了，老妇人手里的旧锦褥也掉在地上，小康老子赶紧扶起老妇人并捡起旧锦褥还给老妇人。出于好奇，小康老子多了一句话：

　　"老妈妈，没摔出毛病吧？"

　　"没有，幸亏我带了件旧锦褥，跌倒时倒在它上面了。"老妇人乐呵呵地说，顺手拍了拍旧锦褥上的土。

　　"你带件旧锦褥干吗？莫非是想走亲戚？"小康老子看着老妈妈手中的旧锦褥，不解地问。

　　"唉！说来也不怕你笑话，我想用这旧锦褥换俩儿钱，因为家里人病了。"老妇人看着小康老子像个富家子弟，就讪讪地说，"小伙子，你看我这锦褥，怎么说也是祖传下来的，听家里人说还是贵妃曾用过的东西，虽说旧了点，可是特别好用，冬天盖着特别暖和，夏天盖着也不热。我看你也是个体面人，这件锦褥卖给你可以吗？"

　　瞧！这种事情要放在现在社会，简直就是"碰瓷"，大家躲还来不及呢,幸亏咱们大唐子民不懂"碰瓷"这个名词,因为大唐人心眼实诚,他们根本没有咱们现代人这么多弯弯肠子。

出于好心,再加上和老妇人聊得投机,小康老子一高兴,就买下这件锦褥。回家后,也没觉得有什么用处,随手扔在家里的犄角旮旯了。

康老头子依然经营他的丝织业,他几乎承包了长安城南少陵原和神禾原等几个土原的土地,专门栽种桑榆。虽然桑叶养育的蚕吐出的蚕丝远远比榆叶养育的蚕吐出的蚕丝洁白,但是,目光远大的康老头子还是选择栽种榆树以补充桑叶的不足,这也是为了以防万一。

没想到家业的过度操劳,把康老头子累病了,临终前,康老头子拉着小康老子的手说:

"娃啊,大(爸)这一病恐怕离大去不远了,以后的日子就靠你自己了,万一哪天你到了穷途末路的时候,就是拆房卖瓦,你也要给我记住:咱家房上的瓦片,你必须一片瓦一片瓦地拆着卖啊!"

"大(爸),我不会让你死。哪怕砸锅卖铁也要救活你。"小康老子跪在床前,紧紧地握着父亲的手哭着。

"瓜娃啊,大(爸)的病,大(爸)心里有数,你一定要好好地活着。"

说完,康老头子断气了。小康老子含着眼泪埋葬了父亲,独自一人过日子。

优越的生活总会滋生好吃懒做的习性,富家子弟的小康老子从小就知道吃喝玩乐,从来没有想着跟父亲去学养蚕缫丝等技术。父亲去世后,由于不善经营,很快,小康老子就关闭了自家的缫丝加工场。也罢,谁让康老头子留给儿子的遗产太多了,小康老子就是什么也不做也够他生活几辈子的。于是乎,小康老子继续沉迷于他的爱好,继续追逐他放荡不羁的生活。从此,风花雪月之下,良辰美景之中,沉醉了一个富裕的少年；声色犬马之地，热闹围猎之处，映现了一个不知稼穑的身影。可惜好景不长，康老头子的家产就被小康老子挥霍殆尽。为了维系体面的生活，小康老子开始变卖家里的物什。没想到的是父亲康老头子生前积累的一件件物什，都给小康老子带来了意外的惊喜，这让小康老子喜出望外。后来，家里实在没值钱的东西可变卖，小康老子想起了早年自己在长安西市里买到的锦褥，那怎么说也是花半千文钱买到的锦褥，也许，它还可以卖个好价钱。小康老子开始在家里左翻右翻，终于在旮旯里翻出了老妇人的那件锦褥，他高兴地拿着这件锦褥到西市上去卖。

也许，锦褥确实太旧了；也许，小康老子去的西市不是十分的高档，旧锦褥在西市上没有市场。小康老子本来还想多卖点钱，可是西市上连个问价的人都没有。小康老子很丧气，后来只得以当年的价位贱卖，可是，人们还是不买。等了整整一天，眼看着太阳已经下山了，饥饿和困乏折磨着他，小康老子十分沮丧。正在这时，有一个穿得穷兮兮的波斯商人走过，他看见小康老子手中的旧锦褥，他左看右看，终于来了兴趣。原来，这个波斯人是个走南闯北的淘宝者，他慧眼识宝，认识到这是一件用冰蚕丝织成的锦褥，冰蚕丝可是个难得的丝品，这件旧锦褥绝对是件好东西啊！波斯人开始不惜重金以求宝，经过几番讨价还价，这个波斯商人就给价千万文钱从小康老子手中买走了这件宝贝。

那么这个波斯人傻吗？非也！"有冰蚕长七寸，黑色，有角，有鳞；以霜雪覆之，然后作茧，长一尺，其色五彩，织为文锦，入水不濡，以之投火，经宿不燎。"（引自明代陈继儒《销夏部》）据说用这种蚕织出的茧做成的文锦，"若暑月陈于座，可致一室清凉。入水不湿，投火不燃，经宿不坏。"（引自明代陈继儒《销夏部》）想想，冰蚕那可是世间的稀物、无价之宝啊。道家传说冰蚕还是修炼阴性内力的最好补品呢。这么好的东西，现在，你还能说波斯人傻吗？

可惜啊！从小生活在丝绸之家的小康老子不识货，他的眼窝子浅，只认得钱。他一看波斯人高价买他的旧褥子，他心里那叫一个乐啊！得钱后，小康老子仍与梨园乐人唱和作乐，不久，这笔钱又花完了，小康老子又回到贫穷状态了。

秋日的夜晚寒气逼人，小康老子躺在宽敞的大房子里，心里透凉。他眼睁睁地看着家徒四壁的大房子，那叫一个难熬的秋夜啊！他终于想起了有父亲的好处，想起了父亲生前对他的宠爱，想起父亲临终前的告诫："娃啊，大（爸）这一病恐怕离大去不远了，以后的日子就靠你自己了，万一哪天你到了穷途末路的时候，就是拆房卖瓦，你也要给我记住：咱家房上的瓦片，你必须一片瓦一片瓦地拆着卖啊！"没想到几年的工夫，自己真到了卖瓦片的地步，他不禁伤心起来。

第二天，他果真拆了几片瓦到集市去卖，由于瓦片精致，还真如父亲说的那样能卖几个钱买粥糊口，勉强维持生活。然而，毕竟是只有温饱的生活，显然满足不了小康老子天生富贵的油肠子。小康老子开始觉得这样的日子太麻烦了，后来，干脆把别人叫到家里，将自己家的大房子一同卖掉，换回了暂时的富裕生活。吃喝玩乐完了之后，小康老子又陷入了落魄之中，不久就死去了。

没想到的事是几年后，买了小康老子家房子的人在翻修房子时，无意中，瓦工揭开瓦片一看：哎哟，我的妈啊！怎么了？原来每一片瓦下都压着一块黄金。呜呼！黄金犹在，小康老子已去了。呜呼！小康老子的梨园好友嗟叹他一生，专门为其制作歌曲演唱，名叫《得至宝》，又名《康老子》。

更没想到的事情是那个波斯商人得到小康老子的旧锦褥后,带回波斯,把旧锦褥献给波斯的国王。他不仅得到高官,而且家财万贯。他非常感谢小康老子给自己带来的幸运,同时哀叹小康老子的不幸,就常在家乐中演唱从大唐流传而去的著名乐曲《康老子》,给人以警示。

第十五章　石国胡腾

　　《山海经·穆天子传》里记述了这样一个故事：周穆王驾乘八匹骏马，不辞辛苦，前往风景如画的天山瑶池，拜见瑶池的西王母。后来，大唐诗人李商隐的《瑶池》演绎了这个美丽的传说："瑶池阿母绮窗开，黄竹歌声动地哀。八骏日行三万里，穆王何事不重来。"多少年来，天山瑶池已经成为享誉中外的风景名胜区，池边那一棵古榆已演绎为王母娘娘的定海神针。令人神往的天山瑶池，每年引得游人如织纷至沓来。今天，咱们就说说天山附近的事情。

　　石国，我们西域古国名，为"昭武九姓"之一。什么是"昭武九姓"呢？"昭武"一词最早见于《汉书·地理志》，"昭武九姓"始见于《魏书》《北史》和《隋书》等书中。秦汉时期，古代的月氏人在祁连山北邵武城（也就是今天我们的甘肃省临泽县）建立了康居国，后来，这个康居国被匈奴给击败了，就向西越过葱岭，迁到中亚阿姆河、锡尔河两河流域，过着农耕和畜牧交织的生活，他们分别建立了安、曹、何、康、石、米、史、火寻和戊地等九个小国。其中的石国位于中亚（今乌兹别克斯坦共和国首都塔什干市），是粟特人建立的国家之一。《魏书·西域传》有"石"（即石国）的记载。《隋书·西域传》称为石国："石国居药杀水，都城方十余里，其王姓石名涅……有粟麦，多良马。

其俗善战……南去钹汗六百里东南去瓜州六千里。"唐朝时，石国成为唐朝的附庸国，接受汉族文化，逐渐内迁到中原地区。唐玄奘前往印度取经途中，曾路过：赭时国，这个赭时国，就是石国。《大唐西域记》第一卷里记载："赭时国周千余里……西临叶河，役属突厥。"

630年，东突厥的颉利可汗投降唐朝，东突厥中的"昭武九姓"部落也随之入了唐朝，接受安西都护府统辖。唐朝中期，宰相杜佑（杜牧的爷爷）在《通典》里记载："石国隋时通焉。居于药杀水，都柘枝城，方十余里，本汉大宛北鄙之地。东与北至西突厥，西至波腊界，西南至康居界……有粟、麦，多良马。隋大业五年，唐贞观八年，并遣使朝贡。"

天宝八年（749），满怀报国壮志的诗人岑参赴唐朝大将安西四镇的节度使高仙芝幕府，充当书记。看到天山地区的遍地雪寒、瀚海阑干的百丈冰川，远望愁云惨淡的万里天空丝毫不见雪停的迹象，便幻化南国春景。中军帐中，置下酒筵，胡琴琵琶与羌笛一起合奏，随即做一首《白雪歌送武判官归京》的诗歌，将"忽如一夜春风来，千树万树梨花开"的唐诗浪漫与壮美的意境留给我们，也让这首诗歌成为中华古代诗坛上的永恒。

天宝九年（750），高仙芝擒石国国王及王后归京师。

天宝十年（751），石国向大食（阿拉伯帝国）求救兵攻打怛逻斯城，高仙芝兵败，石国归附大食。

天宝十三年（754），报国立功之情更切的岑参，再次出塞赴任北庭都护府封常清的判官。先后写下了《走马川行奉送封大夫出师西征》《轮台歌奉送封大夫出师西征》和《北庭西郊候封大夫受降回军献上》等上好诗歌，给我们描绘了"雨拂毡墙湿，风摇毳幕膻"的西域风情。

千年后的我们再次吟咏，仍然能感到诗人凌云壮志的英雄气概。

石国百姓平时善于跳一种叫胡腾舞的舞蹈，后随着丝绸之路上商贸发展，胡腾舞传入中原地区，并且闻名于中原。那么，产生于石国的胡腾舞，又是怎么传到中原地区，继而流行起来的呢？

首先，需要说明的是胡腾舞不是胡旋舞，虽然它们一字之差，且都是从西域传入中原的，舞者的服饰和舞姿有些相似，但是它们毕竟舞蹈特点不同。《新唐书·礼乐志》说："胡旋舞，舞者立球（当为毯）上，旋转如风。"《乐府杂录》也说："胡旋舞，俱于一小毯上舞，纵横腾踏，两足终不离毯上。"这是胡旋舞的特点。而胡腾舞则不同，以跳跃和急促多变的腾踏舞步为主。唐朝诗人刘言史《王中丞宅夜观舞胡腾》诗中对胡腾舞作了极为详尽而生动的描写："石国胡儿人见少，蹲舞尊前急如鸟。织成蕃帽虚顶尖，细氎胡衫双袖小。手中抛下葡萄盏，西顾忽思乡路远。跳身转毂宝带鸣，弄脚缤纷锦靴软……"总之，胡腾舞和胡旋舞最大的区别：一个是急蹴地跳腾的腾；一个是飞速地旋转的旋。本书在第一卷中已经对杨玉环和安禄山同跳胡旋舞做了一些介绍，这里就不再啰唆，咱们重点说说胡腾舞。

魏晋以后，丝绸之路上商贸日益繁荣，中原地区和中亚地区往来商旅很多。中亚的许多粟特人在丝绸之路上做起了贸易中间商，其中一部分粟特人后来定居中国，并与汉族及其他少数民族相互融合，这部分粟特人以"昭武九姓"的胡人居多，尤其以石国胡人为最多，中原人就把他们称为中亚粟特人、兴生胡和兴胡等。这些丝绸之路上的中间商，生意谈成获得钱财后，不免要饮酒作乐。酒酣之际，他们趁兴起舞，腾挪跳跃，释放内心喜悦，这就是胡腾舞的雏形。1971年，河南安阳北齐范粹墓出藏，有一把黄釉瓷扁壶，壶上有一幅由五个高鼻深目、身穿胡服的西域人组成的胡腾乐舞场面：中央有一位舞蹈者；他的右侧有两个人：一个人拿着钹，一个人在弹琵琶；他的左侧也有两个人：一个人在吹横笛，一个人在击掌伴唱。北齐时，有一把传世的瓷壶，也有一组乐舞图，卷草纹中有七个西域乐舞人像。这两个壶上舞人的舞姿，特点是雄健迅急中暗含柔软潇洒，刚毅奔放中不失诙谐有趣。我们认作"胡腾舞"。

胡腾舞的主要舞蹈动作包括勾手搅袖，摆着扭胯，提膝腾跳，以腿脚功夫见长。胡腾舞在动作上有摆首、勾手、搅袖、扭胯、提膝和腾跳等，尤其以腿脚工夫见长。酒酣之际，月下帐前，花毯之上，玉笛横吹、琵琶呜咽，那白粉涂地着黑彩、头戴翻檐螺旋高帽的络腮男子，只见他身穿长袖戏袍，腰间束带，足穿长筒毡靴，洒脱着豪迈成熟的个性魅力。那一高一低的双肩耸动，那巧设舞蹈的挥舞长袖，那双脚前后稳稳地立于长方形踏板之上的精妙，简直令人惊叹不已。他时而绕圈急行，将精气神凝聚其中；时而柔软潇洒，将刚毅奔放挥洒淋漓；时而舞步变化多端，将策马扬鞭、放浪于草原的天性绽放，呈现出来的阳刚之气可以撼山动地。

唐朝时期，胡腾舞经过河西走廊汉族人民不断地加工提炼，已经成为河西走廊上各族人民都喜爱的舞蹈，并且随着商队的东来西往，胡腾舞很快就传到唐都长安。到了开元时代，精妙音律的皇帝李隆基还为胡腾舞谱曲，使得胡腾舞兼顾了西方少数民族和汉族乐舞的特点，变得更加唯美起来，进而风靡长安，深得唐朝上层社会赏识，很快成为一种宫廷乐舞。刘言史的《王中丞宅夜观舞胡腾》和李端的《胡腾儿》两首诗中，都详细地介绍了胡腾舞表演时的动作。如李端的《胡腾儿》中写道：

胡腾身是凉州儿，肌肤如玉鼻如锥。
　　桐布轻衫前后卷，葡萄长带一边垂。
　　帐前跪作本音语，拾襟搅袖为君舞。
　　安西旧牧收泪看，洛下词人抄曲与。
　　扬眉动目踏花毡，红汗交流珠帽偏。
　　醉却东倾又西倒，双靴柔弱满灯前。
　　环行急蹴皆应节，反手叉腰如却月。
　　丝桐忽奏一曲终，呜呜画角城头发。
　　胡腾儿，胡腾儿，故乡路断知不知？

　　李端在《胡腾儿》一诗中，对胡腾舞表演者的装束、舞姿、伴奏音乐和器乐伴奏等都作了非常生动的描写，伴奏音乐有横笛、琵琶等丝竹乐器演奏的乐曲，舞者以蹲、踏、跳和腾等动作表演一种急蹴腾跃的节奏。这里，我试着还原胡腾舞的表演：

　　"安史之乱"后，长安城里依然一片狼藉，刻意挂红抹绿的花帐之前，围着一圈儿打仗归来的疲惫战士和落魄词人。他们相聚在长安的街市，打发着无聊的时光。舞台花毯之上，一位洁白肤色高鼻梁的西域胡者，头上戴着缀满珍珠的毡帽，身上穿着长袖宽襟卷边的桐布轻衫，轻衫外面套着一件褐色小胡衫，腰间系着葡萄纹长带。只见他在帐前跪向观众，操着一口浓郁的西域口音对观众说：

　　"各位观众，我是从西域流落到长安的艺人，因为战乱阻断了我回家的路，我没有别的本事谋生，只会跳家乡的胡腾舞，在此，我为大家表演胡腾舞蹈，望大家捧个场，没钱的捧个人场，有钱的捧个钱场，多少都不嫌弃。"

说着,他向四周观众深深地鞠了一躬,然后,后退几步,在毡帐上站定。

琵琶声起,幽怨低沉的西域舞曲响起来了,舞者开始扬眉动目,那一扬眉一动目,热闹了场子。观众们开始活跃起来了,鼓掌的、吹哨的,将自己的兴奋砸向舞场。这时候,舞者微微一笑,撩起自己的衣襟甩动长袖,紧接着伸出一双软靴,有力地飞旋起跳,双靴上的珍珠随着舞者迅疾的动作划过一道道亮光,汇成一圈圈晃动的光圈闪烁灯前。伴着急促的音乐,腾、挪、跳、跃、踏、行,刚烈与粗犷、质朴与坚强,可谓招招奇绝,套路无一相似。不大一会儿,只见舞者的淋淋红汗就溅落在毡帐之上。舞者却全然不顾,动作随着音乐节奏忘我般腾挪。忽而琵琶声慢将下来,渐走渐远,舞者仰头望天,做喝酒之举。几杯热酒下肚,舞者明显站立不稳,东倾西倒起来,那模样似神仙般飘飘而然,其优美曼妙的舞姿醉移花毯。远处画角的呜呜之声,仿佛战地哀号,仿佛天地质问:"胡腾儿,胡腾儿,故乡路断知不知?"这时的舞者,内心激烈地震颤着,似一番痛苦挣扎啊!他嘴里吐出的歌词含着悲痛摧肝之情绪,牵引着四周观众的情感走向了痛苦的深渊:这是一场浩劫,把长安洗劫一空啊!曲罢终了,唱词结束。丝桐急奏,舞者反手叉腰做收尾状,如渐隐渐去的弯月。观众这才从痛苦中慢慢地苏醒过来。于是乎,场上场下,观众默然,潸然泪下。舞者上前致谢,场下观众报以雷鸣般的掌声,将自己仅有的零钱砸向场中。

好一曲胡腾舞啊!其美妙不可多言,简直是艺术上的享受。是啊!石国胡腾舞确实太美妙了,可惜的是这种艺术上的美妙已经失传,我们今天已经无从享受,只能从点点滴滴的图画和文献里,来找寻石国胡腾舞蹈的一鳞半爪。其实,唐朝时,跳胡腾舞蹈的舞者不仅有西域胡人，还有唐朝艺人，证据就是西安东郊唐代墓葬壁画《胡腾舞》，里面除了舞蹈者本人是胡人外，其余皆是汉人。可见，唐朝胡腾舞也有汉人参与，但主舞蹈者非胡人不可。

1986年，为了再现古老民乐舞蹈胡腾舞的昔日风采，甘肃省山丹县文化馆的工作人员，他们根据当地民间舞蹈的部分动作，并结合唐朝诗人李端的胡腾舞诗歌描述以及其他史料，还参照山丹的珍贵文物"胡腾舞铜人"造型，在当地舞蹈专家的指导下，反复研究，精心编排，最后终于创作出了双人胡腾舞。当这一精心编排作品在甘肃省民族民间音乐舞蹈上演出时，全场爆满，并获得创作和表演两个铜奖。当然，这也是我们对胡腾舞的很好继承和发扬光大了。

第十六章　康段斗乐

中国史书上记载着许多美丽的传说，商汤王桑林祈雨就是一个美丽的传说，这个传说在历史典籍中多有记载。如《吕氏春秋·季秋纪·顺民篇》云："昔者，商汤克夏而正天下，天大旱，五年不收。汤乃以身祷于桑林曰：'余一人有罪无及万夫；万夫有罪在余一人。无以一人之不敏，使上帝鬼神伤民之命。'于是剪其发，磨其手，以身为牺牲，用祈福于上帝。民乃甚悦，雨乃大至。"当然，这个传说《墨子》《荀子》《国语》和《说苑》等历史典籍里也都有记载。

随着历史的发展，商汤王桑林祈雨已经成为过去时，唐朝的万人祈雨走到历史舞台上了。这事咱还得绕远一点儿说才有意思。我们知道唐朝皇宫梨园里，除了会经常举办一些日常的乐舞比赛外，也会举办一些国际性的比赛，如马球和拔河等体育竞技项目。

贞元初年，素有"长安第一手"之称的御前供奉乐师康昆仑，是一位来自西域"昭武九姓"里的康国（在今乌兹别克斯坦撒马尔罕一带）的琵琶高手。有一年春暖花开，梨园弟子康昆仑带着小徒弟到翠华山游玩。这座翠华山，位于秦岭北麓，距离长安城20多公里。相传泾阳姑娘金翠华被兄嫂逼婚，逃于此山石洞中。哥哥闻讯追来，突然"霹雳一声山岳崩，地动山摇烟雾腾"，翠华姑娘化为神仙而去，山间只留下了一个池子——天池。这座山就被人们称为翠华山了。秦朝时，翠华山被皇家占为"上林苑"、"御花园"之地。秦王嬴政曾经在此狩猎休闲。到了汉朝，汉武帝曾在此设立祭天道场。唐朝时，李世民在此建造避暑消夏的行宫。总之，翠华山是长安人的游览胜地。

这天，康昆仑师徒两人跋涉而上，一路上流水淙淙，泉声相伴，不知不觉就到了天池，只见天池碧波荡漾、清明如镜。小憩之后，走进山中，抬头：摩崖之上，屹立着司马迁和王维等人的石刻题字庄严肃穆，更幽深的是壮观奇绝的吕公洞、黄龙洞，冰洞、风洞和八仙洞等，处处彰显着"一山有四季、十里不同天"的自然景观。

山峰南麓、树林深处，隐约着红墙绿瓦，古塔殿阁，走进一看，原来是一座弘扬佛法的庙宇，这就是著名的庄严寺。庄严寺里居住着大约一百位高僧，他们不是诵经参禅，就是吹拉弹唱，个个技艺超群。还有那云游的高僧，一脸的慈眉善目，脚上穿着布袜芒鞋，似乎已经跳脱出了尘世羁绊。康昆仑师徒到的这天碰巧有金佛塑身、开光等佛事，可算遭遇热闹了，寺内钟鼓齐鸣、弦管合奏，浑厚的声音响彻了整个山谷。

天将黑，人困马乏，康昆仑师徒暂居寺里。斋饭之后，康昆仑就和寺里僧人一起谈经论道，参禅悟佛。无意中，康昆仑瞧见紫檀桌上摆着一把玉石粗弦琵琶，只见那琵琶用桐木板蒙面，琴脖子弯曲如云，琴轴还镶着白骨，精致程度可想而知。犹如英雄遇见宝刀，棋逢对手，将遇良才，乐逢知音，康昆仑甭提多高兴了。他不由得上前用手拨那琵琶，这一拨，拨出了名堂，原来这把琵琶的音色非常宏亮淳厚。康昆仑心中一惊，想这僻远山中还有如此音色的琵琶，这可是他三十年来，无论是在西域还是在长安，无论是在皇宫内苑还是在酒楼歌榭，都不曾谋面的宝贝啊！于是，他问旁边的僧人：

"这么好的琵琶，寺里可有通音律的？"

寺内僧人刚要张嘴，外面又进来一个僧人，接过话茬儿说：

"这是前天一位施主遗忘在此的。"寺内僧人指着外面进来的僧人，介绍给康昆仑说：

"这位师兄俗姓段，法号善本，前几天刚从山西的五台山云游到此。"

"见过段施主。"康昆仑依然抱着琵琶，信手拨弄丝弦。他的注意力全被这把琵琶给吸引住了，只扭过脸对这位云游僧人瞟了瞟，一副漫不经心的样子。

寺内僧人望着段善本笑了笑，对康昆仑说：

"既然康施主觉得这把琵琶好，为何不弹上一曲，让寺里的人也听听。"

康昆仑一听，正合自己的心意，他低头调了调弦，开始随手弹了起来：

"隋堤柳，岁久年深尽衰朽，风飘飘兮雨萧萧，三株两株汴河口……"

"一树春风千万枝，嫩于金色软于丝。永丰西角荒园里，尽日无人属阿谁……"

琵琶声起，曲里传音，好一曲流行长安的《杨柳枝》啊！将隋的柳、唐的杨愣是活生生地描画出来。

这时候，寺门内外，闻声而来的许多僧人，已经被琵琶曲吸引，驻足倾听。琵琶声歇，众僧开始交口称赞，可是就那云游的段善本静坐在那里，还不以为然地晃着脑袋。

"我师父弹得这么好，你为什么摇头？"康昆仑的徒弟实在受不了段善本的傲慢，开始质问他。

面对小施主的质问，段善本才不屑于和他计较，他微笑着转身走开了。康昆仑的徒弟讨了个没趣，不服气地嘟囔着：

"真是乡下的粗野之民,自己什么都不懂，还看不起别人弹奏琵琶,敢情我师父弹奏了半天是对牛弹琴啊！"

虽然是小声，康昆仑还是听到了，他回头瞪了徒弟一眼，心里想一个敲木鱼化缘云游四方的野僧人，哪里又见过什么大世面呢？便一笑了之，并未在意。

第二天早斋之后，康昆仑师徒拜别寺僧，动身回长安，临出门时，康昆仑还是有点儿惦记那把琵琶，似乎有点儿依依不舍的神情，对僧人叮嘱道：

"麻烦师父等琵琶的主人回来时，请务必转达，说我改天一定请教于他。"

寺里的僧人微笑着答应了，没想到隔壁的段善本闻声也出来相送，操着一口山西腔说：

"康供奉，有缘幸会，咱们后会有期吧。"

"段师父，后会有期。"

日近晌午，康昆仑才回到长安的家里，媳妇说：

"回来了，夜隔（昨天）到山上凉快去了，没冻着？我还以为你们上山迷路了。瞧！我这不是正着急呢。"

"怎么会迷路呢？家里没啥事吧？"

"怎么没事？今天早上，上头传话的来了。"媳妇高兴地说。

"说啥了？"康昆仑一边拍打着衣服上的土，一边问。

"你猜。"媳妇故作神秘地说。

"我又不是你肚子里的虫子,怎么猜得出?"康昆仑责怪起来。

"他说皇上说了,因今年天旱,叫紫虚观打醮求雨呢!"

"这和我有啥关系?"

"怎么没关系?长安城东市、西市的天门街各搭彩楼比赛声乐,东市派人送来重礼,请你做压场,与西市'斗声乐'呢。"

"哦,啥时候?"

"后天初八。"

"搭戏台是谁给的钱?"

"当然是东西两市百姓凑的善款,请能人给龙王唱对台戏。"

"哦。"

原来这年,长安地区大旱,土地干裂,草焦树枯,庄稼颗粒不收,唐德宗诏令设坛祈雨。此次祈雨活动,是全长安百姓都要参与的万民祈雨活动,主办方自然要办得隆重体面了,既有僧人的诵经祈祷,又有乐工的演唱演奏,特别是长安的东市与西市这两个商业集中区,都要扎彩楼、敲锣打鼓请神灵,并借此机会举办"斗声乐"大会,邀请高手演奏,彼此以压倒对方为荣。

初八这天,长安街头,人流涌动,车如游龙。达官贵人、文人墨客和黎民百姓等都赶来看热闹。天门街东西两侧,已经各自搭起华丽的彩楼。午响之后,彩楼上可就热闹了:三通羯鼓响过之后,笙管笛箫以及琵琶檀板都跟了起来,顿时乐声大振,此起彼伏。

就在大家迫不及待的时候,东市舞台上出现了报节目的官员,只见他双手捧着一幅三尺长的大红缎子,上面用金黄的字写着"特聘康昆仑演奏",十分醒目。

一听皇宫梨园高手康昆仑上场，观众自然欣喜若狂，情绪高涨，平常不能一睹康供奉演奏琵琶的风采，这次机会难得，那叫一个激动啊！

左顾右盼中，身着官服的康昆仑终于走上舞台。他先向观众深深一鞠躬，自报将演奏一曲新翻的羽调《六幺》。百姓一听，那个欢呼啊！为什么呢？原来这《六幺》啊，又名《绿腰》、《录要》和《乐世》等，是唐代教坊里有名的乐宫进曲之一。只见康昆仑抱着当年杨玉环曾弹过的那把琵琶，神闲气静地坐在舞台之上，从容地调原调做羽调，然后才开始弹奏起来。美妙的乐音慢慢地从琵琶中传出，时而缠绵如泉溪相伴，时而又轻快似鸟鸣婉转，时而潇洒像风驰电掣……那节奏变化所带来的听觉享受，共鸣了周围世界的山河草木。

好一曲酣畅淋漓的曲子啊！弹得在场的观众拍手跺脚，高声叫好。一时间，百姓的狂欢声、呐喊声以及宣泄情感的口哨声全部砸向了东市的舞台。看到百姓如此喜欢，康昆仑微笑着退场，心里那个满足感甭提了。他整顿衣裳之后，就到茶馆品茶了。

一口茶还没喝上，就听到茶馆伙计喊："快来看啊，西楼的舞台上出来了个女的！"康昆仑一听，来了兴趣，起身抬头观望。只见西市彩楼上一位身披华服、浓妆艳抹的女子站在舞台上，她身穿大红衣衫，头上戴着一顶褐色绸帽。

一看这位女子，不认识啊！观众顿时有点儿瞧不上眼，言谈中自然流露出一丝不屑的神情。然而，西市舞台上的女子并不在意，她轻挪碎步，扭扭捏捏地抱着琵琶对台下观众喊道："奴家用枫香调也弹一曲《六幺》。"

嘿！无名小卒，竟然也敢叫板皇宫梨园的康供奉，并且还用了比康供奉羽调更难弹的枫香调弹唱，这简直就是不知天高地厚了。台下观众一看这阵势，热闹起来，情不自禁地交头接耳，议论纷纷，其中还有几个不怀好意的人开始带头喝倒彩。

没想到台上的女子也不在意，她依然我行我素地定音琵琶，纤手拨弦。曲调还没有出来，情意先走一步，那两声弦音其声如雷、其妙如神，简直是迅雷不及掩耳之势轰然而至，根本容不得观众准备，台下的观众顿时安静下来。康昆仑也大吃一惊，知道这回遇到高手了，便虚心仔细地聆听起来。

接着，台上女子开始弹奏起来。美妙的琵琶声将人们带到春光明媚的空山里，林中百兽时隐时现，或潜伏或奔跑。枝头黄莺穿梭，山中百鸟婉转，清脆嘹亮。地上百花盛开，姹紫嫣红。山间溪水哗哗，如珠似玉叮当跃溪。一派景美心醉的感觉，真令人心旷神怡，耳聪目明。正当观众陶醉山色之中的时候，不料，乐声开始由慢转急，进而起伏跌宕，最后万端变化。观众仿佛置身原野，看见千军万马铺天盖地奔腾而至。那铁蹄踏踏的声音中，还夹杂着呐喊呼叫之声以及厮杀战斗之声，瞬间把整个原野搅腾得尘土飞扬，直至天昏地暗。

台下的观众如身临其境，个个摩拳擦掌，也随着琵琶的弦音投入到紧张的战斗之中，于是乎，金戈铁马，刀光剑影，你死我活，好一场奋勇拼杀啊！

美妙的乐音从琵琶里不停地流出，召唤着每一个在场的心，台下的观众入了迷，身心完全投入其中……无奈，很快曲终，鸦雀无声之后，观众突然抱以雷鸣般的掌声热烈欢呼，掌声久久地回荡在街道上，经久不息。

本来准备看对方笑话的康昆仑，此刻也完全陶醉在音乐声里如醉如痴，随着音乐的结束，他也跟着人们喝彩。随后，康昆仑恭恭敬敬地走进戏台的后台，要拜师于那女子门下为徒。没想到那女子却微微一笑，道："等我换了衣服再说。"说罢，女子退入后台，进了更衣室。不多时，从更衣室出来一个三十来岁的秃头僧人，康昆仑一惊：这不是在庄严寺见到的那个细皮嫩肉的僧人吗？莫非他就是那位云游僧段善本法师？想到这儿，康昆仑便要段善本收他为徒。

你说世间的事情奇怪不奇怪，总是在人们没有做好准备迎接的时候，就那么唐突相遇了。原来，段善本是应西市豪族之请，乔装打扮，登台比艺，结果胜出。

这件趣事很快传遍了京城长安，唐德宗听闻后，把段善本召进宫。请他弹奏一曲，并请段僧人收康昆仑为徒。皇上都开了金口，段善本自然应诺，为此，段善本还获赠很多袈裟和财物。

此后，康昆仑跟师父段善本认真练习琵琶，段善本也悉心地教康昆仑弹奏琵琶。有一次，康昆仑刚演奏完琵琶，段善本说：

"你演奏的技法太杂了，中间还夹杂着邪音，你是跟谁学的？"

"师父太神了！这都能听出来。我幼年在西域时，先跟邻居家的一位女巫学一品弦调，后来又换了几位师父。"康昆仑大吃一惊地说。

"我刚才从你的指法上看出你不是一个师父教的。要想弹好琵琶，就得从头学起。从现在起，你必须完全忘记从前的琵琶指法，我才能开始教你。"段善本说。

既然自己的毛病都指出来了，还有什么好说的呢？改呗！从此，康昆仑非常虚心，谨遵师父教诲。他开始十年不近琵琶，希望把过去学的东西彻底忘光。其实，这种说法确实有点儿夸张了，大家想想，康昆仑是一位皇宫梨园乐师，十年不近琵琶可能吗？

段善本不仅善弹琵琶，而且还善于作曲。贞元年间，段善本还亲自制作了乐曲《西凉州》（也叫《道调凉州》或《新凉州》），他也把这首曲子传给康昆仑，让康昆仑练习。康昆仑从头学起，经过严寒酷暑的严格训练、废寝忘食的刻苦钻研，终于青出于蓝胜于蓝，成为我国历史上真正的天下第一琵琶高手。

其实，作为琵琶大师的段善本，自然是桃李满天下了。他带出的徒弟不仅限于康昆仑，还有李管儿等。大唐诗人元稹在《琵琶歌》称赞李管儿："琵琶宫调八十一，旋宫三调弹不出。玄宗偏许贺怀智，段师此艺还相匹……段师弟子数十人，李家管儿称上足。管儿不作供奉儿，抛在东都双鬓丝。逢人便请送杯盏，著尽功夫人不知……平明船载管儿行，尽日听弹《无限曲》。曲名《无限》知者鲜，《霓裳羽衣》偏婉转。《凉州大遍》最豪嘈，《六么散序》多笼捻……因兹弹作《雨霖铃》，风雨萧条鬼神泣。一弹既罢又一弹，珠幢夜静风珊珊。低回慢弄关山思，坐对燕然秋月寒……"如是之说。

有人说：开元中有贺怀智，其乐器以石为槽，鹍鸡筋作弦，用铁拨弹之；贞元中有康昆仑，第一手。说的就是康昆仑技艺超群的事。

第十七章　骠国进乐

唐朝南端毗邻的国家和地区比较多，这里是个比较麻烦的地区。唐朝时，吐蕃、骠国、南诏和唐朝的关系十分微妙。

吐蕃，前面说的比较多，这里不再啰唆。要说骠国，自然绕不开南诏。据彝族典籍《彝族源流》和《夜郎史传》等记载：1世纪，彝族里的舍龙一族，迁居至哀牢国的邪龙（今云南巍山）一带，得到哀牢国人民的支持，而后形成以舍龙一族为中心的部落联盟——"蒙舍龙"或"蒙舍"。因其在洱海地区其他部落的南面，被汉史称作"南诏"。649年，舍龙之子细奴逻继承蒙舍诏王。653年，为了获得唐朝的支持，细奴逻派遣儿子逻盛出使大唐帝国，唐高宗李治封细奴逻为巍州刺史。713年，唐玄宗李隆基封南诏的皮逻阁为台登郡王。738年，皮逻阁向唐朝陈述谋求兼并洱海地区其他部落（北部五诏，因其归附于吐蕃），李隆基赐皮逻阁名为蒙归义，进爵为云南王。封王制书里说封王的原因是洱河各部落暗中通好吐蕃，蒙归义率兵征讨有功。此后，南诏始终附唐。

骠国的情况大致是这样的：缅甸境内曾出现过许多不同民族建立的国家，其中最重要的是由缅语族部落建立的骠国。骠国分两个时期：第一时期，1—5世纪，缅甸骠国以毗湿奴城（今缅甸境内）为中心的毗湿奴时期；第二时期，6—9世纪，缅甸骠国人在伊洛瓦底江流域建立佛教古国——骠国。骠国的都城卑谬,唐玄奘在《大唐西域记》译为室利差旦罗。称为室利差旦罗时期。

这个骠国啊,中国史书上记载很早,如魏晋著作中这样描述:"位于永昌西南三千里,君臣父子,长幼有序……"唐代文献记载,说骠国的都城是圆形砖城,周长160里,有12座门。骠国人信奉佛教,"有百寺,琉璃为甓,错以金银,丹彩紫鑛涂地,覆以锦罽,王居亦如之。"骠国人"明天文,喜佛法。有百寺……""民七岁祝发止寺,至二十有不达其法,复为民。"(引自《新唐书》)还有就是骠国人怕残害生灵,都不穿蚕丝衣服,仅仅穿白氎、朝霞等做成的衣服。613年到718年,毗讫罗摩王在位时,骠国十分强盛,有18个属国、298个部落和9个城镇。其疆域向北抵达南诏(今中国云南德宏和缅甸交界地区),向东到达陆真腊(今泰国、老挝、柬埔寨接壤一带),向西到达东天竺(今印度东部阿萨姆邦等地),向南至海。几乎占据了整个伊洛瓦底江流域。骠国的农业比较发达,种植稻谷和甘蔗等作物。良好的自然条件提供给人们富饶的物产,骠国人生活得自由自在,沐佛修德、歌随舞起。倘遇骠王外出,近则由奴隶抬着的金绳床走;远则骠王乘象,数百妃嫔宫女相随,可谓声势浩大,甚是热闹。骠国同中国、天竺以及东南亚20多个国家和地区都有贸易往来和文化交流。

李隆基时代,唐朝与吐蕃的战事比较激烈,远在南诏的皮逻阁,在唐朝皇帝的支持下,出战攻打北部的五诏,客观上牵制了吐蕃的势力,并且很快统一了六诏,成立以西洱河地区为基地的南诏国。739年,皮逻阁迁都太和城。统一了六诏的南诏国王,开始有了继续扩张的野心,谋求向东兼并西爨白蛮(汉代时迁居云南的汉族)。然而,西爨白蛮当时在唐朝的保护范围内,唐朝又要南诏多出些兵力攻打吐蕃。唐朝还封皮逻阁为云南王，并赐给他锦袍、金钿带和龟兹乐等，虽然唐朝和南诏面子上都过得去，实际上却发生不可调和的矛盾。745年，唐朝剑南节度使章仇兼琼遣使到云南，和皮逻阁在言语上发生了一些争执，皮逻阁非常不满意。748年，唐朝陇右节度使哥舒翰在西南的青海（今青海省青海湖）建立神威军，吐蕃前来挑战，哥舒翰击破吐蕃。吐蕃又于青海中龙驹岛建应龙城，不敢靠近青海。就在这年，皮逻阁去世，儿子阁罗凤继位，承袭王位，继续帮助唐朝和吐蕃战斗。

天宝年间，唐朝腐朽没落，大乱将至，西南地区自然也不安静。唐朝剑南节度使鲜于仲通，这个人涵养不够、性子急躁，遇事不知方略，他的下属官云南（即姚州）太守张虔陀更是放肆。750年，当南诏国王阁罗凤路过云南谒见都督府都督时，依照惯例要与媳妇同来，而张虔陀这个家伙有点儿好色，竟然侮辱南诏王同来的妇女。这还不够，张虔陀还向阁罗凤勒索，阁罗凤没有答应他，张虔陀就使出泼皮劲儿，派人去辱骂阁罗凤，并向唐朝朝廷告发其罪状。张虔陀之所以如此狂妄，大概是知道南诏扩张土地的一些计谋，所以，他才敢肆行要挟阁罗凤。阁罗凤愤怒，起兵攻破云南，杀死张虔陀，并取羁縻州32个。751年，时任唐朝剑南节度使鲜于仲通率兵8万，从三路攻打南诏，阁罗凤招架不住请求议和，鲜于仲通仗着自己的兵多不买账，继续进军至西洱河，后被南诏击败，唐兵死了6万多人。

俗话说"螳螂扑蝉黄雀在后"，吐蕃弃隶缩赞赞普知道唐朝和南诏开战这个事情后，自然非常满意。他趁机结盟南诏。752年，吐蕃册封阁罗凤为"赞普钟"，赐为"兄弟之国"。阁罗凤自立国号为大蒙，"号曰东帝，给以金印"。而唐朝当时是杨国忠当宰相时期，杨国忠不知唐朝潜在的危险，还继续出兵攻打南诏，结果，唐兵前后死亡约20万人。云南自曲、靖二州以下东爨居地也成为战场,战争促成西爨白蛮和乌蛮大批迁徙。754年,剑南留后李宓率兵7万军队攻打南诏,在太和城全军覆没。当然,阁罗凤也知道与强大的唐朝为敌终究不善,再加上南诏依附吐蕃害多利少,南诏和吐蕃的关系终究不能持久。阁罗凤心里清楚"生虽祸之始,死乃怨之终,岂顾前非而忘大礼",修筑"大唐天宝阵亡战士冢"(俗称万人冢),并在太和王都立大碑,刻石写上"叛唐不得已而为之"等字句,表示自己背叛唐朝出于不得已而为之。755年,唐朝内乱,安禄山反叛,唐朝无暇顾及西南边境,致使南诏归唐之心被搁置。

阁罗凤在位31年后去世,他的孙子异牟寻即位。此时,由于"吐蕃每入寇,常以云南为前锋,赋敛重数,又夺其险要立城堡,岁征兵助防,云南苦之"。(引自《资治通鉴》)吐蕃的压迫政策让南诏非常反感。

一贯奉行"以兵疆地接,常羁制之"政策的南诏,自然把自己的势力渗透到与之接壤的骠国,肃宗至德元年,"南诏乘乱陷越巂会同军,据清溪关,寻传、骠国皆降之"。(引自《资治通鉴》)骠国逐渐沦为南诏的附庸。

785年,唐朝皇帝李适任命韦皋为西川节度使。韦皋,字城武,京兆万年(陕西西安)人。祖先是北周和隋朝的功勋,又加上自己非常能干,官至左金吾卫将军,迁大将军,贞元初年,韦皋被任剑南西川节度使,成为封疆大吏。

韦皋这个人比较有政治远见,在任剑南西川节度使期间,上书唐朝皇帝李适,力陈"今吐蕃弃好,暴乱盐、夏,宜因云南及八国生羌有归化之心招纳之,以离吐蕃之党,分其势"观点。李适一看韦皋的奏疏,好!当即采纳韦皋的建议。由此,韦皋开展了一项劝南诏归唐的计划。从785年到792年间，韦皋多次给南诏王异牟寻写信通好，最终使异牟寻下定决心摆脱吐蕃的控制，与唐朝恢复关系。794年七月，李适册封异牟寻为云南王，两者不计前嫌，修好关系。

受制于南诏的骠国，对南诏自然不会心悦诚服，它时刻都在寻求改善自己的政治处境。然而，骠国的自身实力还不能与南诏抗衡，因此，要摆脱南诏的控制，必须借助第三国的力量。于是，骠国把目光放在了强大的唐王朝，因为它认为只有强大的唐王朝，才能充当南诏与骠国之间的仲裁者。可是，在地理位置上，骠国并不占优势，它与唐朝之间隔着南诏，缺乏直接交流的机会。这可如何是好？

我们知道，唐朝的江山几乎是靠战争打出来了：越打，唐朝疆界越大；越打，世界各国越怕，世界各国越怕了就越敬仰大唐。当时的唐朝，它的盛世辉煌震惊世界各国，世界各国都不远千里前来朝拜，特别是那些嗅觉灵敏的文艺家，他们对世界的先进文化更是追逐不已，西南地区自然也不例外。

话说南诏再次归附唐朝后，南诏国王异牟寻为了表示对唐王朝的忠心，决定以献乐为由加强与唐朝的友好联系。799年末，南诏派遣使团赴唐，随行的还有一个音乐舞蹈团。当南诏使团到达成都，西川节度使韦皋让南诏音乐舞蹈团先表演一下，看看水平如何，能否进献乐舞给长安。等南诏音乐舞蹈团认真表演完毕后，没想到韦皋却不停地摇头，说南诏的乐舞太普通了，没有新奇之处。当南诏使团将韦皋的意见转告南诏国王异牟寻，异牟寻大吃一惊，没想到西川节度使韦皋竟然如此地通晓音乐，他忙问使团代表："南诏音乐为什么会不够新奇呢？"

南诏音乐为什么会不够新奇呢？《资治通鉴》里这么写的："滋

（袁滋，唐朝使者）至其国（南诏），异牟寻北面跪受册印，稽首再拜。因与使者宴，出玄宗所赐银平脱马头盘二以示滋。又指老笛工、歌女曰：皇帝所赐《龟兹乐》，唯二人在耳。"什么意思呢？就是唐玄宗李隆基时期，南诏就和大唐友好交往，大唐朝廷曾赐给南诏国王皮逻阁两部音乐：胡部和龟兹部。虽然南诏的宫廷音乐舞蹈不同于唐朝，但由于它和唐朝的音乐长期交流，当然就会或多或少带有唐朝音乐的韵味，再加上唐朝音乐总是在不停地吸收他人长处，完善自己，音乐造诣很高，因此，南诏的乐舞不够新奇，自然不足为奇了。

南诏国王异牟寻也非常聪明，他很快明白了其中的道理，他知道南诏的乐舞要想在大唐出彩，进而赢得唐王朝的重视，必须先过西川节度使韦皋这关。为了进献更新奇的乐舞来表忠心，这位聪明的南诏国王异牟寻开始动了心思，他让自己的附属国骠国前去成都表演韦皋从未见过的骠国音乐和舞蹈。

俗话说得好，机会总是留给有准备的人。以乐舞著名的骠国听到这个消息，高兴极了，这可是骠国与大唐直接交流的机会，千载难逢啊！骠国开始加紧训练自己的乐舞，企图得到大唐皇帝的赏识，从而能够借助唐朝势力去制约南诏，摆脱南诏的控制。

801年夏天，骠国国王雍羌在南诏国王异牟寻的引荐下，派自己的儿子舒难陀、大臣那及元佐和摩思柯那率领由35个乐工和随从等组成的50多人队伍，浩浩荡荡地从骠国都城室利差旦罗出发，经过77天的长途跋涉，终于来到大唐的地界羊苴咩城（大理）。在大理稍加停留，他们又走了71天才到成都。到成都后，他们在南诏的指引下，与大唐的韦皋终于见面了。

当精致的海螺壳和镌刻精美的铜鼓发出美妙音乐的时候，那发髻高耸的骠国姑娘翩然而至，一幅如诗如画的美丽画卷展开了：山灵水秀，梵音声声，仙子飘曳，群花争妍，那文身袒胸，璎珞四垂，珠玑锦发的舞者，将双手始终相对、十指齐开齐敛，一低一昂地出现在舞台上。如此异域泛香的世界啊！韦皋眼里洋溢着无限遐思，他开始不停地点头称赞。

韦皋陶醉在骠国音乐里，不能自拔，他很快安排骠国乐队住下，礼遇骠国舞蹈者，安顿他们住下。韦皋赶紧以之谱声，亲自帮助排演了一出南诏奉圣乐，并将骠国乐团舞容的奇特以及乐器的特别，让画工用图画形式表现出来，再快马加鞭地报告给长安皇宫。

热切的期待，漫长的煎熬，骠国乐舞团终于等来了大唐的召唤。随后，骠国乐舞团踏上了北上的征途，一路磕磕绊绊，偶遇南诏些许的防范，冬天过去春天来临，大约62天后，也就是在802年的春天，骠国乐舞团终于抵达唐都长安。

富丽堂皇的大殿之上，唐朝皇帝龙颜威仪，文武大臣正襟危坐两旁，他们抬头望着殿门，期待异邦拜访。不一会儿，身着异服的舒难陀、那及元佐和摩思柯那在大唐随从的带领下来到大殿，他们怀着诚恳之心参拜大唐皇帝，善于辞令的那及元佐和摩思柯彬彬有礼地回答大唐皇帝的提问。

奏乐声起，音随风动，风中有影，一份惊喜，一丝担忧，一名身披彩霞的女子，晃动着金宝镮钏飘了进来，随后，二人、四人、八人结伴翩然而至，她们头戴金冠，左右耳边摇晃着珥珰，颈上花鬘联缀，舞容随曲，呈给唐朝朝廷美丽的骠国乐曲。

在一片盛赞声中，骠国乐舞结束了，骠国大臣那及元佐和摩思柯那开始报告他们所献的贡品：

"骠国天竺，一曰《没驮弥》曲，歌以事王。二曰以花为衣，能净其身，《陇莽第》曲。三曰美其飞止遂情，《答都》是也。四曰《苏谩底哩》，翔则摩空，行则徐步。五曰二羊斗海岸，强者则见，弱者入山，时人谓之《来乃》，来乃者，胜势也。六曰《弥思弥》，此一弦而五音备，象王一德以畜万邦也……"（引自《新唐书》）

"进献乐器有金、贝、丝、竹、匏、革、牙、角。其中金有金铃钹4对、铁板2个；贝有螺贝4只；丝有凤首箜篌2架、筝2台、龙首琵琶1把、云头琵琶1把、大匏琴2张、独弦匏琴1张、小匏琴2张……角有三角笙1只、两角笙1只。共计8大类22种。"（引自《新唐书》）

长安的宫廷沸腾了，皇帝李适听完报告，非常高兴，立刻命令秘书省校书郎白居易起草《致骠王书》的覆书，赞扬骠国国王"得睦邻之善谋，秉事大之明义"，并且赐授骠国国王"检校太常卿"、赐舒难陀"太仆卿"的官衔。这事，永远地镌刻在中缅历史上，成为一段佳话。

那22种异域奇特的乐器和12种奇特乐曲，将南方水乡的柔美引入唐朝皇家梨园里，一改唐朝皇家梨园里久已成为定式的燕乐乐舞，从此，唐朝皇家梨园融入了一股新鲜的血液，多了一份生机勃勃的景象，给人耳目一新的视觉效果。轻启一扇窗，亮堂一户曲：螺号和铜鼓互伴，舞蹈者顶髻文身，舞姿耸动跳踊，间或摇摆旋转……

随后，这些远道而来的骠国乐团在长安巡回演出，场场爆满。那浑然天成的骠国音乐，泛着异域的香甜，回荡在长安的上空，余音袅袅，名骚一城，成为一种神奇之美。"诗魔"白居易写下《骠国乐》：

骠国乐，骠国乐，出自大海西南角。

> 雍羌之子舒难陀，来献南音奉正朔。
> 德宗立仗御紫庭，鞬纩不塞为尔听。
> 玉螺一吹椎髻耸，铜鼓一击文身踊。
> 珠缨炫转星宿摇，花鬘斗薮龙蛇动。
> 曲终王子启圣人，臣父愿为唐外臣。
> 左右欢呼何翕习，至尊德广之所及。
> ……

居高声远，白居易的《骠国乐》，可谓详尽完备，成为历史的永恒。他的好友元稹自然也不示弱，和诗《骠国乐》：

> 骠之乐器头象驼，音声不合十二和。
> 促舞跳趫筋节硬，繁辞变乱名字讹。
> 千弹万唱皆咽咽，左旋右转空傞傞。
> 俯地呼天终不会，曲成调变当如何。
> 德宗深意在柔远，笙镛不御停娇娥。
> 史馆书为朝贡传，太常编入鞮鞻科。
> ……

一对好友，在唐代诗坛上得以"元白"相称，只要提起《骠国乐》，我们自然就想起他们两人，他们对骠国音乐的描写可谓淋漓尽致，他俩的诗作和《新唐书·骠国传》一起，给我们后来者留下了宝贵的研究资料。

另外，唐朝开州刺史唐次也作《骠国献乐颂》，有序言有诗颂，详尽地描写了骠王送子到献乐结束，极尽对骠国乐舞之赞美。贞元十九年，进士胡直钧作诗《太常观阅骠国新乐》一首，阐述骠国乐舞的来源、新奇和文化意义。诗歌写道：

  异音来骠国，初被奉常人。
  才可宫商辨，殊惊节奏新。
  转规回绣面，曲折度文身。
  舒散随鸾吹，喧呼杂鸟春。
  襟袵怀旧识，丝竹变恒陈。
  何事留中夏，长令表化淳。

  以上几位诗人因为各自的欣赏标准与欣赏情趣不同，他们对骠乐的描写，可以说各有千秋，当然，这也充分体现了他们在审美趣味上的不同。

  由于献乐成功，现在，骠国可以和南诏同为大唐朝臣了，大唐在团结一切可以团结的力量对抗吐蕃的号令下，使得南诏撤离了入驻骠国的军队。此后一段时间内，骠国与南诏维持了相对友好的关系，舒难陀终于舒了一口气。

  骠国进乐，密切了骠国与唐朝的关系，推动了唐朝与骠国周边国家的交往。如与骠国接近的弥臣和昆仑等猛族国家也在骠国通使唐朝后，开始与唐朝发生联系。《册府元龟》里记载："贞元二十年（804）十二月，南诏蛮弥臣国、日本、吐蕃并遣使来朝贡"；"贞元二十一年（805）四月，封弥臣嗣王道勿礼为弥臣国王"。由此可见，骠国进乐对唐朝在东南亚的影响起到了非常重要的作用，为唐朝孤立吐蕃，赢得了战争的主动权。

832年，骠国都城被南诏攻陷，骠国遂亡。自此，骠国渐趋衰落，后为缅人所建的蒲甘王国所取代，同化于缅人。

第十八章　象犀拜舞

天地万物皆有灵性，人类是万物之灵。大唐因为它的盛世，凝聚了天地间的一切灵性。而这种灵性不仅让国外的朝拜者膜拜，而且还让各地动物也附加了一种朝拜的归向。一个能顺应天地、让动物参拜的朝廷，无疑是世界上最强大的朝廷。鉴于这种万物崇拜的潮流，聪明的周边艺人总是想尽各种法子如驯养飞禽走兽等，以供大唐皇帝役使。

自然界飞禽走兽中，吉祥而灵悟的动物如狮子大象、犀牛骏马等向来得到人们的钟情。唐朝皇家梨园内，娱乐活动除了歌舞器乐等活动外，斗鸟驯兽之类的活动也非常多，诸如舞马、驴鞠、驯象、驯狮、驯犀、斗鸡、斗鹅、斗鹌鹑、斗蟋蟀、玩猴和放鹰等可以说应有尽有，并且都被人们驯化成一门特殊的技艺，供皇家梨园或表演或比赛或养宠，而像驯马、驯象和驯犀等大型动物活动，则被引入皇家梨园里的艺术活动里。

大象因形体高大、体态安稳和吉祥如意等优点，成为人们的最爱。提起大象，我们首先想到的是印度骑象人那份悠然自得、令人痴迷的神态，特别是我们前面重点对唐玄奘骑象绕曲城进行了详细叙述，可以说这是一份至高无上的荣誉，是一场完美的活动收场。从而也是天竺有了我们梦寐以求的大象之梦。其实，大象并非天竺特产，在中国也早已有之。我们的甲骨文就有一个人牵着象干活的解释，这表明在我国商代，大象已经被驯化参与人类劳动了。还有我们从小读过"曹冲称象"的故事，也是曹魏时期大象在中国存在的又一个确凿例证，当时，皇宫里已经设立了专门驯象舞象供皇上取乐的机构——驯象所。驯象场里，精致的鹿灯晶莹剔透，水晶带钩，气势非凡的铜矛通体镏金，偌大的场地里，那些可爱的大象表演各种姿势的舞蹈，来供皇上娱乐。

除大象之外，犀牛也是很有灵性的动物，我们常说"心有灵犀"，这里的"犀"指的就是犀牛。唐朝时，皇家梨园乐舞的艺术结构与表演水平是世界一流的，它不但继承了中国的传统精华，而且在艺术上进一步开拓和兼合。乐器弹奏、歌曲吟唱、舞蹈杂技以及禽兽驯演等等艺术形式有机地结合在一起，从而形成庞大而精湛的艺术阵容。如驯禽驯兽表演已经成为唐朝皇家梨园表演的重要节目。据宋顾文荐《负暄杂录》记载，唐中宗李显时期，在招待吐蕃使节的宴会上就有"蹀马之戏"，这"蹀马之戏"实际上就是舞马表演。随着《饮酒乐》音乐响起，当那头上套着麒麟头饰、鞍上装饰着五色彩丝和金具、身上配上凤凰翅膀的群马上阵起舞，当那群舞的马群皆"以口衔杯，卧而复起"的一刻，吐蕃使者可是目瞪口呆了。到了李隆基时代，宫廷里还养了更多的舞马，据说有"四百蹄"（一百匹）之多。驯兽经常在朝廷举行千秋节和重大典礼时才表演。反贼安禄山就亲眼目睹过此场面：上百匹舞马分为左右两队，衣以文绣，络以金银，饰其鬃鬛，间杂珠玉，随着舞曲《倾杯乐》舞蹈在音乐里口衔酒杯跪拜着祝寿皇帝李隆基。它们奋首鼓尾，纵横应节，都是那么地恰如人意。舞马退场之后，成群的象犀入场，动作和姿态、行列和次序，都与音律吻合。好一副象犀拜舞的画面啊！简直让人目眩神迷啊！把安禄山羡慕得要死。

大唐时期，为方便周边国家及地区使臣的朝拜，唐都长安周围还修建了许多蛮馆，类似于我们今天的大使馆，这些蛮馆，专门供周边国家及地区的人们居住。如天竺艺人朝拜大唐皇帝时，就被安排在蛮馆居住，在蛮馆里，天竺艺人一边继续训练他们早已驯好的大象、犀牛等，一边期待大唐皇帝的召见，等待去皇家梨园拜舞。如《明皇杂录》云："玄宗在东洛，大酺于五凤楼下，命三百里内县令、刺史率其声乐来赴阙者，或谓令较其胜负而赏罚焉……又引大象、犀牛入场，或拜舞，动中音律。每正月望夜，又御勤政楼，观作乐。贵臣戚里，官设看楼。夜阑，即遣宫女于楼前歌舞以娱之。"等到在皇家梨园拜舞完成，深得大唐皇帝喜爱的大象、犀牛等动物就被饲养在皇帝的上林苑里了。

那么这些周边国家及地区的动物能否在皇帝的上林苑里快活地生存呢？如生活在热带、亚热带地区的犀牛能否在长安的上林苑里存活呢？说真的，中国其实也是犀牛的故乡，特别是商周时代，华北平原有大量的犀牛生存。公元前500年前后，黄河以北的气候开始变冷了，喜热的犀牛不得不向南迁移寻找温暖。到了唐朝，我国气候变冷，黄河以北地区已经完全不适合犀牛生存。如唐贞元十二年（797），曾经得到最高礼遇的犀牛在"大雪平地二尺，竹柏多死"的气候下，不得不"掘地藏身而出鼻"，什么意思呢？就是犀牛在地上挖个坑，把自己整个身体躲进去，仅留个鼻子在外面。就算这样还不行，许多犀牛还是冻死在了长安的上林苑里。这让唐朝皇帝十分不快，就产生放生思想。对于周边国家或地区进献的动物，在其表演完成之后，哪儿来回哪儿去，如东南亚进献的动物就让他们的使臣带回东南亚去，渠州（今四川广安一带）送来的动物也由他们的使臣带回原籍放生。建中初年，唐朝又将一批表演的驯象放归天竺本国。贞元年间，海蛮国又热情不减献来驯犀。白居易与元稹都写有《驯犀》诗为证。

白居易的《驯犀——感为政之难终也》诗曰：

> 驯犀驯犀通天犀，躯貌骇人角骇鸡。
> 海蛮闻有明天子，驱犀乘传来万里。
> 一朝得谒大明宫，欢呼拜舞自论功。
> 五年驯养始堪献，六译语言方得通。
> 上嘉人兽俱来远，蛮馆四方犀入苑。
> ……

元稹《和李校书新题乐府十二首·驯犀》诗曰：

> 建中之初放驯象，远归林邑近交广。
> 兽返深山鸟构巢，鹰雕鹞鹘无羁靮。
> 贞元之岁贡驯犀，上林置圈官司养。
> 玉盆金栈非不珍，虎哮狴牢鱼食网。
> 渡江之橘逾汶貉，反时易性安能长。
> ……

今天，我们再次诵读"元白"的驯犀诗歌，那一幅象犀拜舞的画面又浮现在我们眼前，那盛唐的荣耀再次震撼着国人的心灵，我们，终将以作为一个中国人而自豪！

第十九章　万国朝唐

忆昔开元全盛日，小邑犹藏万家室。

稻米流脂粟米白，公私仓廪俱丰实。

这是大诗人杜甫《忆昔》诗中形象描述唐朝的繁荣生活，意思是在开元全盛时期，连小县城都有上万户人家。农业连年获得丰收，粮食装满了公家和私人的仓库，人民生活十分富裕。这里有一组数据：

1. 人口：天宝十三年（754），全国人户约 962 万户，人口约 5288 万口。史学家推测，8 世纪中叶，唐朝全国实际人户超过 1400 万户，实际人口超过 7000 万。而当时世界上其他人口较多的国家的人口也只不过二三百万。

2. 土地：李隆基在位时期，全国许多高山绝壑都开垦了，全国耕地面积约 6.6 亿亩，人均占有土地 9 亩多。

3. 蕃国：开元时期，前来唐朝朝贡的蕃国数有 70 多个。（引自《唐六典》）

4. 文教：开元年间，国家图书馆的藏书 53915 卷。

通过这些数据，我们可以知道盛唐时期，中国封建社会进入前所未有的鼎盛时期。国威强盛、经济繁荣、文化发达。由于它的强盛，周围的少数民族以及海外诸国，他们有的以和亲为由，有的以归附为由，有的以敬慕为由，大多前来朝贡或学习。唐都长安成为这一时期世界最大的都城之一，国际交往频繁，中外交通也有了很大的发展，其中，陆海交通相当发达。

陆路方面主要有以下几条：

西路：从长安开远门出发西行，经河西走廊，出甘肃的敦煌再西行，分别到达中亚、西亚和欧洲。

北路：从长安出发，经蒙古地区，到叶尼塞河、鄂毕河上游，再向西到达额尔齐斯河以西地区。

西南路：从长安出发，经四川、吐蕃，到尼婆罗（今天的尼泊尔）和天竺；或经南诏往东南，可到临邑（今越南）、真腊（今柬埔寨），往西南到骠国和天竺。

东路：从长安往东，经河北、辽东，可以到达朝鲜半岛的高丽、新罗和百济。

海陆方面主要有以下几条：

东路：到日本就有三条航线：1. 北路由山东半岛的登州或莱州下海，渡过渤海、黄海，沿着辽东半岛和朝鲜半岛的西岸，到日本的博多（福冈地区）；2. 南路由楚州（今江苏淮安）出淮河口，横渡东海，直到日本的博多；3. 由明州（今宁波）出海，到日本的博多。

南路：从广州下海，渡南海，经东南亚，越过印度洋、阿拉伯海，到波斯湾沿岸。再分别到临邑、真腊、罗越（今泰国）、佛逝（今苏门答腊南部）、狮子国（今斯里兰卡）、大食、波斯等地区和国家。

大唐帝国声威远播，对外政策开放。凡是先进的文化，都来者不拒，它不断地博采异域文化的精华，用来融合他人强大自己，协和万邦。四方宾客，纷至沓来，中外文化交流盛极一时。大唐帝国以一个强者的姿态屹立于世界，它那先进的文化让世界各国的人们顶礼崇拜，多少人把能来到长安作为自己人生的最高追求，他们向往长安这个美丽的神话世界。

诗情画意、文化发达的中国长安，是两千年前志高情趋的圆梦之地，代表着全球文化的最高水平，是一个让世界各国人魂牵梦绕的地方，世界各国的人都做着来长安的美梦。

中国，大唐，以它博大的心胸包容着一个又一个的寻梦者。东方的日本、渤海、百济的留学生，南方的印度、骠国的使团，西域的安国、康国、米国、何国、石国、吐蕃、波斯乃至东罗马帝国的商人、艺伎等，他们都将自己奇异的风采展示给长安。

长安城里，聚集了来自不同国家和不同肤色的人群，他们把长安城装扮得绚丽多彩。那承载政治、军事、外交活动的大明宫，更是京城长安的一个亮点，而紧邻大明宫西侧的梨园，自然成为国际交流活动的最好场所。梨园内，亭台楼阁，宾主相敬，开怀畅饮；拔河场地，列队相向，声震远方；马球场上，人头攒动，竞争激烈……那异域的风情，在梨园里竟是那么的令人着迷。

城北的梨园里，空灵飘逸；城南的沉香亭下，花萼相辉。素白艳红里传唱着盛世的耀眼与富贵，那倾注李隆基太多感情的兴庆宫，也在传唱着大唐文化的歌声。如张说的《踏歌词》：

花萼楼前雨露新，长安城里太平人。
龙衔火树千灯艳，鸡踏莲花万岁春。
帝宫三五戏春台，行雨流风莫妒来。

西域灯轮千影合，东华金阙万重开。

在这里，诗人用凝练的语言、充沛的情感以及丰富的意象来高度集中地表现社会生活和人类精神世界。不仅《踏歌词》如此，唐代的许多诗歌更是把唐朝的社会生活和人类精神世界表现得淋漓尽致，例如一些描写万国来唐朝朝贡与献艺的诗歌，更是表达出了大唐诗人引以为荣的文化自信。当然，这里的万国实指多国，并非真正意义上的万国，是一种夸张的修辞手法，我仅仅用一个事例来说明。

一提起泼水节，大家自然想到云南傣族，傣族的泼水节又名"浴佛节"，是古代印度婆罗门教的一种仪式，后来被佛教吸收。大约在12世纪末至13世纪初，泼水节由缅甸传入中国云南傣族地区。其实，泼水节并非傣族的专利，古代西域就有这种活动，它既不叫泼水节，也不叫"浴佛节"。这种活动叫什么呢？

也许是游牧民族对水神的崇拜，祭祀水神成为印欧胡人最原始祭祀形式，每年十一月份，举行祭祀水神仪式时，印欧胡人不分男女老少，一律裸体，他们手持油囊袋（浑脱）装满水，互相泼洒，类似泼水节。这种活动叫泼寒胡，又称泼胡乞寒，当然从名字上看，这显然是中原人对他们这种活动的称呼。北朝时期，这种祭祀活动随东伊朗人传入西域。节庆期间，西域百姓载歌载舞，聚会狂欢，相互之间泼水为戏，还表演一种叫《泼塞胡戏》的舞蹈，舞者裸胸袒腿，大肆淫靡。虽然他们崇拜水神，可是，大冷天把凉水泼到人身上总不是滋味吧？于是，他们在节庆欢舞时，舞者为了不让冷水浇到自己头上和脸上，就戴上一种涂了油的帽子，这种帽子叫作"苏幕遮"也叫"苏莫遮"或"苏摩遮"。"苏幕遮"出自波斯语，原意是披在肩上的头巾（来自俞平伯《唐宋词选释》），类似今天我们见到的印巴人的帽子或头巾。后来，也有人把泼寒胡节表演的这种舞蹈泼寒胡戏，叫作《苏幕遮》舞或者《浑脱》舞。

武则天统治末年，西域的泼寒胡戏传到了长安，泼寒胡戏在长安的西域人中比较盛行。后来，在西域给大唐进献的百戏中，就有《浑脱》舞曲。《浑脱》舞曲因为阵势浩大，腾逐喧噪，得到了唐朝皇室贵族的普遍喜爱。不仅诸王喜欢《浑脱》舞曲，唐中宗李显也非常喜欢《浑脱》舞曲。

神龙元年（705）十一月，李显亲自到洛阳城南门楼上观看泼寒胡戏。西域乐舞成为当时的时尚，就连久习儒舞雅乐的士大夫阶层亦趋风赶潮，这和大唐崇尚的儒礼文化背景相悖，引起一些坚守华夷有别、周礼为尊之道的士大夫强烈不满。次年，并州清源县尉吕元泰上书言政，专门针对长安洛阳两京民间流行的泼胡乞寒戏提出异议，称："比见坊邑相率为浑脱队，骏马胡服，名曰苏莫遮。旗鼓相当，军阵势也；腾逐喧噪，战争象也；锦绣夸竞，害女工也；督敛贫弱，伤政体也；胡服相欢，非雅乐也；浑脱为号，非美名也。安可以礼义之朝，法胡虏之俗？……何必裸形体，灌衢路，鼓舞跳跃而索寒焉？"（引自《新唐书》）什么意思呢？吕元泰指出泼寒胡戏中的战争危机、人性迫害和礼乐崩溃等问题，他还引经据典地说明君王如果能尽心谋划国事，则寒暑顺衍，何必"乞寒"？尽管吕元泰的奏疏内容有理有据、言语激越，但结果却是"书闻不报"。

景龙三年（709）十二月，长安城各个街坊县邑的居民依然组成浑脱队，他们擂鼓挥旗，裸形喧噪，洒水腾跃，相互竞逐，气氛非常热烈。李显还命令"诸司长官"到醴泉坊去看泼胡王乞寒戏，完全不顾大臣吕元泰的上疏。

景云二年（711）十二月丁未，诸王太子依然微服前去观看泼寒胡戏。左拾遗韩朝宗上表谏禁，李显还是没有采纳。

开元元年（713），皇城唐宫，蕃夷入朝，有司想用表演泼寒胡戏来接待蕃夷使者，中书令张说上疏谏止，皇帝李隆基以"裸胸袒腿"和"有伤风化"为由下令禁泼寒胡戏。聪明的李隆基保留了泼寒胡戏所用的音乐曲调和基本舞蹈，换之以适合汉民族传统习俗的音乐和舞蹈。西域异族乐舞的精髓被长安吸收了，异族乐舞汉化了，成为长安的乐舞，在梨园里经常演唱，健康的泼寒胡戏风靡一时。在长期的演唱实践中，《苏莫遮》逐渐衍化为长短句。今天，敦煌曲子词中仍保留有《苏莫遮》，双调六十二字。

一曲异域的《泼寒胡戏》，给大唐梨园曲艺注入了新鲜的血液，使得大唐梨园文化更加充满活力。那全遮面庞的纱巾和高顶垂裙至肩的"苏莫遮"油帽，那骑着骏马穿着华丽的长筒锦靴，可是远道而来的舞仙？他们泼水禳灾，依法镇魔，演绎着异域的风情，撩拨着长安人惊愕的眼睛，增添了别样的欢乐，震撼了长安人的心灵。想那三九寒天，那泼溅在人们身上的冰水，那光怪陆离的化装舞蹈，还有那西域艺人的奇特表演，堪称文化乐园中的一枝艳丽奇葩，更是给京城长安增添了一段亮丽的风情。

可惜今天，我们已经无从欣赏其中的片段，只能从诗人的文字记载中找寻其中的一鳞半爪了。唐朝名相张说记叙泼寒胡的诗有《苏摩遮》歌辞五首，其辞曰：

其一

摩遮本出海西胡,琉璃宝服紫髯须。
闻道皇恩遍宇宙,来将歌舞助欢娱。

其二

绣装帕额宝花冠,夷歌骑舞借人看。
自能激水成阴气,不虑今年寒不寒。

其三

腊月凝阴积帝台,豪歌急鼓送寒来。
油囊取得天河水,将添上寿万年杯。

其四

寒气宜人最可怜,故将寒水散庭前。
惟愿圣君无限寿,长取新年续旧年。

其五

昭成皇后帝家亲,荣乐诸人不比伦。
往日霜前花委地,今年雪后树逢春。

张说的这五首《苏摩遮》歌辞,详尽了当时泼寒胡的盛况,勾勒出戴着苏摩遮帽子的西域使节形象。

才华横溢的大唐才子们,用美丽的诗篇记载了京城长安的繁荣,给我们留下了引以自豪的民族文化,其实,还有更多的唐代诗人,都为我们留下了许多外国艺术家到唐都长安学习、交流与献艺的诗歌。如李隆基时期以文著称、掌管朝廷文笔的贾至,他最能感受各国朝拜唐朝的情景,他曾经写过一首《早朝大明宫》的诗,在当时可以说轰动效应非常大。这里,我读给大家听听:

银烛朝天紫陌长,禁城春色晓苍苍。
千条弱柳垂青琐,百啭流莺绕建章。
剑佩声随玉墀步,衣冠身惹御炉香。
共沐恩波凤池上,朝朝染翰侍君王。

那么,贾至的这首诗到底好在什么地方呢?我认为它好就好在它把我们大唐大明宫早朝的热烈气氛和大唐皇帝的庄严威仪写出来了,写出了开元年间的盛世辉煌,写出了世界各国朝拜唐朝的盛世之举。

真是居高声远啊,贾至这首诗一出炉,就特别引人注目,杜甫、岑参和王维等诗人争相做诗相和。王维和了一首比较有水平的诗歌:《和贾至舍人早朝大明宫之作》,诗是这样写的:

绛帻鸡人报晓筹,尚衣方进翠云裘。
九天阊阖开宫殿,万国衣冠拜冕旒。
日色才临仙掌动,香烟欲傍衮龙浮。

朝罢须裁五色诏，佩声归到凤池头。

　　王维的这首和诗，以细节取胜，对当时场景渲染到位，写出了大明宫早朝时庄严、肃穆和华贵的气氛，其中"九天阊阖开宫殿，万国衣冠拜冕旒"一句，描绘了九重皇宫金红宫门打开时，万国使臣们一起躬身朝拜大唐皇帝的情景。结尾两句又关照到贾至的"共沐恩波凤池上，朝朝染翰侍君王。"除此之外，王维还有一首诗《奉和圣制暮春送朝集使归郡应制》，也描写了万国崇拜唐朝的盛世情景。诗歌云：

　　万国仰宗周，衣冠拜冕旒。
　　玉乘迎大客，金节送诸侯。
　　祖席倾三省，褰帷向九州。
　　杨花飞上路，槐色荫通沟。
　　来预钧天乐，归分汉主忧。
　　宸章类河汉，垂象满中州。

　　另外，许浑《献韶阳相国崔公》诗歌，也写到万国朝唐的事情。诗云：

　　一匮为功极九层，康庄犹自剑棱棱。
　　舟回北渚经年泊，门接东山尽日登。
　　万国已闻传玉玺，百官犹望启金縢。
　　贤臣会致唐虞世，独倚江楼笑范增。

描写万国朝唐的诗歌,还有晚唐诗人李肱,他在《省试霓裳羽衣曲》一诗中这样写:

> 开元太平时,万国贺丰年。
> 梨园献旧曲,玉座流新制。
> 凤管递参差,霞衣竞摇曳。
> 宴罢水殿空,辇余春草细。
> 蓬壶事已久,仙乐功无替。
> 讵肯听遗音,圣明知善继。
> ……

以上几首诗歌里,有一个共同的特点,都出现"万国"两字,虽然有夸张之嫌,但也反映了当时大唐被世界各国尊重的程度。这些诗人将大唐盛世用诗歌的形式记录下来,成为我们研究盛唐繁荣的宝贵资料。另外,还有王贞白的《长安道》一诗里,也说"晓破人已行,暮鼓人未息。梯航万国来,争先贡金帛"。王贞白也给我们描画了大唐的盛世风貌,王贞白的《长安道》,同样成为我们研究盛唐繁荣的宝贵资料。

另外,元稹的《骠国乐》一诗中写道:"骠之乐器头象驼,音声不合十二和。促舞跳趫筋节硬,繁辞变乱名字讹。"元稹的这首诗更是将骠国国王雍羌曾派其王弟悉利移、城主舒难陀率35人的歌舞队到长安演出的情景描绘出来了,这些无疑都成为我们研究盛世唐朝的宝贵资料。

刘禹锡的《与歌者米嘉荣》:"唱得凉州意外声,旧人唯数米嘉荣。近来时世轻先辈,好染髭须事后生。"诗中的这位歌者米嘉荣,来自西域的米国（唐时属安西都护府管辖），祖孙几代都是著名的音乐家。从806到824年，米嘉荣就以歌唱艺术倾倒京城长安，得到了大唐皇帝赏识，他很快被大唐皇帝提拔为朝廷的供奉（首席乐官）。从而，一直活跃在唐代舞台上。当时的人们称赞米嘉荣的演唱，能"冲断行云直入天"，确实厉害了。米嘉荣有一个好朋友，是大诗人刘禹锡，他们两人交往非常密切，经常在一起交流艺术。米嘉荣把西域和西凉（甘肃）的许多歌曲表演给刘禹锡，刘禹锡吸收融会了这些民歌音乐素材，还创造了一种风格清新的诗体——竹枝词。很快，竹枝词词调就风靡全国。

类似这样的文化交往很多，如刘言史的《王中承宅夜观舞胡腾》里的胡腾舞，就是石国（今天俄罗斯的乌兹别克斯坦）献给长安的舞蹈。又如白居易的诗歌《胡旋女》，其中诗云："胡旋女，胡旋女，心应弦，手应鼓，弦鼓一声双袖举，回雪飘摇转蓬舞。左旋右转不知疲，千匝万周无已时。人间物类无可比，奔车轮缓旋风迟。曲终再拜谢天子，天子为之微启齿……"胡旋舞是胡人的舞蹈，是远在波斯的女子在长安跳胡旋舞的情景。白居易在诗歌后半部分还非常幽默地劝说胡旋女子不必从西域远道而来，因为在中国已有擅长跳胡旋的舞者杨贵妃和安禄山，他们达到的艺术高度恐怕是胡旋女们望尘莫及的。虽然，白居易的诗歌表面上是劝说胡旋女，实际上，这首《胡旋女》诗歌，从客观上也说明了波斯艺人朝拜大唐的情景。

……

总之，大凡被别人尊重，总有被别人尊重的理由；而被外国尊重的大唐朝廷，自有其被尊重的理由。这里，咱们非常有必要回顾一下大唐帝国的国力：政治上，政治清明，国力强盛；经济上，地大物博，物产丰富；文化上，积累厚重，文化自信；外交上，大唐帝国对外族人及外国的学术思想和文化艺术，都采取"兼收并蓄，取其所长，为我所用"的政策。在这样的盛世里，百姓安居乐业，周边各族各国的王公、大臣、使节、学者、教士、僧侣、留学生、商人和艺人等纷纷到唐都长安来学习、传教和经商，最多的时候，人数达到几十万人。唐太宗李世民的《正日临朝》云：

> 条风开献节，灰律动初阳。
> 百蛮奉遐赆，万国朝未央。
> 虽无舜禹迹，幸欣天地康。
> 车轨同八表，书文混四方。
> 赫奕俨冠盖，纷纶盛服章。
> 羽旄飞驰道，钟鼓震岩廊。
> 组练辉霞色，霜戟耀朝光。
> 晨宵怀至理，终愧抚遐荒。

拥有帝王远见卓识的李世民，他的格局比较大，特别是在对外交往上，可以说站得高看得远，具有高瞻远瞩的才能。正是由于李世民拥有这种胸怀，才有了大唐向良性方向发展的基础。到了唐玄宗开元年间，大唐继续沿着良性的发展轨迹前进，最终达到前所未有的盛世辉煌。每年八月初五的千秋节，李隆基都要举行盛大的百戏、音乐、歌舞和戏曲等文艺演出活动，来庆祝盛世的这种天人合一，而这种天人合一的气象，也使得世界各国和各地区敬仰与膜拜。他们不远万里，前来我唐都长安朝拜我大唐先进文化，如天竺的杂技、骠国的乐舞、日本的乐舞、龟兹的狮子舞、大秦的舞伎、吐蕃的马球、天竺的驯象驯犀和疏勒的筋斗等等，都成为他们献乐大唐的充分理由，成为我大唐皇家梨园里上演的精彩节目。这些来自不同国家和地区的艺术，都希望在文化发达的长安，和唐朝皇家梨园的各类艺术交流切磋，以期获得艺术上的最大突破。可以说，那太平盛世的长安城内，可谓百戏纷呈，百艺斗奇，有山车旱船、丸剑角抵、舞马斗鸡等，观者人山人海，欢声如潮，他们都对大唐帝国表现了友好和热爱，并将大唐先进文化再传送回周边各国，服务于自己的民族文化。

《敦煌曲子词》中，有一首《献忠心》，就表明了外族人对大唐文化的膜拜之情："生死大唐好，喜难任，齐拍手，奏仙音。各向本国里，呈歌舞，愿皇寿，千万岁，献忠心。"

总之，在提倡对外开放的政策下，唐朝以其博大的胸怀和恢弘的气度，广泛吸收世界各国和各地区民族的优秀文化，为我们唐朝文化的繁荣做出了巨大贡献。唐太宗李世民时期，朝廷确定十部乐，其中八部都是吸收其他民族的音乐。到了李隆基时期，标志文艺高峰的《霓裳羽衣曲》，也是根据从天竺传入的《婆罗门曲》改编而成的，而《胡腾舞》《枯枝舞》等舞曲，显然是从西域石国传入的，泼寒胡戏是康国传来的……

凭借着中华民族几千年的文化积累，同时，吸收世界各国和各地区优秀的外来文化，并对其进行精致的艺术加工，使之成为人类历史上的艺术精品，再把这种艺术精品反馈给世界各国和各地区，受益于世界各国和各地区人民，这就是盛世大唐作为世界大国责无旁贷的历史责任。这样肩负着世界责任的国家，总让世界各国和各地区人民向往、敬仰与憧憬，从而形成万国朝唐的世界新局面。

后记　中华梨园梦

曾经年少，滚爬于山野村俗，把玩着秦砖汉瓦；稍长之际，踯躅于校园书本，体味着唐诗宋词。久而久之，那悠悠的终南积雪，那蒹葭苍苍的所谓伊人，那三月三日的曲江丽人，那响彻古城的雁塔晨钟……竟然也将我这个才疏学浅的人熏出了一点儿墨宝的馨香。于是，稀里糊涂地被拽入一个陌生的地方，那里，有一群来自天南海北的文人，他们相聚在一起，只因为有一个共同的爱好：惊叹中华的梨园文化，梦想广播中华的梨园文化。

随着时间的流逝，耳濡目染之中，才知道他们是一个中华梨园学研究会的组织，名誉会长竟然是大名鼎鼎的曹禺先生，惊叹！后来又知道郭沫若先生也很重视中华梨园学研究会这个学会，还亲自提笔赋诗祝贺它的成立，再次惊叹！

几十年来，中华梨园学研究会的会长李尤白老师走遍陕西东西南北中，风餐露宿，翻阅大量历史资料，终于将铁杵磨成绣花针，他不顾年迈，挥舞银色的老镢头，在陕西的大白杨村挖出了中华梨园文化的千年老根；副会长塘萍老师尽其所能，奔走于文化部和民政部两部委，为中华梨园学研究会成立默默奉献；副秘书长刘占先老师青灯伏案办刊、著书磨穿端溪砚，搜集整理出版梨园诗词；副会长刘玉宏先生慷慨解囊，给中华梨园学会捐资三十万元，延续了大唐梨园的血脉；陕西省艺术研究院陈孝英老师受命危机之中，为中华梨园学会东奔西走；西安易俗社社长冀福记老师在中华梨园学会被迫解散后，重新挑起会长的大梁……

几度沧桑歌未歇，行云响遏泛新潮。中华梨园学研究会的筹建与成立，使得国内外的著名专家学者纷纷走来：

1982年，中宣部副部长贺敬之先生到达陕西，亲自会见了李尤白老师，考察了唐代梨园的遗址并畅谈弘扬国粹的事情；

1986年，日本著名学者、东京大学名誉教授岸边成雄，不顾77岁的高龄还要求加入这样的学会，为之贡献自己的力量；

1987年，曾在英国牛津大学学校、后任教澳大利亚悉尼市麦考理大学的戴维·霍尔姆到陕西寻根拜祖，回到澳大利亚后，将中华梨园文化宣传给澳大利亚的人们；

1988年，美国北伊利诺斯大学教授韩国鐄在台湾《民生报》称："梨园学一词将和敦煌学一样，终将成为中华文化辉煌的代名词。"

1989年，中美文化商务促进会主席、国际人文大学校长荆磐石博士提议邀请李尤白老师赴美宣讲中华梨园学；

1995年，美国南加州大学客座教授、平湖派琵琶第八代传人杨毓荪先生在陕西西安的骊山西麓弹奏唐代梨园名曲《郁轮袍》《霓裳曲》，贾平凹先生挥毫赠宝，李尤白老师赠诗答谢。

……

2004年，陕西梨园学会重新成立，苏叔阳、张永和、赵景勃、傅庚辰、何玉人、冀福记、靳军良、滕矢初等来自全国各地的30多名专家学者云集西安临潼华清宫梨园遗址研讨中国的梨园文化，将继承和弘扬中华五千年文明优秀的文化遗产任务提上日程。

……

只因这是一项伟大的工程，是老祖宗留给我们的重要非物质文化遗产。于是，太多的专家学者慕名前往陕西，关注梨园学成立与研究状况，特别是中国国际广播电台用36种语言和4种汉语方言向全世界广播后，立刻得到了中外学者们的公认。可惜一度，由于这个学会的被迫解散，热爱梨园事业的人飘散在世界的各个角落，重新界定了自己的行走轨道，还有更多的梨园前辈们已经作古。逝者如斯夫啊！今天，幸亏还有一些梨园爱好者在默默无闻地为之奔走呼喊，这才使得我们的梨园文化继续发展。

作为一名热爱梨园文化的我，又深得李尤白、刘占先两位梨园前辈的信任。他们曾经的教诲、重托，常常压得我喘不过气来，让我觉得自己肩膀的沉重。无奈自己已错成厚爱，空怀了一腔热血，却手无缚鸡之力，举步维艰啊！然而，那一双双期待的目光已经渐离渐远，直至消失在广阔的天地之间。由此，为之相互探讨的人们越来越少。师者们曾经未了的宏图大志常常梦绕魂牵，长期的生活磨砺，才体会到了师者们奔走呐喊的不易。

此刻，生活稍憩的我，不得不重新回归大唐的梨园中，重新捡拾了那散落在中华唐代梨园中的曲词乐谱，重新描画出那散落在中华唐代梨园中的倩影美舞，重新拼凑起那散落在中华唐代梨园中的片言碎语。不为别的，只为告慰已去的梨园老先生们，只为壮大还在为之奔走的梨园同路者的力量，只为广播中国的梨园文化，于是才有《梨花雨韵》和《茶余酒后之梨花香漫》这两部历史著作的雏形。然而，我自知才疏学浅，资料又不是很全，考证又十分局限，书中难免有错误和不当之处，还请大家多多见谅！

最后，感谢新浪读书网、搜狐原创网、起点中文网、创世中文网、逐浪小说网、大文学网、88106小说阅读网、小说吧、望书阁等各大网站提供的传播平台和鼎力推荐，感谢17K小说网、小说阅读网、19楼浓情小说网等网站编辑们的盛情邀请，还感谢各大网站网友们如过客、天问傍山居、朝阳、吴慎全、xmr658、传奇、xu303030、nyxnychlzscll、ldk48820666、tangyong_1011、happy42868、xinyun、penglong1970927@163和史建国等网友们的支持与鼓励，同时也感谢散落在世界各个角落的梨园爱好者的支持与帮助。最后，还要感谢郝英杰、苏白、付佳、邵薇兰、秦岩、王元勋、宋春好等老师们，以及安徽新儒文化传媒股份有限公司、北京京城新安文化传媒有限公司和未来趋势文化传媒（北京）股份公司的老师们为这两部历史著作出版所做的贡献。谢谢了！

这里，摘抄网友其中几段评价，以表感谢：

1.《梨花雨韵》和《茶余酒后之梨花香漫》这两部历史著作，开创了这一类型作品的新思维、新流派，无论是文字的精炼，还是情节安排，都显示了作者深厚的国学功底，引人入胜，让读者有一种代入感，情节起迭，处处有伏笔，当你认为故事的结果是某个之后，却反其道而行，让我诧异无比，情不自禁地想看下去，为主人公时而担心，时而高兴，时而哀愁，时而兴奋，可以说，《梨花雨韵》和《茶余酒后之梨花香漫》这两部历史著作，是近来网络作品中的精品，值得一看！

2. 新人新书，值得庆贺，作者笔力深厚，铺垫十足，观其初始，管中窥豹，尚知此为佳作。

3. 写得太好了，充满了女性心灵的细腻和美感。才女，大唐穿越来的才女。

4. 《梨花雨韵》和《茶余酒后之梨花香漫》这两部历史著作将背景放在唐朝，在历史叙述中牵带出大唐盛世的文艺生活，有点历史演义的味道。作品描写细腻自然，具有历史的纵深感，作者的史学功夫也较为扎实。然而总体上感觉有些平淡，若能在情节设计上多下下功夫，当更有可读性。

5. 读着读着感觉自己也进入了那个书中，和主角一起经历风雨一样。作者功力不错啊，很能让人读进去。希望继续给力。

6. 作者才华横溢，此作品肯定会火，我由衷祝贺。

来银玲

2012 年 10 月 25 日撰写

2020 年 09 月 09 日修改